우주문학 선언

김영산 지음

국학자료원

〈망자 주체 구조도〉

망자 주체

사라진 주체 = **(숨겨진 주체)** = 흐르는 주체

(순환의 주체)

돌아온(올) 주체

망자 주체의 발명은 푸른 해의 발명이다.

본문 80쪽

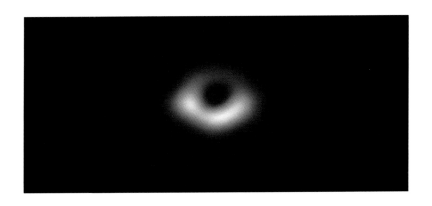

존 리첼이 블랙홀에 관한 최초의 논문을 썼다. 아인슈타인보다 150년 앞서 밝힌 것이다. 그는 블랙홀을 '빛나지 않는 별'이라 했다. 최근 우리 은하 중심에도 태양의 질량의 300만 배가 되는 초중량 블랙홀이 발견되었다. 검지만 않고 푸른 빛이 나는 이 거대블랙홀은 무엇인가? 천억 개가 넘는 우주 은하의 중심에도 태양이 있나?

천억 개가 넘는 우주 은하의 중심에

푸른 블랙홀,

푸른 해가 있다.

(그 푸른 태양이)   음의 태양이다!

본문 94쪽

〈「청산별곡」의 우주도(표)〉

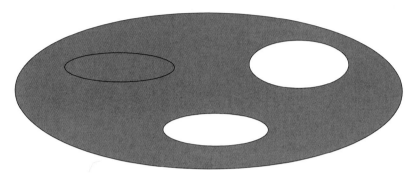

갈 래	광기(狂氣)―장소	주술―음악(후렴구)	광기(光)―별
백수광부가	강―지구―은하(강)	공후인(箜篌引)	하얀 해(별)
제망매가	지구―하늘―태양계(=월명사「도솔가」―두 개의 해)	제사 주문·지전(紙錢)·향가	검은 해(별)
청산별곡	청산	얄리얄랴 얄랴성 얄라리 얄라.	푸른 해(별)
블랙홀	하얀 블랙홀	검은 블랙홀	푸른 블랙홀(초중량 블랙홀)
대우주	우주의 청산=초중량 블랙홀=검은 해=푸른 해(푸른 블랙홀)		

우주의 청산은 숱한 푸른 해인 「청산별곡」에서 비롯된다.

본문 106쪽

〈샴쌍둥이지구(1)〉

삼쌍둥이지구는 들뢰즈의 리좀보다는 우주목에 가깝다.(우주목에도 리좀
은 있다!)

우주목의 증폭, H(수소), 화학나무의 증폭! 원소주기율표의 증폭!

아인슈타인의 일반상대성이론의 $E=mc^2$ 증폭만이 아니라

칼 세이건의 『코스모스』의 '나무와 나의 동일한 유전자' 증폭만이 아니라

백비의 증폭! 우주 빅뱅 우주 비석의 증폭!

하얀 해와 숱한 푸른 해들의 푸른 청산도!

본문 131쪽

〈우주의 샴쌍둥이비석-역피라미드도(광기의 눈)〉

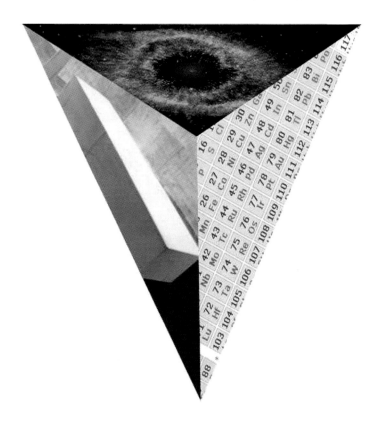

인류의 피라미드가 아니라 우주의 역피라미드는 거꾸로, 거꾸로 빅뱅 (우주눈)으로부터 바라보는 시선이다. 지구의 비석에 글씨를 새기지 마라! 지구의 샴쌍둥이비석은 백비 되리라.

본문 200쪽

〈돌연변이 주체도(표)〉

●13인의아해 14인의아해●
13인의아해는무서운아해와무서워하는아해와그렇게뿐이모였소.
●● 열네번째 천사
13인의아해가도로로질주아니하여도좋소
14인의아해가도로로질주하지아니하여도좋소
●●14인의 돌연변이 시

주체의 종류	망자 주체	기형의 주체
시인의 시	김소월의 「초혼」	이상의 「오감도」
주요구절의 증폭	산산이 부서진 이름이여→주체의 분화⇒청산의 푸른색(푸른 블랙홀)⇒조감도	13인의아해→주체의 분열⇒검은 색의 무덤(기호의 무덤)⇒검은 블랙홀⇒오감도
출전	『진달래꽃』(민음사)	『이상 전집 2』(가람기획)
전승 혹은 계승	김현의 「●인간」 열네번째 천사→14인의아해 ⇒ 돌연변이 주체의 발명	

돌연변이 주체의 발명은 샴쌍둥이지구의 불구성의

증폭, 증폭이다!

본문 229쪽

〈샴쌍둥이지구(0)〉

우주 몸체는, 들뢰즈의 리좀의 다양체만으로 충분치 않다.

유일을 뺀 n − 1이 아니다. 유일을 뺀 다양체보다는

n × 2로 증폭시켜라! 샴쌍둥이지구가 발명된다.

우주 증폭이 두 개의 지구에서 생겨난다.

우주의 광기! 샴쌍둥이지구는 인간의

광기로 증폭된 지구이다

우주문학 선언

우주문학 선언

　인류는 한 개의 태양이 아니라 수천 개의 태양이 있다는 걸 알아버렸다. 양의 태양만이 아니라 음의 태양이 있다는 걸 알아버렸다. 은하의 중심마다 검은 해가 있는 데, 푸르스름한 기운이 있어 푸른 해라고 불러야 옳다. 하나의 해를 가졌던 인류는 우주의 숱한 푸른 해들을 호명한 것이다. 푸른 해가 수천 개가 아니라 수억 개일지라도, 끝없는 우주 벌판의 푸른 해는 달라질 것이 없다. **하얀 해와 숱한 검은 해들; 우리네 청산 같은 숱한 푸른 블랙홀인 음의 태양을 불러내는 것이 우주문학이다.**

　지구의 불모성이 지구의 불구성으로 가는 동안 (구)세계문학은 무엇을 하였는가? 지구의 불구를 모르고 푸른 청산 푸른 바다를 계속 훼손한다면 각 나라의 국경은 공동묘지 구획에 불과할 것이다. 우리는 죽음의 비가 내리는 날 젖은 구두를 신고 이사하는 자들이다. 불모성이 자유를 낳았다면 불구성은 기형의 자식을 낳는다. 이미 지구는 **샴쌍둥이지구**가 되어버렸다.

　음의 태양의 시대가 온다. 숱한 페미니즘과 젠더와 우주모성도 양의 태양의 산물이 아닌가. 음의 태양은 무엇인가? 질 들뢰즈의 '기관 없는 몸체'와는 다른 '**우주 몸체**'인가. 샴쌍둥이지구의 절박함으로, 낱낱이 단독자가 된 예술가 시인들, 과학자들 우리 모두 **우주문학파**가 아닌가.

해를 알면 중도를 알 수 있을 것이다. 사피엔스의 전쟁은 끝나지 않을 것이기에 더 절박하다. 우주 화쟁으로 나가야 한다. (구)세계문학이 하나의 양의 태양을 가졌다면 (신)세계문학 즉 우주문학은 천억 개의 음의 태양을 가진다. 우주 화쟁은 음의 태양을 발명한 데서부터 비롯된다. **하나의 하얀 해와 우주의 숱한 푸른 해들; 우리네 청산별곡 같은 숱한 푸른 블랙홀인 음의 태양을 노래하고 그리는 것이 우주문학이다.**

무모한 시도인지 모른다. 너무 때가 빨랐거나 늦었거나, 때에 이르렀거나 우주문학 삼십 년 세월은 문학동네 한 바퀴를 겨우 돈다. 다시 첫, 자리이다. 무슨 절박감이 어렵게 쓴 글을 해체하게 되었는지 모른다. 온전히 해체하지 못하였으니, 해체를 문제 삼지 않으면서 봉합할 수는 없을 것이다. 이성의 권력에 패배한 광기의 힘이 발화하여 꽃을 피울 수 있을까. 인류의 이성과 광기의 싸움은 지치지도 않는다. 호모 사피엔스에 내재 된 집단 무의식과 흘러온 유전은 수많은 타자를 들끓게 한다. 우주목 신화처럼 광기의 꽃과 이성의 꽃은 한 뿌리에서 자라고 핀다.

화이트헤드의 『관념의 모험』(한길사)에 나오는 '우주론' 역시 한 개의 태양을 가진 인류의 관념인지 모른다. 마호메트교도와 불교도와 기독교

도와 과학의 기도는 숱한 음의 태양들을 만나며 양의 태양을 완성해 갈 것이다. 인류의 현실주의와 초현실주의의 광기는 숱한 음의 태양들을 만나며 양의 태양을 완성해 나갈 것이다. **음의 태양은 우주의 완전함과 불완전함을 동시에 보여준다.**

우주문학은 나라마다 다를 것이다.『한국우주문학 기원과 광기 연구:우주문학 선언과 음의 태양을 중심으로』란 이 논문을 쓰게 된 이유이다. 음의 태양에 대한 논의조차도 지구의 불구성 즉 샴쌍둥이지구로 귀결될 것이지만, 결국 **샴쌍둥이 시**의 이야기인 것이다. 모든 샴쌍둥이는 타자이면서 주체이다. 산 자들만이 아니라 **망자 주체**도 불러 올 것이다. 죽은 자의 시선에서 지구의 산 자들의 지금 행동을 본다면 무어라 할 것인가. 지구의 총체적 불구성은 삶의 영역만이 아니라 죽음의 영역을 아우른다. 산 자들의 불구성은 죽은 자들의 예비이다. 죽은 자들의 주체도 다 다를 것이다. 모든 주체는 결국 산 자가 발명하고 죽이는 게 아닌가. 산 자들의 무의식? 그 푸른 해가 뜨는 무의식의 우주 노래방은 알 수 없는 곡조로 가득하다.

음의 태양은 양의 태양에 대한 상대적인 개념이 아니다. 남성우주 여성우주 중성우주 중에서 **여성우주**가 그 중간지대인지 모른다. 우주의 중

간지대의 발명이 우주문학이다. 지구위기를 극복하는 일은 지구인의 생각을 바꾸는 데 있는 게 아니라 **하나의 양의 태양 중심주의를 극복하는 데 있다.** 우리는 저마다 다른 시간의 음의 태양을 갖고 있다. 지구의 '인간 공장은 실패했는지 모른다'는 과학적, 문학적 사유가 동시에 작동되어야 하지만 우주에는 실패는 없다. 아직도 시골집 안방 건넌방 어머니가 옷을 짓던 발재봉틀이 놓여있다. 우주문학이 옷을 깁던 어머니의 긴 '실패'였으면 좋겠다. 우주 어머니의 발걸음이 시작된 곳은 지구의 한 곳이 아니라 우주의 한 곳이다. 그 장소에는 '거대태양'이 존재한다. 그게 음의 태양 아닌가. **세계의 음의 태양이 출현했다.**

2021년 1월

김영산

차례

3부 샴쌍둥이지구의 탄생

4부 시의 비석 우주의 비석

1부

우주문학의 선언

우주문학 선언

　우주문학 선언은 '**음의 태양**'[1][2]의 시대를 선언하는 것이다. 인류가 누려온 '양의 태양'의 시대가 저물고 있음을 알아야 한다. 우리은하의 중심에 태양보다 300만 배나 큰 음의 태양이 발견된 것이다. 지구만의 '태양주의'를 극복하지 않으면 안 된다. 태양의 태양이 있다는 사실을 알게 되었다. 양의 태양이 음의 태양을 2억 여년에 걸쳐 돈다고 한다. 이 음의 태양의 발견은 우주문학의 현실화를 의미한다. 초중량 블랙홀이 '음의 태양'임을 증거 하는 과학적 사례를 찾아볼 때가 된 것이다. 이와 동시에 인문학과 시의 영역에서도 음의 태양이 떠오르는 것이다. 이제 인류의 '양의 태

---

1) 우선 이해를 돕기 위해 YTN 뉴스 보도를 인용하기로 한다. "YTN 24: **세계 과학사 최초 '실제 블랙홀' 관측 성공.** 이 사진이 전 세계에 뿌려지는 순간 우주 블랙홀은 현실이 되었다; 처녀자리 은하단 중심부에 있는 M87 초대질량 블랙홀은 지구에서 5500만 광년 거리에 있다. 질량은 태양의 65억 배, 지름은 160억km라고 한다. 처음 공개된 블랙홀의 이미지는 빛나는 눈처럼 보이는데, 공동 발견자인 제시카 뎀시 박사는 강력한 화염의 눈을 연상시키는 생생한 빛의 고리라고 설명했다." ≪YTN≫ 2019.04.10. 22:54 수정 2019.04.11. 00:45. 진한 글씨는 필자가 강조를 위한 것임. 앞으로 이 글에서 같은 방식으로 사용.

2) 우주문학은 음의 태양의 출현을 의미하는 것이다. 즉 태양을 '양의 태양'으로만 바라보던 사유를 바꾸는 것이다. 우주 은하의 중심마다 음의 태양이 존재함이 밝혀졌다. "(구)세계문학이 태양 중심의 사고였다면 (신)세계문학 즉 우주문학은 음의 태양의 출현을 의미하는 것이다. 천억 개가 넘는 우주 은하의 중심마다 태양보다 수백만 배나 큰 음의 태양이 돌고 있다는 사실이 밝혀졌다." 김영산, 「게임시에서 우주문학 선언으로」, 『시인동네』, 5월호, 시인동네, 2020, 94쪽.

양'의 사유도 '음의 태양'의 생각 없이는 불가능하다.

음의 태양은 '빛나지 않는 별' 즉 블랙홀을 의미한다.3) 블랙홀이 별이라는 생각은 '보이지 않는 별'과 '보이는 별'이 동전의 양면처럼, 동시에 존재할 수 있음을 가리키는 것이다. 동양의 '음양'뿐만 아니라 서양에서도 은연중 태양은 남성성으로 이념화한다. 지금껏 인류의 사고는 태양 중심, 즉 남성 우주에 맞춰진 것이 사실이다. 태양에서 신성을 찾고, 왕의 권력을 찾고, 원만한 성품을 찾더라도 그 한 개의 태양 안에서만 우리는 꿈꾼 것이다. 다시 찾더라도 '보이는 태양'만을 그리는 것이다. 꿈에라도 왜, 태양의 태양이 있을 거라는 생각을 못 했는가. '보이지 않는 태양', 수백만 배나 더 큰 태양이 있을 거라는 생각을 안 했는가. 음의 태양을 찾지 않았는가. 찾았더라도, 보이지 않는 진실을 보지 못했는가. 우리가 말한 여성성과 남성성이, 우주에서는 다를 수도 있다. 여성 우주만이 아니라 중성 우주도 있다는 사실, 즉 과학적 진실을 말할 때가 되었다. 우주의 중간지대가 있다는 사실을 알면 지구의 중간지대를 파괴하지 않고 새로운 발화를 볼 수 있는가. 끝없는 전쟁의 벌판인 지구의 중간지대의 중간지대는 증식한다. 지구의 국가들만이 아니라 다수의 인종만이 아니라, 그렇다고

---

3) 아인슈타인보다 150년 앞서 블랙홀이란 용어를 처음 발표한 이는 목사이기도 한 존 리첼이다. 영국 왕립협회에 그의 과학 논문이 보관되어 있다. "별이 과도하게 무거워지면 인력에 영향으로 빛이 빠져나오지 못한다."라고 블랙홀에 대해 그는 썼다. 그런데 그의 "빛나지 않는 별"이란 용어만으로 모든 '블랙홀이란 별'이 다 태양이 될 수는 없는 것이다. **'음의 태양'**이란 용어를 필자가 이름 붙인 이유는 다른 데 있다. **다행히** '태양의 조건'에 맞는 거대블랙홀이 있었다. 우리은하의 중심에 태양보다 300만 배나 큰 초중량 블랙홀이 존재하고, 그 중심을 별들이 돌고 있다는 것이 최근 관측되었다. 그 초중량 블랙홀, 즉 **태양의 태양**이라 할 수 있는 음의 태양에 대한 과학적 언급은 본고의 본론에서 밝히겠다.

한 개인만이 아니라, 그렇다고 생명만이 아니라 (비)생명의 광물까지 증식의 증식을 거듭한다. 그 생명의 정점인 여자 사람과 남자 사람 모두에게 음의 태양과 양의 태양이 동시에 존재한나. 시구인의 무의식은 지구만의 무의식이 아니다. 왜인가, 지구인의 욕망과 무의식이 우주의 무의식과 연결되어 있어서인가. 천체우주론의 과학은 철학과 문학 등에 암흑물질과 광채로 동시에 다가온다. 우주의 광기, 즉 광기(光氣)와 광기(狂氣)는 하나로 작동된다. 보이지 않는 광기를 암흑물질이나 블랙홀이라 말할 수 있을 것이다. 보이는 광기를 별이라 말할 수 있을 것이다. 그러나 둘은 분리될 수 없는 우주의 신체를 지녔다. 우주의 몸은 보이지 않는 별과 보이는 별로 이루어진, 어마어마한 별인지 모른다.

한국문학의 광기에서 우주문학은 발명된다. 그래서 한국 우주문학의 기원에 관한 연구가 선행되어야 한다. 한국문학과 지구문학의 발견과 발명은 서로 순환하는 우로보로스보다 큰 우주팽창이론으로 급속히 팽창할 것이다. 단순히 급팽창이 안 되려면 **코스모스 문학(Cosmos Literature)**보다는 **카오스모스 문학(Chaosmos Literature)**이란 이름을 호명하는 것이 옳다. **우주문학은 작가의 내면에서 점화되어 쏘아 올려지는 우주선이다.**

한국 우주문학의 기원을 밝히고, 이를 선언하는 일이 먼저이지만 역으로 우주문학은 자국문학의 단계를 벗어나려 한다. 정과리는『현대시』1월호에서 "지금의 현실은 모든 문학들이 자국문학의 단계를 지나 세계문학으로, 다시 말해 지구문학으로 재편되고 있는 중이다. 그런 사정을 아는 듯 모르는 듯, 김영산은 대뜸 '우주문학'을 선언하고 나왔다"라고 했다.4) 정과리의 '선언적' 글이 '선언'에 대해 다시 생각해보게 되었다. 세계적으로는 앙드레 브르통의 『초현실주의 선언』이 있는데, 황현산이 번역하고 해설한 그의 글을 보면 울림이 크다. "어떤 환경에서는 <시적>이라는 말과 <초현실적>이라는 말이 거의 같은 뜻으로 쓰이기도 한다. 초현실주의는 그 윤곽이 허물어지고 그 핵심이 돌이킬 수 없이 파괴된 것처럼 보인다. 그러나 다른 관점에서는, 이 넓고 혼란스러운 오지랖은 한 시대에 예술계 전체가 이들 말에 걸었던 기대가 여전히 강력하게 남아 있음을 증명하는 것일 수도 있다."라는 것이 그것이다.5)

우주문학은 전위이며 전복이다. 모든 초현실주의와 현실주의를 넘어가며 갈아엎지 않으면 안 된다. 지구적 초현실주의와 현실주의를 넘어가지 않으면 안 된다. (세계문학계와 예술계는 크게 보면 리얼리즘으로 표상되는 축과 모더니즘으로 표상되는 축, 포스트모더니즘으로 표상되는 세 가지 축으로 나눈다. 거기서 나온 샛길로, 환상성을 결합한 남미의 마술적 리얼리즘 등이 있지만) **결국** 초현실주의와 현실주의의 큰길로 되돌아온다. 우주문학은 전복이다, 라는 예술적 공식이 성립하려면, 초현실주의와 현실주의의 지구 대지를 갈아엎지 않으면 안 된다. **지구 대지와 우주 대지**의 '움직이는' 영토(領土)와 영토성(靈土性)을 언어의 우주로 확장하고, 지구 대지에서만 자란 사상의 나무와 꽃과 열매에는 더 이상 벌 나비가 찾아오지 않으리란 것을 예견해야 한다. 그게 가능할까? 우주 문학은 신드롬보다는 이 시대와 연관하여 무슨 절박성이 있는가? 초현실주의가 "<노동하기로 동의>하지 않는" 손으로 제1차 세계대전의 파괴를

---

4) 정과리, 「도심 속의 수풀로 놀러가다―풀뿌리 전위는 가능한가?」, 『현대시』 1월호, 한국문연, 2019, 134쪽.
5) 앙드레 브르통, 황현산 옮김, 『초현실주의 선언』, 미메시스, 2015, 7~8쪽.

짚고, 전장에서 나온 예술운동6)이라면 우주문학은 지구 전체의 파괴를 짚고, 지구 전장에서 나온 그 무엇인가? '지구의 인간공장은 실패했다'라는 신언이 필요할지 모른다. "태평양 복판 한반도 3배 쓰레기 섬"이 생겨나고, "과거 대멸종 5번 생물 95% 사라져" "여섯 번째 대멸종 온다"고 "지질학자들"이 선언해서만이 아니다.7) 인류 탐욕 때문임을 예견 못 한 것도 아니다. "형제 살해범"인 호모 사피엔스에게는 "관용은 사피엔스의 특징이 아니다."8)라는 꼬리표가 붙는 것은, 사랑을 하면 늑대가 되는 나자리노처럼,9) 묘하게도 꼬리 없는 사피엔스 역진화의 슬픔이 느껴진다. 사피엔스의 눈물이 지구의 눈물이 되는 것은 지구의 지배자가 된 영장류, 꼬리 없는 직립의 산물인지 모르지만, 자코메티의 <걷는 사람>에게서 보이는 '죽음 앞에서만 무릎 꿇는' 저주와 축복의 숙명이 있다.

---

6) 위의 책, 13쪽.

7) 윤석만은 「윤석만의 인간혁명」에서 신문 전면에 지구 대멸종을 다루고 있다. 영화 ≪애프터 어스≫ 사진 밑에는 이런 글이 나온다. "영화 '애프터 어스'에서 주인공 사이퍼와 그의 아들 키타이는 우주정찰 임무를 띠고 가던중 외계 행성에 불시착한다. 알고 보니 이 행성은 환경오염으로 파괴된 지구였다. 지구의 모든 동식물은 오염의 주범인 인간을 공격하도록 진화돼 있었다."『중앙일보』, 2018년 10월 18일, 22면.

8) 유발 하라리, 조현욱 옮김, 『사피엔스』, 김영사, 2018, 33∼39쪽.

9) 후안 호세 카메로 주연 레오나르도 파비오 감독의 1975년 아르헨티나 영화. 또한 「늑대 인간─유아기 노이로제에 관하여」를 분석한 프로이트의 글도 있다. "그가 무서워한 늑대는 의심할 것 없이 그의 아버지였다. 그러나 그의 늑대에 대한 두려움은 그 동물이 꼿꼿이 서 있는 자세에 있을 때만 나타나는 것이었다." 프로이트, 김명희 옮김, 『늑대인간』, 열린책들, 1996, 181쪽. 거기에 비해 들뢰즈는 반(反)─프로이트 적이다. "『천 개의 고원』에 들어 있는 늑대 인간에 대한 주해(「늑대는 한 마리인가 여러 마리인가」)에서 우리는 정신분석과 고별하면서 다양체가 의식과 무의식, 자연과 역사, 영혼과 육체의 분리를 어떻게 뛰어넘을 수 있는가를 보여주려고 했다." 질 들뢰즈/펠릭스 가타리, 김재인 옮김, 『천 개의 고원』, 새물결, 2001, 5쪽.

그런데 사피엔스의 '걸음'은 우주로 확장된다. 사피엔스의 과학 기술은 우주가 땅이고 '움직이는 부동산'임을 알아버렸다. 중력과 척력, 암흑물질, 암흑에너지가 대지가 되는 공식을 만들어내고 있다. 중력의 땅, 척력의 땅, 암흑물질의 땅이 존재한다. 이 중력의 우주에서 '중력파'의 발견으로 **중력문명의 시대**가 오고 있는 것이다.[10] 그와 더불어 우주 과학을 먼저 선점한 강대국에게서 제국주의의 발상이 감지된다. "우리가 믿었던 현실이 지구의 대지였다면 실재하는 **우주대지**가 생겨났다. 하늘이라고 믿었던 게 땅이었다니, 부동산이 생겨났다. (…) **우주제국주의는 가능한가.** 미국 대통령 트럼프는 자신의 SNS에 2020년까지 미국이 **우주군**을 창설한다고 한다. ─ 2018년 8월 10일 오늘 (…) 우주 빅뱅 138억 년 전쟁이 끝나지 않을 것을 예감한다."[11]

앙드레 브르통이 **전쟁은 현실주의이며 가장 큰 초현실주의**임을 알아서 선언을 했더라도 초현실주의 방법론인 자유연상법은 많은 문제가 따른다. 어떤 광적인 상태는 많은 사람에게 소통 불가를 가져올 수 있고, 몰입이나 광기의 예술 영역이 다른 장르에서 설득력을 잃고 마는 경우가 있다. 앙드레 브르통은 소설의 산문적 묘사를 인정하지 않았지만, 제2차 세계대전을 다룬 볼프강 보르헤르트의 소설집『5월에, 5월에 뻐꾸기가 울었다』에서 "아아 도대체 누가 총알이 뚫고 지나간 폐에서 나는 쌕쌕거리는 소리에 운(韻)을 맞출 수 있겠는가?"[12]에서 보이는 역설적인 광기의 운(韻)은 불분명한 광기의 경계와 ─ 광기도 하늘의 별

---

10) 중력파의 영토는 대지와 시공과 더불어 존재할 수밖에 없다. 그러나 필자의 생각에, 초현실주의 영원한 물음인 '무의식의 영토'가 중력파와 어떤 연관이 있는지 모른다. 더 나아가 척력이나 암흑물질 암흑에너지가 발견된다면, 우리 의식 혹은 무의식에 어떻게 작동되는지 모른다. 오정근,『중력파』, 동아시아, 2016, 230~243쪽.
11) 김영산,『우주문학의 카오스모스』, 국학자료원, 2018, 35쪽.
12) 볼프강 보르헤르트, 김길웅 옮김,『5월에, 5월에 뻐꾸기가 울었다』, 강, 1996, 246쪽.

처럼 많을 수 있다는 — 새로운 광기론(狂氣論)의 실마리를 제공한다. 광기의 새로운 해석을 모색하자. 광기와 연관된 시편들, 즉 "광녀(狂女)=광녀(光女)" 이야기를 우주광녀13) 이야기로 확장하자. 사피엔스 최내의 무기가 인식능력과 언어였다면14) 언어야말로 광기이고, 광기와 광기가 충돌하지 않을 수 없다.

자유연상법이 브르통의 무기인데 재래식 무기가 되었는가? 브르통은 전쟁을 치르며 동시에, 약을 발견하고 싶었는지 모른다. 환부를 도려낼 칼이든 환부에 바를 약이든 자유연상은 일시적인 프로포폴 주사처럼 약효가 일시적이다. **그런데** 프로포폴이 수술에 꼭 필요하다. 자유연상이 그런가? 우주문학의 기법은 얼마나 많은가? 자동기술법을 넘어서 기법적 실험을 감행한 사례가 한국시에 있는가? 주술과 직언의 교배, 일상과 초현실의 교배, 성의 자유와 책임의 혼합, 새로운 우주적 어법의 모색, 국가주의를 넘어 새로운 대항해시대의 선언 등이 새로운 기법의 재료가 될 수 있는가? 초현실주의가 낱말들이나 오브제를 이외의 방식으로 배열했다면 이제 지구 자체가 오브제가 되었다. "문학의 사담화, SNS의 창궐, 서양 중심의 세계문학의 실종, 동아시아의 세계문학 열망, '지구문학'으로 확장"15) 등은 (구)세계문학의 몰락과

---

13) 김영산, 『하얀 별』, 문학과지성사, 2013, 60쪽.

14) 유발 하라리, 앞의 책, 41쪽.

15) 정과리 평론가가 「도심 속의 수풀로 놀러가다―풀뿌리 전위는 가능한가?」에서 "김영산의 우주문학 선언"을 조명한 이후, 새로운 제안을 하였다. 우리 문학가들은 아직 미답의 우주문학 영역을 예술가들만이 아니라 과학자들과 연대하여 첫 우주선을 쏘아 올려 보기로 하였다. "실재에 비추어 보았을 때, 우리의 과학은 아직 원시적이고 유치한 수준에 머물러 있다. 하지만 그것은 우리가 가진 것 중에서 가장 소중한 보물이기도 하다."라고 한 알베르트 아인슈타인의 말도 있지만, 한국문학에서 막 점화된 우주문학의 소중한 불꽃을 꺼트리고 싶지 않아서일 것이다. 그래서 여러 사람들과 제1차, 제2차 모임을 가졌다. 우주문학도 역시 과정의 데이터와 세목들이 중요하다. 계속해서 제안서나 재료들이 나올 수 있고,

(신)세계문학의 도래를 촉진한다. 예술은 전쟁을 치르는 내면의 전쟁의 전쟁이며 지구전이다.

필자는 그것을 앞으로 계속 날것으로 밝히려 한다.

한국우주문학 선언

국문학사상 우리나라에서 가장 오래 된 서정시인 「백수광부가」의 **"님이여 그 물16)을 건너지 마오"**[17)]처럼, 모든 님 과 "모든 풍경은 유전되는지 모른다."[18)] 모든 사별과 장례 풍경은 유전된다. 고대로부터 현대로 유전된다. 그 유전자 중의 중요한 하나가 광기이다. 시를 점화시키는 촉매제로서 광기인지, 시 자체가 광기로 이루어진 DNA인지 모른다. 우주의 카오스가 광기인지, 카오스모스의 광기와 이성이 하나인지 무대를 우주로 넓힐 필요가 있다.

---

16) 물은 순리대로만 흐르지 않고, 역류하고, 회오리치고, 가로막으며, 배처럼 실어다 주며, 증발하여 상승하며, 하강하며, 순수하지만, 불순물과 섞여 더럽고, 맛나고, 역겹고, 사납고도, 순하며, 온갖 동식물 광물 사람 몸을 흐른다. 이성과 광기를 동시에 지닌 물은 온갖 생명체의 대표적인 표상이라 할 수 있다. 지구 밖 우주는 액체 상태의 물($H2O$)이 없는 곳이 대부분이며 수소(H)마저 희박한데, 무한대의 우주는 어떻게 만들어지며 생명체 별은 탄생할까. "수학의 본질은 자유에 있다"고 절규하다 죽은 수학자 칸토어(Georg Cantor)가 짝수 홀수 분수의 배열이 아닌 **실수집합**(유리수와 무리수의 합집합)으로 증명한, **무한대도 다 같은 무한대가 아니므로** 무한대의 숫자도 무한대의 어떤 영역에 따라 달라질 수 있다면, 무한대의 숫자인 우주가 무한대의 수소를 만들어내어 무한대의 별을 만들어낸다고 할 수 있을 것이다. 즉 셀 수 있는 유리수 같은 무한의 우주도 있고, 셀 수 없는 실수집합 같은 무한의 우주도 있다. 초무한(초한수)의 우주가 존재한다.

17) 이 글에서는 앞으로 광기 연구를 위해 공후인(箜篌引)이나 공무도하가(公無渡河歌)보다는 백수광부가(白首狂夫歌)로 제목을 씀. 정병욱, 『한국고전시가론』, 신구문화사, 2008, 66~67쪽.

18) 김영산, 『하얀 별』, 7쪽.

한국 우주문학의 기원을 밝히려면 먼저 한국 고전시가의 연구가 선행되어야 한다. 고시가의 논자들에는 정병욱[19], 김학성·권두환[20], 김규열·김윤식[21], 조동일[22] 등이 있다. 이 글들은 고전시가의 텍스트를 충실히 분석했는데, 특히 정병욱이「백수광부가」의 광부를 새롭게 해석한 점이 주목된다.

이같이 디오니소스의 수행원들이 다 같이 열광적으로 광소(狂騷)하는 사람 또는 미친 여자들이고, 그런 사람들의 행렬을 바크호스라고 불렀던 것은 곧 디오니소스가 주신(酒神)이기 때문이다. 그렇기 때문에 로마의 신화에서는 주신을 바쿠스라고 부른다. 이같이 희랍의 디오니소스나, 로마의 바쿠스는 같은 주신이고, 그 주신의 거동에는 광소(狂騷)와 광란(狂亂)이 부수되게 마련이다.

이상 소개한 희랍·로마의 신화에서, 우리는 광부라는 말의 뜻을 해석하는 실마리를 얻었을 것으로 본다. 즉 이 이야기의 주인공인 백수광부(白首狂夫)는 다름 아닌 이 땅의 주신(酒神)이라고 보아 마땅하다고 생각 한다."[23]

그런데 정병욱은『한국고전시가론』의 똑같은 책에서 모순된 말을 한다.

그런데 이러한 인본사상에 뒤따르는 하나의 비극이 있다. 그것은 곧 인간 능력의 한계가 빚은 비극이다. 영원하고 불변하는 신이나 자연에 몰입하지 않고 인간에게만 몰입하려는 사상은 언젠가는 막다른

19) 정병욱, 앞의 책.
20) 김학성·권두환 편,『신편 고전시가론』, 새문사, 2002.
21) 김규열 외,『고전문학을 찾아서』, 문학과지성사, 1976.
22) 조동일,『한국문학통사 1』, 지식산업사, 1994.
23) 정병욱, 앞의 책, 69쪽.

골목에 부딪히게 마련이다. 인간의 능력이 어떤 한계에 다다랐을 때에 필연적으로 절망적인 극한 상태에 빠져들게 마련이다. 이런 극한 상태에서 서구인들은 신에게 귀의함으로써, 또 중국인들은 자연 속으로 몰입함으로써 그 위기를 초극(超克)할 수 있었을 것이다. 그러나 우리에게는 신이나 자연이 용납되지 않았다. 그래서 절망은 부정(否定)의 세계를 추구하지 않을 수 없게 되었다고 보인다.[24]

정병욱은 백수광부의 광기를 지나치게 협소하게 만들어버렸다. 서양의 바쿠스처럼 주신(酒神)에만 포커스를 맞춤으로써 '광(狂)'의 텍스트를 단순화시킨다. 공무도하의 강이 무궁무진 흘러가려면 광기에 대한 연구사 검토를 원점에서 시작해야 한다. 주신을 인정해놓고 우리에게 신이나 자연이 용납되지 않았다는 모순된 논지가 우리 국문학의 원류라 할 수 있는, 한 국문학자의 탓만은 아닐 것이다. 인류의 오랜 난제인 신성과 인간성에 대한 광기나, 절대성과 상대성 합일[25]의 난제가 윗글에서 오히려 도드라진다.

정병욱의 인용 글을 서로 비교하며 자세히 들여다보면 모순만이 아니라, 초월만이 아니라, 지상과 천상의 연결만이 아니라, 각각의 주체가 포월해 가며 다다르려고 하는 미지의 장소를 엿보게 된다. 동양(중국)의 자

---

24) 위의 책, 332쪽.
25) 알버트 아인슈타인의 일반상대성이론은 원래 일반절대성이론이었다. 그는 우주의 4대 힘인 중력·강한 핵력·약한 핵력·전자기력처럼 절대 법이 있다고 믿었다. 예를 들면 광속불변의 법칙이 그것이고, 중력파를 예견했고, '움직이는 땅'인 시공이 고무줄처럼 늘어나고 휘어진다는, 절대적인 우주법이 있다는 사실을 상대성이론으로 증명한 것이다. 오히려 오해를 낳을 수 있는 게 우주론이고, 우주문학이라면 그 '모순의 광기'에 의해 더 풍부한 논의가 진행되리라 본다. 다만 우주론의 정점이 '인간의 뇌'이기에 AI의 알고리즘만으론 위험하고, 계속 무의식의 영역을 들여다볼 수밖에 없다. 우주의 96%를 차지하는 암흑물질이나 암흑에너지가 인간의 무의식과 맞닿아 있는지도 **모를 일이다.** 김영산, 『우주문학의 카오스모스』, 245~261쪽.

연관과 서양의 신관과 달리 한민족만의 '절망을 낭비'하지 않는 정신이 곳곳에 있다. 이와 같은 부정(否定)의 세계는 미지의 장소이고, 미답의 장소이고, 광기의 장소를 열어 놓았다. 가장 답답한 '한'의 장소가 가장 열린 하나의 장소를 만들어낸다. 한의 '글'은 한 장소의 주체인 것이다. 그것은 당연히 답답한 현실이 아니라 확장된 장소로서 언어의 우주이다. **그 열린 장소성이** 우주문학을 낳는다.

김영수는 「<공무도하가>의 신고찰」에서 정병욱의 글을 정면으로 반박한다.

> 공후인의 배경설화에서 핵심적인 어구는 '광부(狂夫)'와 '피발(被髮)'의 의미, 그리고 '호(壺)'의 용도였다. 이 세 어구가 공후인의 성격을 규정짓는 결정적인 단어로 작용하고 있는 것이다.
>
> 필자는 백수광부가 들었다고 하는 '술병'(壺: 물건을 담는 용기임, 호리병, 표주박)에 대해 생각해 보았다. 그간 선학들이 이 부분을 근거 없이 술병으로 해석하는 바람에 백수광부는 알콜중독자 혹은 미치광이, 혹은 신(神)으로 여기게 된 것이다. 필자는 호(壺: 바가지, 호리병)의 다른 용도가 없을까 궁리하다가 『한어대사전(漢語大詞典)』을 뒤져 보았다. 예상대로 '호(壺)'의 용도 가운데는 분명히 배(腰舟)의 의미도 있었다.26)

김영수가 허리에 차는 배의 의미로 요주(腰舟)를 근거로 든 것은, 백수광부가에서 '광'의 의미를 지나치게 협소하게 받아들인 영향이 클 것이다. 새로운 해석을 시도한 점은 높이 살 수 있으나, 호(壺)와 광(狂)의 균형 감각이 사라진 점이 아쉽다. 광을 중심에 두지 않으면 새로운 해석이 나올 수 없다.

---

26) 김학성·권두환 편, 앞의 책, 67쪽.

그런데 더 문제는, '미쳤냐, 안 미쳤냐'로 분류해버리는 도식화된 이분법적 사유가 우리 국문학의 지평을 좁게 하고, 현대에도 광기 문제에 많은 오해를 불러일으킨다. 더 나아가 우리 민족만이 아니라 인류에게도 얼마나 무서운 결과를 초래할지 모른다. 인류의 가장 힘든 난제 중의 하나가 광기라면, 근원부터 다시 살펴볼 필요가 있는 것이다. 광기가 '권력자'에 의해 자행된다면 '부정적 광기'이지만, 예술이나 과학에 창의적인 광기라면 '긍정적 광기'라 할 수 있다. 자유가 없는 나라일수록 부정적 광기가 커지고 긍정적 광기가 작아진다. 정신병이나, 죄인 취급받으면 더 심각한 문제가 된다. 여기서 정치 권력만이 아니라, 문화 권력도 나오고, 문학작품의 질이 결정되어 작품의 해석도 달라지고, '고전 해석'의 오류가 발생한다.

인류에게는 아직도 광인에 대한 난제가 많은 것이다. 이 '광'의 의미가 우리 민족이나 인류의 의식과 무의식보다 더 큰 **'우주의 무의식과 의식'**이라면 말이 달라질 것이다. 인류의 정신분석학의 시조인 프로이트가 의사가 아니고 예술가나 과학자였다면 『꿈의 해석』은 어떻게 달라졌을까? 이성주의자와 광기주의자의 두 관점이 동시에 존재할 수 있다면 문제는 달라진다. 우주과학이 발견하려고 하는 암흑물질 암흑에너지 척력과 중력, 이 모두가 우주에서 96%를 차지하는 우주의 무의식이고 우주의 광기라면, 인간의 무의식도 우주광기와 연관된다면 정신분석학은 첫 단추를 잘못 끼운 것이다. 질 들뢰즈의 말처럼 "오이디푸스화의 길을 선택했는데, 이 길에는 온통 오물이 뿌려져 있었다"[27]고 한다면, 또 숱한 광기를 정신질환으로만 몰고 가는 의사의 시선이 무서운 광기라면 어떨까? 당연히 이

---

27) 질 들뢰즈·펠릭스 과타리, 김재인 옮김, 『안티 오이디푸스:자본주의와 분열증』, 민음사, 2014, 126~127쪽.

성의 권력화가 세계를 지배하고, 이성의 광기가 나올 수밖에 없다.

　　라데스토크는 이런 비교를 한 장(章)에서 꿈과 광기의 유사점을 논한 여러 의견들을 소개하고 있으며, 칸트도 어떤 대목에서 미치광이란 눈을 뜨고도 꿈을 꾸는 인간이라고 했고, 크라우스는 광기란 감각이 깨어 있는 상태 안에서의 꿈이라고 말하고 있다. 쇼펜하우어는 꿈은 짧은 광기(精神錯亂)이며, 광기는 긴 꿈이라고 불렀다. 하겐은 섬망(譫妄: 헛소리나 잠꼬대 등을 하다가 마비 상태에 빠지는 의식 장애)을 잠에 의해서가 아니라 질환에 의해 발생하는 꿈이라고 말했고, 분트는『생리학적 심리학』에서 사실 우리는 정신병원에서 맞닥뜨리는 현상들을 거의 모두 꿈속에서 스스로 체험해 볼 수 있다고 쓰고 있다.[28]

　　프로이트는『예술과 정신분석』의「레오나르도 다 빈치의 유년의 기억」에서도 광기보다는 리비도의 관점에서 무의식의 문제를 분석하고 있다. 광기의 영역과 이성의 영역에서 리비도가 다 같이 존재한다면, 리비도도 다 같은 리비도가 아닐 것이다. 즉 리비도도 광기가 중요하다. 광기를 거세한 예술은 죽은 예술이다. 프로이트 역시 본능적으로 '인류의 예술적 거세'가 최초로 다 빈치에게서 일어났음을 직감한 듯하다. 그런데 의도와는 달리, 서자 출신인 다 빈치의 억압된 성적본능에만 초점을 맞추어 예술의 광기를 흐려 놓았다. 과학과 회화 사이에서 고뇌하는 다 빈치를 더 파고들었으면, 그 시대 종교 권력과 의학이나 과학의 무서운 권력이 도래함을 감지한 예술가의 심리를 보았을지 모른다.[29]

---

28) 지그문트 프로이트, 김양순 옮김,『꿈의 해석』, 동서문화사, 2016, 98쪽.

29) "어린 레오나르도 자신의 아름다운 이미지인 어머니와 제자들은 그의 성 대상들이었을 것이고—바로 그랬기 때문에 그를 지배하고 있는 성적 억압이 그러한 변형을

미셸 푸코는 『광기의 역사』 서문에서 이렇게 말한다.

> 이성의 인간과 광기의 인간 사이에는 공통의 언어란 존재하지 않는다. 아니 오히려 이제는 그런 것이 존재하지 않게 되었다고 말해야 할 것이다. 18세기 말 광기를 정신병으로 규정함으로써 대화는 명백히 단절되었고 양자의 분리는 이미 이루어진 것으로 추정되었으며, 그럼으로써 광기와 이성 사이의 교통을 가능하게 하는 구체적인 구문론도, 더듬거리는 불완전한 단어들도 침묵 속으로 사라져 갔다. 광기에 대한 이성의 독백에 불과한 정신분석학의 언어는 그와 같은 침묵에 근거해서만 확립될 수 있었다.[30]

푸코는 『감시와 처벌』[31]에서도 말하지만, 광인의 문제를 통해 바로 인간의 문제를 통찰하려 했다. 이성과 권력의 결탁이 광기를 감옥에 가두고 말았다는, 푸코의 생각은 역사적인 사건이다. 그런데도 광기의 문제는 여전히 그 영역을 모른다. 모든 권력이 이성의 지식 권력에서 나온다면,[32]

불러왔을 것인데―또 그들을 위해 쓴 지출 내역들을 꼼꼼하게 장부로 기록해야 한다는 강박 관념(強迫觀念)은 이 불완전한 갈등이 기이한 모습으로 나타난 결과일 것이다. 이로부터 우리는 레오나르도의 애정 생활이 우리가 그 정신적 발달 과정을 드러냈던 것처럼 전형적인 동성애에 속한다는 결론을 끌어낼 수 있을 것이고, 이 동성애적 상황이 독수리 환상을 통해 나타난 것도 이제 이해할 만한 것이 되었다. 독수리 환상은 다름아니라 그런 유형의 동성애에 대해 우리가 앞에서 확인한 바 있는 바로 그것이었다. 요컨대 독수리 환상은 다음과 같이 해석되지 않을 수 없다. <어머니와의 이 에로틱한 관계로 인해, 나는 동성애자가 되고 말았다.>" 지그문트 프로이트, 정장진 옮김, 『예술과 정신분석』, 열린책들, 1997, 68~69쪽.

30) 미셸 푸코, 김부용 옮김, 『광기의 역사』, 인간사랑, 1991, 8~9쪽.
31) 미셸 푸코, 오생근 옮김, 『감시와 처벌:감옥의 역사』, 나남출판, 1994.
32) 남도현은 "지식―권력과 예"의 문제를 순자의 정치 철학에서 주요하게 다룬다. "1> 禮를 정당화하는 방식을 이전처럼 天을 통해서가 아니라 인간의 본성이란 유적특성과 연관시켜 정당화하려함. 2> 禮가 귀족에만 한정되고 刑이 피지배자 계

모든 연구는 딜레마에 빠진다. 우리는 광인의 세계를 모른다. 잘 알려고도 하지 않는다. 푸코가, 감옥이나 정신병원 고고학에서 광기를 찾았다면 이제 지구의 병원만이 아니라, 우주의 암흑물질 · 암흑에너지 · 초중량 블랙홀 같은 데서 그 기원을 찾아야 하리라 본다. 우주는 통찰만이 아니라 낱낱의 원소를 필요로 한다. 우주의 역사에서 광기를 발견하는 일이 지구의 역사에서 광기를 발견하는 일이다. 우주를 형성하는, 원소주기율표의 화학 공식에도 광기는 있고 광기와 이성의 싸움은 있을 수 있다. 우주는 미시세계를 다룬 양자역학의 낱낱의 광기와 거시세계를 다룬 상대성의 세계가 동시에 존재한다. 여기에 '비존재'의 세계가 존재하는지도 모른다. 대우주가 '마치 원소들이 추는 광기의 춤 같다'면 의외로 광기의 문제는 광물적이고 생물학적일 수 있다.

그렇더라도, 푸코가 '광기의 역사'에서 바로 본 인간의 광기는 우주의 광기만큼이나 중요하다. 권력화된 이성은 광기를 낳고, 다시 광기의 이성을 낳기 때문이다. 카오스모스처럼 혼돈과 질서는 하나의 광기이다. 광기보다 큰 우주는 없다. 광기가 이성의 어머니이고, 이성이 광기의 자식이라면 그 자식이 어머니를 잡아먹으며 유전된다. 이성 속에 광기는 유전된다. 암흑의 카오스가 우주의 빛(光)과 광(狂)을 낳았다면 같은 어머니에게서 태어난 둘은 한 자식이다. 이제 우주의 광기에서 인간의 광기, 그 기원을 찾는 것은 당연한 일이다. 한국우주문학의 기원으로서 **백수광부**는 그래서 더욱 중요하다. 「백수광부가」에서 '광(狂)'이 실종되면, 우리 고대문

층에 한정되었던 구분을 철폐하고 禮를 일반대중에게 까지 확장하려 했으며 피지배자 계층에 한정되었던 刑을 귀족에게 확대적용하려함." 남도현, 「'荀子'의 分의 담론 연구:사고형식(Denkformen)과 권력관계 분석을 중심으로」, 성균관대학교 대학원 석사논문, 1997, 54쪽.

학에서 광인은 사라지고, 광인이 없이는 우주문학의 기원은 실종된다.

고전시가에서부터 출발해 우주문학에 이르렀다고 생각되는 한국문학의 난제는 오히려 축복이다. 138억 년 우주의 '빅히스토리'로서 유전의 문제를 연구해본다면 난제들이 조금은 풀리리라고 본다. 그동안의 신화의 관점[33]도 연구해볼 필요가 있지만, 현시대 유전의 관점에서 함께 살펴본다면 **그 광기의 님이** 어떻게 우리에게 낱낱이 쪼개져 흘러왔는지 알 수 있는 텍스트를 발견할 수 있으리라 본다. 우리 역시 죽어갈 때 광기로 죽을 수밖에 없고 우주로 유전되는 님 이라면, 우리 한국문학과 세계문학이 만나는 접점에 '인류의 님'으로서 인간의 님이 남긴 발자국은 남을 수밖에 없기 때문이다.[34]

그 최초의 발자국이 땅이 아니라 강(물)이라는 사실은, '님의 죽음'은 고정되지 않고 계속 흐른다는 역설을 보여주는 '움직이는 장소성'의 첫 발견이라 본다. 우주는 모두 움직이고, 우주의 광기(狂氣)인지 광기(光氣)인지 모르지만 암흑 물질까지 보태져 더욱 선명하다. 이 현실성을 띠는 언어의 우주는 **시 광기의** 유전의 힘으로 계속 움직인다. 묘하게도, 님이 은하수를 계속 건너가게 한다. 동시에 스스로 건너간다. 여기서 님은, 지구에서

---

33) 조지프 캠벨, 이진구 옮김, 『원시 신화:신의 가면 1』, 까치글방, 2003.
34) 우주문학의 기원은 각각 나라별로 다를 수 있지만, 본고에서는 우선 한국우주문학의 기원을 밝히는 데에 주안점을 둘 것이다. 아직 '우주문학'이란 용어가 생소한 시점이어서 **우주문학은 우주문학이 아니다라는** 역설적 선언이 필요할 수도 있다고 본다. 많은 오해를 불러올 수도 있는 우주문학론의 논의는 본격적으로 앞으로 더 논의해볼 필요가 있다. (구)세계문학문학과, 텍스트는 있지만 아직 발견되지 않았거나 아직 발명되지 않는 텍스트의 예견까지 포괄한 (신)세계문학으로서 우주문학이, 어떤 연관성과 차별성을 가지는 지에 대해서는 본고의 논의 범주를 벗어난다. 하지만 필자나, 다른 필자들에 의해 계속 연구되어 우주문학의 세목이 좀더 풍요로워지기를 기원한다.

보면 죽은 자이지만 우주에서 보면 산 자이다. 죽은 자도 산 자도 아니다. 백수광부의 광기는 여기서 비롯된다. 광기는 광기를 부르고, 백수광부의 처는 광녀가 되는 것이다. 제 죽음을 예감하고 제 장례식을 함께 치르는 이 광녀만이 아니라, 모든 님과 모든 물과, 모든 은하는 장례식을 치러야 한다. 모든 생사가 유전되는 것은 이 때문인데, 그래서 공무도하가의 장례식은 아직 끝나지 않고 계속되고, **장례는 계속 치러지고,**[35] 애도는 극에 달한다.

국문학의 한 극점에서 「제망매가」의 주술성과 통찰이 나왔다고 보아야 옳을 것이다. 그것은 생사의 극점이 있어서 가능하지만, 시의 극점이 계속되려면 문학사적인 사건이 필요하다. "삶과 죽음의 길은/ 여기 있으니 두려워지고"로 시작되는 길을, 지금껏 "재를 올리"는 "월명사"의 한 가지 관점에서만 다루었으나,[36] '망자'의 관점에서도 다루어야 한다고 본다. 망자의 직접적 언술이 나오지 않는 짧은 서정시의 경우에 어렵더라도, '망자 주체'[37]가 불가능한 일이 아니라면 '숨은 주체'로 불러낼 수 있

---

35) 『하얀 별』 시집에서 계속 반복되는 구절인데, **마침 공무도하가와 5·18의 장례가 서로 순환하는 내용이며 둘은 연관된 작품이다. 여기에 관한 시와 언급이 앞으로 중요한 사안이 될 수 있어** 필자의 시론집에서도 밝혀두었다. 김영산, 「우주의 장례를 치르는 세 가지 방법」, 『우주문학의 카오스모스』, 59~79쪽.

36) 이 책의 일러두기에도 나오듯이 민족문화추진회에서 간행한 『삼국유사』를 저본으로 했음을, 다시 한번 밝힌다. 일연, 김원중 옮김, 『삼국유사』, 민음사, 2008.

37) 망자 주체는 절대 주체가 아니라, 보는 시선에 따라 달라지는 '상대 주체'이다. 우주의 주체들은 어떤 주체든 가능하며 해체와 통합의 의미에서, 들뢰즈의 '리좀'의 사유와 닮았지만 급팽창할 수 있는 우주목, 우주 나무숲이라는 점에서는 다르다. "다양체들은 현실이며, 어떠한 통일도 전제하지 않으며, 결코 총체성으로 들어가지 않으며 절대 주체로 되돌아 가지도 않는다. 총체화, 전체화, 통일화는 다양체 속에서 생산되고 출현하는 과정들일 뿐이다." 질 들뢰즈/펠릭스 가타리, 앞의 책, 5쪽.

다고 본다. 즉 숨은 주체→흐르는 주체[38]→사라진 주체→돌아온 주체→
숨은 주체로 계속 순환하며 주체의 증식이 일어난다. 그래야 '산 자의 주체'
와 '죽은 자의 주체'가 만날 수 있는 장소가 생긴다. 단순한 초극이 안 되려
면 '두 주체' 이상의 주체가 적당한, 팽팽한 거리를 유지하고 있어야 한다.

　"죽은 누이"의 관점으로「제망매가」를 바라보는(읽어내는) 일은 가능
할까? 주술성의 관점으로만 꼭 설정할 필요는 없다. 광기의 관점이 생기
면 가능할 터인데, 과학의 광기 없이 문학의 광기만으로는 더 난제다. '시
의 광기여, 시의 주체는 원자보다도 더 작게 쪼개진다' 고 생각하는 순간
주체는 사라져 버린다.[39] 그렇다면 서정적 자아[40]나, 시적 화자[41]나 '시

---

38) 금은돌의 '흐르는 주체'가 흐르는 주체로 계속 흘러가려면, 주체들의 증식이 왜 일
　어나는지 살펴볼 필요가 있다. 제망매가에서는 죽음의 '저쪽'으로 사라진 주체는
　곧 돌아온(올) 주체이고, 기형도의 사라진 주체는 돌아올 수 없는 주체라는 게 다르
　다. 서로 '비극의 주체'가 다르다. 엄밀히 말해 기형도의 시 속에 나타난 주체는 흐
　르는 주체가 아닐 수 있다. 단절된 주체들이 득실 되는 게 기형도의 시이고, 현대
　시들의 표상이 되었다. 이제 시들은 단절된 주체들로 득실 된다. 주체들이 '저쪽'으
　로 건너갈 수 있는 다리들을 끊어 버렸다. "기형도의 시적 주체를 '흐르는 주체'라 명명
　하고자 한다. 이렇게 명명하고자 하는 이유는 단지 '0.5인칭'이라든가 '유목하는 주체'
　라든지 하는 위 논의들을 뛰어넘는 요소들이 있기 때문이다." 금은돌, 「흐르는 주체」,
　『거울 밖으로 나온 기형도』, 국학자료원, 2013, 62쪽.
39) 권혁웅은 "주체란 무엇인가?"에서 '여러 주체'의 가능성을 보여주었다. "더욱이 단
　일한 화자로 환원하기 어려운 복수적인, 비의지적인 목소리들이 있다. 이를 혼란
　스러운 목소리라고, 다시 말해 목소리들의 착란이라고 기각하고 말 것이 아니다.
　이것은 재래의 화자 개념으로 설명하기 어려운 목소리들이며, 발화 자체의 다층적
　인 양상을 설명하기 위해서는 발화 자체의 성격에 따라 목소리를 나누거나 묶어야
　한다. 처음부터 끝까지 일정하고 단일하고 동일한 목소리를 가진 존재(곧 화자)는
　이들의 시에서 '말한다고 가정'된 그 목소리의 주인공이 아니다." 권혁웅, 『시론』,
　문학동네, 2010, 29～30쪽.
40) 김준오는 "자아와 세계의 동일성은 시의 원래의 모습이자 시인이 몽상하고 갈망하
　는 고향이다. 이런 자아를 우리는 서정적 자아라 부른다."고 하며 **동일화의 원리**를

적 주체'를 꼭 산 자로 하라는 법은 없다. 이미 시의 주체 논쟁에서 한국의 현대시가 많은 진전을 보여주었더라도,[42] 아직 죽은 자의 관점은 설정하지는 못했다. '흐르는 주체'가 가능하다면, 물론 모든 주체는 산 자가 설정할 수밖에 없겠으나 삶과 죽음의 '순환하는 주체'도 가능하다. '역 주체'도 가능하다. 우리나라 겸재 정선의 『금강전도』도 부감법(俯瞰: 하늘에서 내려다본 시점) 시각이고, 영국의 현대 예술가 데이비드 호크니도 역원근법이나 움직이는 초점(Moving Focus) 등의 많은 실험을 했으나,[43] 아직 망자의 시선을 직접적으로 불러오지는 못했다.

판타지이거나, 보르헤스의 『알렙』처럼 남미의 마술적 리얼리즘으로 끝날 수밖에 없는데,[44] 아무리 현대 우주론에서 가상과 현실이 같다는 논

근거로 다른 견해를 비판한다. "사실 많은 현대시들에서 자아와 세계의 동일성은 좀처럼 찾아볼 수 없고 오히려 대립·갈등이 지배적이다. 이기철학의 용어를 빌린다면 차이·분별의 원리인 기만이 작용하고 있는 것 같다. 이것은 세계의 자아화라는 서정장르 이론과 전면적으로 일치하지 않으며 이 불일치 자체는 서정시 이론의 불충분함을 시사한다." 김준오, 『시론』, 삼지원, 2019, 35~41쪽.

41) "시를 언술 양식으로 보았을 때 성립하는 개념이다. 시적 화자는 실제 시인이 텍스트 위에서 발화할 때 나타나는 목소리이자 이상적인 발신자이다. 시적 화자는 시인이 곧 화자라는 등식을 깨뜨리면서, 페르소나로서 역할을 수행한다." 금은돌, 앞의 책, 27쪽.

42) "자아에서 주체로"의 관점에서 보이는 '주체'의 새로운 시선은 우주적이다. "주체라는 미지의 장소를 환기하고 타자성의 심연을 가시화하는 어떤 영역, 그래서 자아의 동일성과 타인과의 허위적인 소통을 추문으로 만드는 어떤 영역, 진정한 윤리가 발생할 수 있는 어떤 상처의 영역으로 남겨두자는 것이다."라고 할 때 더욱 그렇다. 여기에, "시에 현실(reality)"과 "실재(the Real)"는 계속 달라질 것이다. 천체우주론과 양자역학의 '우주의 광기의 두 시선'이 '시의 영역'에서조차도 달라지게 하고 있기 때문이다. 신형철, 「문제는 서정이 아니다」, 『몰락의 에티카』, 문학동네, 2008, 181~203쪽.

43) 데이비드 호크니·헬렌 리틀, 김정혜 옮김, 『DAVID HOCKNEY 데이비드 호크니』, 서울시립미술관, 2019, 125~175쪽.

44) 여기에 대한 논의는 졸저 『우주문학의 카오스모스』에서 많이 다루었기에 생략한

리를 펴더라도, 새로운 우주문학의 사유 없이는 불가능하다. 이론물리학과 실증물리학의 **증거가 없는 상상력만으로 하는 문학의 시대는 끝났다**는 것이 결코 아니다. 데이비드 호크니의 움직이는 초점도 일반상대성이론이나 양자역학의 현대 천체우주론 다중우주의 시선이 없이는 불가능하고, 전자를 기술하는 상대론적 파동 방정식인 디랙방정식(반전자 전자, 즉 반물질 물질 이론, 완전한 무는 없으며 **그 무에서** 유가 나올 수 있음을 밝힌 이론인데, 그 후 직접적 증거들이 나옴)으로 소설을 쓴 앤드루 포터의『빛과 물질에 관한 이론』도 한 사례가 될 수 있을 것이다.[45] 과학이 광기라는 걸 안다면, 과학이 시라는 걸 안다면, 그 광기의 주체들을 불러내는 방법은 시가 가장 좋을 것이다.

우주문학은 한 겹의 꽃잎이 아니라 여러 겹의 꽃잎이 감싸고 있다.

한 겹, 우리에게 우주의 장소성이란 꽃잎이 피고 진다. 기존의 장소성에 대한 고민은 진은영의『문학의 아토포스Atopos of Literature』에 잘 나타나 있다.

> 우리는 문학의 토포스topos, 장소에 대해 다음과 같이 잠정적인 결론을 짓게 된다. 문학의 토포스는 세계의 다양한 장소들 중 특수한 방식으로 점유된 하나의 장소를 의미한다. 그것은 상업적인 화폐의 공간과 우파와 좌파 모두의 도덕주의적 정치 공간으로부터 분리되어 존재하는 하나의 새로운 장소이다. 이 장소는 플로베르와 보들레르처럼 예술을 위한 예술, 또는 예술의 종교를 믿었던 자들이 발견한 곳으로

다(99~109쪽 참조). 보르헤스, 황병하 옮김, 「알렙」, 『보르헤스 전집 3』, 민음사, 1996, 207~239쪽.
45) 앤두르 포터, 김이선 옮김, 「빛과 물질에 관한 이론」, 『빛과 물질에 관한 이론』, 21세기북스, 2011, 90~131쪽.

서, 다른 법령의 지배를 받지 않으며 자기의 고유한 사법권 하에서 그 장소의 생산물들을 평가하고 관리하며 소비한다.[46]

진은영이 말한 장소에 대한 잠정적인 결론은 **결론이** 아니다. 아직 한국 고시가의 장소성은 연구되지 않았고, 그 장소성과 연관하여 한국 현대시의 장소성도 확장되리라 본다. "이렇게 떠도는 공간성, 그리하여 결코 확정할 수 없는 방식으로 순간의 토포스를 생성하고 파괴하며 휘발시키는 일에 예술가들이 매혹될 때 우리는 그들을 공간의 연인이라 부른다"[47]면, 더더욱 토포스와 아토포스의 문제를 열린 공간으로 열어 두어야 한다. 이제 우주의 장소성은 하늘이 아니라 땅이다.[48] 여전히 광기와 이성의 싸움의 장이며 중력과 척력이 동시에 작동되어 카오스모스적인, 그 '위험한 장소성'은 시와 예술과 정치와 우주를 들여다보기에 주요하기 때문이다.

두 겹, 우주의 주술성 혹은 음악성이란 꽃잎이 피고 진다. 「정읍사」「가시리」「청산별곡」의 후렴구는 단순히 '음악성'이 아니라 '우주 소리'이다. 우리 몸속에 흐르는 아리랑 가락이나, 상엿소리 후렴구처럼 육체적이다. 삶의 흥과 죽음의 흥을 동시에 갖은 음악은 무의미해 보이는 후렴구에서 나온다. 우주 음악은 주체들이 흘러가는 것이고, 흘러가는 주체들의 '생사의 흥'이라 할 수 있다. 지구상에서 한국 현대시가 몰락하지 않고 흐르는 것은 오래전에 우주 음악의 '흥'을 만났기 때문이다. 흥은 낭만성이며 광기이다.

칸트의 천재성은 바로 광신적 구성력에서 유래한 것이다. 칸트의

---

46) 진은영, 「문학의 아토포스: 문학, **정치**, 장소」, 『문학의 아토포스』, 그린비, 2014, 162~163쪽.
47) 위의 책, 180쪽.
48) 김영산, 앞의 책, 35쪽.

영향으로 독일 고전주의 작가들은 그들의 가장 근원적인 정열에서 벗어나, 자신도 모르는 사이에 새로운 인문주의, 말하자면 학문적 문학으로 빠져 들어갔다. 가장 구상적인 독일적 인간상을 형식화한 실러는 사고의 유희에 몰두하여, 문학을 소박문학과 감상문학이라는 범주로 나누었고, 또한 괴테는 슐레겔 형제와 더불어서 고전주의와 낭만주의에 대해서 학문적으로 논했다. 이러한 것이 결국에는 독일 문학에 있어서 엄청난 손실은 아닌지. 이러한 것도 모르면서 독일 시인들은 칸트의 지나친 명료함 때문에, 그리고 법칙성과 체계성에서 출발하는 차가운 합리주의 때문에 자신들의 감동을 잃게 되었다. 횔덜린과 마찬가지로 바이마르로 온 실러도 이미 초기의 마신적 영감을 잃어버렸고, 괴테는 자신의 주된 관심을 자연과학으로 완전히 바꾸었다. 물론 괴테의 건강한 본성은 본래적인 본능으로 체계적인 모든 형이상학을 거부했다.[49)

어느 나라 어느 시대건 광기 주체와 이성 주체가 혼용되어 온 게 사실이다. 그것은 현대 문명만이 아니라 고대, 그 이전의 원시의 주술성이 우주로부터 왔기 때문이다. 우주의 주술성이라 할 수 있는 카오스적 주술성은 광기의 주체와 망자의 주체가 만나 벌이는 한판 잔치이다. 이성 주체와 광기 주체가 벌이는 한 판 춤이요, 음악이다. 한국 원시 예술 세계 원시 예술 역시 광기 주체와 이성 주체가 벌이는 '잔치의 흥'이다. 한국시 역시 '흥' 자체여서 광기 주체들이 죽지 않는다. 망자 주체도 죽지 않는다. 그것은 주술성의 음악이 그늘로 짙게만 드리워지는 게 아니라, 망자조차 춤추게 하는 '흥' 때문이다. 우리 상엿소리의 "허널 어화널 어나리 넘자 어화널"의 음악 속에 상여가 나가는 게 보이고, 강변 들판에 상여 꽃이 피는 것은 흥

49) 슈테판 츠바이크, 원당희·이기식·장영은 옮김,『천재와 광기』, 예하, 1993, 221쪽.

을 잃지 않아서이다. 첩첩산중 세상에서 홍이야말로, 긴 강줄기를 흘러가는 음악이다. '나(生)'를 달래지만 '너(死)'를 달래서 '홍'으로 승화시키지 않으면 상여는 뜨지 않고, 모든 주체들의 신명은 사라져서 음악 없는 지옥이 된다. 이 **우주음악**은 상엿소리이고, 멀리, 고조선보다 멀리 '원시성'의 음악에서 흘러나왔다. 「백수광부가」의 그 긴 강의 광기의 주체들이 현대에까지 흘러서 한국 현대시의 젊은 광기 주체가 된 것이다.

> 들려온다. 하나의 음이. 하나의 목소리가. 태초 이전부터 흘러왔던 어떤 소리들이. 이름을 붙여주기 전에는 침묵으로 존재했던 어떤 형상들이. 너는 입을 연다. 숨을 내뱉듯 음을 내뱉는다. 성대를 지나는 공기의 압력을 느낀다. 하나의 모음이 흘러나온다. 모음은 공간과 공간 사이로 퍼져나간다. 위로 아래로 오른쪽으로 왼쪽으로. 사방으로 퍼져나가며 진동한다. 음은 비로소 몸을 갖는다. 부피를 갖고 질량을 갖는다. 소리는 길게 길게 이어진다. 길게 길게 이어지다 끊어진다. 끊어지다 다시 이어진다. 어떤 높이를 가진다. 어떤 깊이를 가진다. 너는 허공을 바라본다. 높은 곳에서 쏟아져 내리는 빛을 보듯이. 구석구석 음들이 차오른다. 차오르는 음폭에 비례해 공간이 확장된다. 너는 귀를 기울인다. 저 높은 곳에서부터 내려오는 신의 목소리라도 듣듯이. 목소리는 말한다. 목소리는 목소리 그 자체로 말한다. 신의 목소리가 신의 말씀보다 앞서듯이. 소리의 질감이 소리의 의미를 압도하듯이. 너는 음의 세례를 받으며 빛의 세계로 나아간다.
>
> ─ 「나선의 감각 ─ 음」 부분[50]

이제니의 「나선의 감각 ─ 음」을 넓게 펼쳐서 읽다 보면 넓은 공간의

---

50) 이제니, 『왜냐하면 우리는 우리를 모르고』, 문학과지성사, 2014, 212~213쪽.

'흥'이 감지된다. 우주적 '흥'이 감지된다. 138억 년 시공의 춤, 시공의 음악, 시공의 흥이 기호로 조각되고 형상의 옷으로 입혀진다. 현대시의 광기 주체들은 고독하게 춤추며 고독한 우주를 본다. 광기 주체는 '소리의 시'를 통해 보고 듣는다. 열 개의 손가락 나선형 지문에 새겨진, 나선형 소리의 지문을 통해 보고 듣는다. 광기 주체는 제 몸의 지문의 춤이 우주의 춤이라는 걸 안 것이다. 그것은 우주의 '광녀'이기에 가능하고 우주의 '흥'을 받아들여 실현된다. 그 흥은 광기 주체들이 벌이는 잔치고, 이성 주체들이 벌이는 잔치이다. 광기의 이성 주체들이 내뿜는 신명이다. 한국시의 신명이 우주의 신명이란 걸 밝히려 한다.

김지하의 『율려란 무엇인가』[51]와 들뢰즈/가타리의 『천개의 고원』[52]을 통해, 우주 음악과 우주적 사유를 비교 분석해 보겠다. 김지하와 들뢰즈는 많은 연관이 있으나, 들뢰즈의 극단적 '해체'는 모두의 해체로 이어질 것이라고 그는 우려한다. 그러나 김지하의 그런 생각은 과유불급이고, 리좀의 사유를 잘못 분석한 것으로 보인다. 들뢰즈의 사유 역시, $(n-1)$ 공식이 잘못되어 지나친 지구적 사유에 집중되어, 그의 한계에 봉착한 우주적 사유인 '리좀의 덩이뿌리'가 드러난다. 우주는 리좀의 사유와 우주 증폭의 우주목(宇宙木)의 사유가 동시에 진행되어야 한다. 즉 $(n-1)$이 아니라 $(n \times 2)$로 증폭되는 것이다.[53] 지구의 얼굴이 뭉개지는 게 아니라

---

51) 김지하, 『율려란 무엇인가』, 한문화, 1999.
52) 질 들뢰즈/펠릭스 가타리, 『천 개의 고원』.
53) 들뢰즈의 $(n-1)$이 아니다. **$(n \times 2)$로 증폭되는 것은(필자의 견해이다),** 아인슈타인의 일반상대성이론의 $E=mc^2$의 급팽창의 속도만이 아니라, 스티븐 호킹의 "양자 요동에 의해서 무(無)에서 미세한 우주들이 창조된다"(『위대한 설계』, 173쪽)는 다중우주(multiverse)와 관련이 있다. 우주론이 '실재'로 다가올 때 우리는 경악한다. 아무리 검증되고 사실로 밝혀져도 '내'게 감지되지 않는다면, 이미 발견 된 중력과

지구의 얼굴이 증폭되는 것이다. 이 말을 다시 말하면, 사람의 얼굴을 뭉개서 될 일이 아니라 사람의 얼굴을 증폭시켜야 우주에 이른다는 것이다. 사람의 얼굴은 이미 지구의 얼굴이고, 사람 몸은 지구의 몸을 지녔다. 샴쌍둥이지구가 생겨난 것이다. 샴쌍둥이달이 생겨나고 샴쌍둥이우주가 생겨난 것이다.

김지하의 『우주생명학』[54]은 우주문학론의 주요한 텍스트가 될 것이다. 그것이 우주의 (비)생명학 까지는 못 미치더라도, 한국적 광기의 주체 발견에는 도움이 된다고 본다. 우주문학은 자국의 우주문학만은 아니지만, 각 나라의 광기 주체들은 그 나라의 문화 속에서 우주 주체가 되는 것이다.

우주 주체는 (비)주체인 장소 주체이기도 해서, 또한 하나의 주체로 단정 지을 수 없다. 주체는 주체가 아니라는 말도 맞지 않지만, 주체가 주체일 뿐이라는 말도 어긋난다. 그래서 원효는 중도를 "해"에 비유했지만, 그 해마저도 하나가 아님을 현대 천체우주론은 실증적으로 밝혀버렸다. **하얀 해와 숱한 검은 해들이 있는 것이다. 하얀 해와 푸른 블랙홀, 숱한 푸른 해들이 있는 것이다.**세 겹, 네 겹의 우주의 역사성 혹은 진화성이란 꽃잎이 핀다. 천억 개의 꽃잎의 힘으로, 우주는 천억 개의 극장에서 영화를 상영한다.

도 초중량 블랙홀도 '내'겐 존재하지 않는 것이다. 오히려 과학의 광기 주체가 문학(시)의 광기 주체로 발화하기도 한다. 즉 거시세계의 상대성이론과 미시세계의 양자역학이 만나는 장소가 광기 주체(우주 주체)들이 출연하는 장소이다. 더 이상 쪼갤 수 없는 곳까지 쪼개는 미시세계의 양자역학적 사유가 들뢰즈적이라면, 더 이상 증폭할 수 없는 곳까지 증폭시키는 '우주 풍수' '우주 역학'의 사유는 김지하적이다. 하지만 우주문학은 그 광기 주체들이 만나는 광기의 장소인 중간지대가 중요한데, 또한 주체의 광기 장소이기도 하다.
54) 김지하, 『우주생명학』, 작가, 2018.

우주가 팽창한다는 생각을 제대로 이해하려면 약간의 주의가 필요하다. 그 생각은 우주가 마치 집을 개축하여 확장할 때처럼 커진다는 뜻이 아니다. 집은 벽을 허물고 늠름한 참나무가 서 있던 마당에 새로 욕실을 만드는 식으로 커지지만, 우주는 그런 식으로 팽창하지 않는다. 오히려 우주 공간 자체가 확장된다. 우주 안에 있는 임의의 두 점 사이의 거리가 커지는 것이다.[55]

우주의 진화성이 우리의 기호―기표―기의 놀이를 능가하는 데 문제점이 있다. 모든 것을 기호로 해석할 수밖에 없는 인류는 기호의 인류이다. 들뢰즈가 자립적·이성적 주체의 죽음을 선고한 것은 광기의 주체들을 불러내기 위함이었다. 인간은 정신에 의해 사고가 출발하는 주체가 아니고, 감각과 무관하게 독립적 기능을 하는 정신이 성립할 수 없다는 것이 그의 생각이다. "화자는 하나의 거대한 기관 없는 신체다." "기관 없는 충만한 몸은 비생산적인 것, 불임인 것, 출산되지 않은 것, 소비 불가능한 것이다. 앙토냉 아르토는, 그것이 형태도 모습도 없는 채로 있던 그곳에서, 그것을 발견했다. 죽음 본능, 그것이 그 이름이며, 죽음은 모델이 없지 않다."[56] 들뢰즈가 "환경 개념은 단일하지 않다"고 한 것은 '우주생명'의 개념을 잘 설명해준다. "생명체만이 아니라 환경 역시 이행한다." 우주의 진화는 카오스도 코스모스도 아닌, 카오스모스여서 광기 주체의 장소는 역동적 광기 장소의 주체이기도 하다. 들뢰즈에 의하면, 김지하의 『우주생명학』의 '생명'은 '우주생명'이나 '지구생명'이 아니라 '사람생명'에 한정된다.[57][58]

---

55) 스티븐 호킹, 전대호 옮김, 『위대한 설계』, 까치, 2010, 157쪽.
56) 질 들뢰즈·펠릭스 과타리, 『안티 오이디푸스:자본주의와 분열증』, 32쪽.
57) (필자의 **장소주체**에 대한 생각은 이렇다) 우주문학은 삼라만상이 다 평등한 존재자이며 비존재자인 것이다. 인(人) 중심이 아니다. 인간은 언어의 지배를 받게 되어

이미 사람 주체의 시대는 들뢰즈의 사유체계 속에서는 해체되었다. 주체

있는데, 모심의 '시(侍)'자를 보더라도 사람이 들어있다. 사람 중심이다. 사람 불평
등의 봉건주의와 싸웠던 개화사상의 어쩔 수 없는 선택이지만, 현재 동서양 모두
'지구 생명=지구 비생명=우주 생명=우주 비생명'의 착취자로서 자유로울 수 없
는 것이다. 그것은 '사람=돈'을 모시는 자본의 구조화에서 기인한 것이지만, 모심
은 과거 지향이 아니라 미래 지향 이여야 할 것이다. 생명은 비생명이며 비생명은
생명이다. **지구주체**와 **지구장소성의 주체를** 동시에 보지 않으면 안 된다. 비생명
을 모시는 일이 생명을 모시는 일이다. 자연파괴는 인간파괴만큼이나 지구주체를
죽이는 것이다. 인간주체는 인간파괴의 주체이면서 지구파괴의 주체인 이중적 주
체이다.역으로 지구주체가 인간주체를 파괴하면 삼중적 주체이다. '자연 모심'은
'자연 생명과 비생명의 장소주체'의 모심이다. 지구주체 없는 인간주체는 없는 것
이다. 그것은 불교의『잡아함경』"유업보이무작자(有業報而無作者)"의 '무아윤회'
보다도 '무아순환'에 가깝다. 모든 주체를 사람(人) 중심에 두는 것은 기(氣)에 대한
잘못된 해석이다. 산소(O2)나 탄소(C) 철(Fe)도 주체가 될 수 있다. 지구의 비주체
는 주체이다. 우주의 암흑물질·암흑에너지 초중량 블랙홀 등은 별들의 **장소주체**
이다. 장소주체 없는 주체는 존재할 수 없다. 지구의 장소주체 없는 인간주체는 존
재할 수 없다. 장소주체는 영원하지 않다. 천국도 지옥도 불국토도 지옥도도 인간
주체가 만들었지만, 장소주체 없이는 불가능하다. 장소주체에서 보면 인간은 주체
가 없다. 광기주체만 남는다. 이성주체와 광기주체의 싸움이 서학과 동학을 낳았
다. 그게 목호시(目虎視) 수운 최제우의 '동학' 아닌가. "侍 곧, '모심'이란 안에 신령
이 있고 [內有神靈], 밖에 기화가 있어 [外有氣化], 온세상 사람이 각각 알아서 옮기
지 않는 것이다 [一世之人 各知不移者也]로 풀이된다. 여기서 특히 주목해야 할 부
분은 내유신령과 외유기화 부분이다." 김은석, 「김지하 문학 연구: 생명사상을 중
심으로」, 중앙대학교 대학원 석사논문, 1996, 7쪽.

58) 다시 주체 문제를 거론할 수밖에 없는 것은, 복잡한 주체가 이중적 삼중적으로, 지
구주체 우주 주체의 중간지대에 인간주체가 생겨나기 때문이다. '그것은' 근원적으
로, 미도 숭고도 "자기애적인 주체－감정"이라는 생각에서 기인한다. 결국 '위대하
고 공포스러운' 자연주체의 숭고도 인간의 이성주체로 환원돼 버린다. 즉 자연의 광
기 주체가 이성 주체를 지배하는 게 아니라 이성 주체의 기호에 의해 자연 주체가
지배당한다. 숭고/미도 학문화된 기호의 미가 되었고, 이성 주체가 자연 주체를 지
배하는 '칸트 주체'는 이성의 권력에서 기인한다. 거기에 비해 광기 주체는 자연 주
체여서 학문화되지 못한다. 기호가 되려는 순간, 붕괴되고, 찢겨 지는 종이가 된다.
결국 '제 자신 속'의 모든 광기 주체의 글은 사라지고, 광기 주체와 가장 가까운 이성
주체의 친척이나 타자들이 대신 대필한다. "숭고에 직면하여 주체는 자신이 자연을

의 주체만이 아니라 (풍수만이 아니라) 장소(환경) 주체를 사유하지 않으면 우리 스스로 '허구의 주체'일 수밖에 없다. 우주주체는 비―생명 주체(죽음만이 아니라 암흑에너지·안흑물질 등의 비― 생명체)와 생명 주체가 하나의 주체인 것이다.

「백수광부가」광기 주체「제망매가」망자 주체「청산별곡」의 청산의 장소 주체는 한국 문학사 전반에서 겹겹이 꽃핀다. 이른바 광기의 꽃이다. 한국시의 광기, 시의 광기의 꽃이다. 송강 정철의 가사 문학「사미인곡」도 그렇고, 윤선도「만흥」의 시조 등도 그렇다. 김소월「초혼」, 정지용「백록담」등도 그렇다. 이상의「절벽」의 광기, 김수영의「풀」의 광기도 다룰 것이다. 서정주의「귀촉도」, 황지우의「새들도 세상을 뜨는구나」, 기형도의「입속의 검은 잎」등은 한국시의 광기 주체와 망자 주체가 어떻게 전승 혹은 계승되었는지 보여주는 사례들이다. **<한국시의 광기 주체의 청산도(표)>**를 그려, 고조선부터 현대에 이르는 시인과 작품명을 일일이 새기고 기록하여 한국시의 우주문학이 어떻게 꽃피는지 보겠다. '우주문학 텍스트'는 김지하/최원식/정과리/이현정/조대한/김영산 등의 텍스트를 인용하거나 분석할 것이다. 광인 주체 망자 주체 출현에 이어 **돌연변이 주체**의 발명에 대해서도 분석할 것이다. 세계 우주문학의 기원을 ― 따로 써야 하겠지만 ― 한국 우주문학의 기원에서 찾으려 했다는 점을 미리 밝혀둔다.

넘어선 숭고한 존재라고 느낀다. 왜냐하면 실제로 숭고한 것은 이성 안에 있는 무한성의 이념이기 때문이다. 이 숭고함이 대상에, 이 경우에는 자연에 잘못 투사된다. 칸트는 이 혼동을 "사취詐取, subreption"라고 부른다. 미와 마찬가지로 숭고도 대상에 대한 감정이 아니라 주체 자신에 대한 감정이다. 자기애적인 주체―감정인 것이다." 한병철, 이재영 옮김,『아름다움의 구원』, 문학과지성사, 2016, 37~38쪽.

2부

우주문학의 두 겹의 꽃잎

우주문학의 선언

우주의 장소성이란 꽃잎이 피어난다

1. 「백수광부가」 '광'의 세 가지 분화

우주문학의 선언은 한국시로부터 출발할 수밖에 없다. 비단 한국문학의 최전선에서 세계문학을 바라보는 일 때문만이 아니라,[1] 한 겹으로 바라보던 한국문학과 세계문학을, 즉 이성과 광기의 두 겹을 벗겨내려면 그 광기의 근원을 물어야 하는데 최고의 시가 「백수광부가」라는 생각에 오래전부터 변함이 없어서이다. 원시문학까지 거슬러 올라가고 싶지만 문헌상의 어려움이 크다. 무엇보다도 원시의 국경은 넓어질 수밖에 없고, 국문학의 기원과 범위를 넓히는 데는 조심성이 따른다. "국문학의 알타이적인 층위가 무엇인가 궁금해지는데, 무속서사시인 서사무가의 면모에서 그런 것도 발견되지 않을까 추정해볼 수 있다. 무속서사시는 중국이나 일본에는 없었던 듯하고, 고아시아족 일부와 만주족·몽고족·터키족에게서 확인된다."[2] 이렇듯 눈여겨볼 곳과 눈 둘 데가 한반도를 넘어서는 것도 사실이다. 우리 원시문학의 지도가 없다면 방법은 없는가? 우주문학의

---

[1] "'한국문학'은 전지구적 현실과 연동된 한반도 특유의 지정학적 상황을 가리키는 말이다. 지금 이곳의 우리 문학을 상대화하면서 더 넓은 삶의 지평을 향한 작가들의 분투를 촉구하는 용어인 셈이다. 가까운 장래에 연대와 운동을 겸하는 '세계문학'이 작품의 문학적 성취를 통해 자연스럽게 새롭게 형성됨으로써 '하나의 문학'이 이곳 반도에 실현되기를 소망해 마지않는다." 유희석, 『한국문학의 최전선과 세계문학』, 창비, 2013, 8~9쪽.

[2] 조동일, 앞의 책, 68쪽.

광기 주체의 지도를 가지면 달라질 수 있다. "무속서사시"의 '광기 주체들'의 장소 주체의 관점에서 보면 시야가 달라질 것이다.

백수광부가에는 크게 세 가지 견해가 있다. 배경설화 문헌들 때문이다.[3] 첫째, 백수광부는 주신(酒神)이며 그의 아내는 악신(樂神)이라는 견해,[4] 둘째, 백수광부는 무당이라는 견해,[5] 셋째, 백수광부는 삶의 곤궁함에 시달리다 죽음을 택한 사람이라는 견해[6][7] 등이 있다. 이 세 가지 견해에서

---

3) "배경설화는 몇 가지의 문헌이 있으나, 가장 오래된 후한말 채옹(蔡邕; 133~192)의 금조(琴操)와 서진(西晉) 혜제시(惠帝時;290~306) 최표(崔豹)의 고금주(古今注), 그리고 곽무천(郭茂倩)의 악부시집(樂府詩集)에 실린 이하(李賀)의 차운시 앞에 배경설화와 함께 가사가 게재"되어 있다. 김학성·권두환 편, 앞의 책, 69쪽.

4) "우리의 주신인 백수광부(白首狂夫)가 피발제호(被髮提壺)하였다는 뜻을 명백히 파악할 수 있었다고 보인다. 즉 우리의 주신인 백수광부는 머리를 풀어헤치고 술병을 들고서, 아무런 두려움도 없이 물 속으로 걸어 들어간 것이다. 삶과 죽음을 초월한 신이 아니고서는 도저히 생각할 수 없는 행동이었고, 평상적인 인간의 모습이 아닌 특수한 존재였기 때문에 '백수광부'요, '피발제호'(被髮提壺)하여 '난류이도'(亂流而渡)하였던 것이다. (…) 희랍 신화에 의하면, 샘터·강물·바다·숲·산·목장 이런 곳에는 다 요정(妖精)이 있어, 그것을 님프라고 부르고 있다. 그리고 이 님프들은 다 음악을 잘한다고 되어 있다. 이로 미루어, 이 <공무도하가>의 작자인 백수광부의 처는 강물의 요정인 님프에 해당한다고 볼 수 있을 것 같다. 그리고 그가 그런 님프이기 때문에 음악을 잘 하였고, 그렇기 때문에 그 남편의 죽음을 당하여 그 슬픈 마음을 노래로 표현하였으며, 또한 주신인 그의 남편이 언제나 술병을 끼고 다니는 것처럼, 악신(樂神)인 그 아내는 언제나 공후를 끼고 다녔던 것이다. 정병욱, 앞의 책, 70쪽.

5) "그동안 논란이 많았는데, 모습이나 거동이 예사롭지 않은 점을 보아 죽은 사람이 무당일 것이라고 하는 견해가 특히 주목된다. 머리를 풀어헤치고, 술병을 들고, 미치광이 짓을 하면서 강물에 뛰어들기도 하는 것은 황홀경에 든 무당의 모습이라야 이해가 된다." 조동일, 앞의 책, 99쪽.

6) "이 노래에는 우선 유래 설명을 통해서 미천한 처지에 있는 민중의 생활이 나타나 있다. 죽음을 목격하고 노래를 전한 사람이 뱃사공이다. 뱃사공이라면 자기대로의 근심도 많았을 터여서, 원통한 사정을 노래로 호소하는 장면을 보고 깊이 공감했을 듯하다. 무언지 납득할 수 없는 기이한 사태에 부딪히는 데 그쳤다면 들은 노래를 자기 아내에게 옮기고 뱃사공의 아내가 다시 그 노래를 부르면서 담긴 사연을 자기의 슬픔인 양 되씹지는 않았을 것이다." 위의 책, 99~100쪽.

파생된 광기도 세 가지로 분류할 수 있을 터인데, 왜냐하면 원문만이 아니라 원문 해석 역시 광기를 내뿜고 있기 때문이다. 첫 번째, 주신과 악신에 조응하는 광기는 예술적 광기(狂氣≦光氣)라 할 수 있다. 두 번째, 무당에 조응하는 광기는 주술로서 광기(狂氣≧光氣)이고, 세 번째, 실제 미쳐버린 광기(狂氣>光氣)이다. 모든 광기는 하나의 '강'이면서, 세 가지 지류로 흐르고, 다시 하나의 본류로 합수해 흐르다, 여러 갈래 강으로 흐른다. 즉 산천(山川) 낱낱의 구멍에서, 인간의 대지에서 솟아난 강은 광기의 음악이요, 노래이다.

> 公無渡河(공무도하) 님아 그 강을 건너지 마오
> 公竟渡河(공경도하) 님은 그예 물 속으로 들어 가셨네
> 墮河而死(타하이사) 원통해라 물 속으로 빠져 죽은 님
> 當奈公何(당내공하) 아아 저 님을 언제 다시 만날꼬[8][9]

---

7) "반면에 북쪽의 견해는 현실에 입각하면서도 하층민의 착취와 현실고에 시달리는 민중의 아픔 등, 계급간의 투쟁으로 해석하는 경향이 지배적이다." 김학성·권두환 편, 앞의 책, 69쪽.

8) 필자가 괄호 안에 한자 음을 다느라 해석을 괄호 밖으로 했음. 그리고 "님이여 그 물을 건너지 마오"를 "님아 그 강을 건너지 마오"로 고쳐 봄. 정병욱, 앞의 책, 66~67쪽.

9) 필자는 중국 진(晉, 265~319) 최표(崔豹, ?~?), 『古今注(고금주)』, 卷中(권중), 音樂(음악) 第三(제삼) 원문에서 배경설화를 살펴봄. 엄경흠, 정병욱, 김영수의 글을 참고했음. 괄호의 한자음은 필자. 箜篌引(공후인), 朝鮮津卒(조선진졸) 霍里子高妻麗玉所作也(곽리자고처려옥소작야)° 子高晨起刺船而濯(자고신기자선이탁)° 有一白首狂夫(유일백수광부), 被髮提壺(피발제호), 亂流而渡(난류이도), 其妻隨呼止之(기처수호지지), 不及(부급), 遂墮河而死(수타하이사)° 於是援箜篌而鼓之作(어시원공후이고지작) 公無渡河之歌(공무도하지가) : 聲甚悽愴(성심처창), 曲終自投河而死(곡종자투하이사)° 霍里子高還(곽리자고환), 以其聲語妻語麗玉(이기성어처어려옥)° 麗玉傷之(려옥상지), 乃引箜篌而寫其聲(내인공후이사기성), 聞者莫不墮淚飮泣焉(문자막부타누음읍언) 麗玉以其曲傳鄰女麗容(려옥이기곡전린녀려용), 名曰箜篌引(명왈공후인)° 엄경흠 편저, 『한국 고전시가 읽기』, 역락, 2018, 16~18쪽.
정병욱, 앞의 글, 66쪽.

정병욱의 견해는 '예술적 광기'를 맨 처음 발견했다는 데서 그 의미가 크다. 그는 조선 정조 때 실학자 한치윤의 『해동역사(海東繹史)』의 "동서 제22 악가(樂歌) 악무(樂舞) 조"에 나오는 백수광부가 이야기를 이렇게 해석했다.

> <공후인(箜篌引)>이란 노래는 조선 땅의 뱃사공 곽리자고(霍里子高)의 처 여옥(麗玉)이란 여자가 지은 것이다. (이 노래가 지어진 연유를 소개하자면) 자고가 새벽 일찍이 일어나 나루터에 가서 배를 손질하고 있었다. 그때에 난데없이 머리가 새하얗게 센 미치광이 한 사람이 머리를 풀어헤친 채 술병을 끼고 비틀비틀 강물 속으로 들어가는 것이었다. 그리고 그 뒤에는 그 늙은 미치광이의 아내가 쫓아오면서, 목이 찢어지도록 남편을 부르면서, 한사코 남편을 물에 들어가지 못하도록 말리는 것이었다. 그러나 아내의 애절한 정성도 보람 없이, 그 늙은이는 깊은 물속으로 휩쓸려 들어가, 기어이 물에 빠져 죽고 말았다. 죽을힘을 다하여 쫓아오던 아내는 남편의 그런 죽음을 당하자, 들고 오던 공후(箜篌)를 끌어 잡고 튀기면서 공무도하(公無渡河)의 노래를 지어 불렀다. 그녀의 노래는 말할 수 없이 구슬펐다. 노래를 마치자, 그 아내 또한 스스로 몸을 물에 던져 죽어 가는 것이었다.
> 이러한 뜻밖의 일을 당한 자고라는 그 뱃사공은 제 눈을 의심하는 듯 집으로 돌아가, 여옥(麗玉)이라는 자기 아내에게 처음부터 끝까지 본 대로 그 일을 이야기하고, 또한 그 노래의 사설과 소리를 아내에게 들려주었다. 남편의 이야기와 노랫소리를 다 듣고 난 여옥은 저도 모르는 사이에 눈물을 흘리며, 벽에 걸린 공후(箜篌)를 끌어안고 남편이 일러 주는 대로 그 노래를 다시 한 번 불러 보았다. 그리하여 이 노래를 듣는 사람이면, 누구나 눈물을 막을 수 없었고, 울음을 터뜨리지 않는 사람이 없었다. 여옥은 옆집에 살고 있는 친구 여용(麗容)에게 이 노래를

김학성·권두환 편, 앞의 책, 69~78쪽.

가르쳐 주고, 또한 노래 이름을 공후인(箜篌引)이라 부르기로 했다.[10]

백수광부가의 배경설화와 노래를 같이 보면 선명한 그림자가 어른댄다. 그 그림자는 광기이다. '광'이 세 가지로 분화(分化)되는데, 첫째 분화가, 예술적 광기인 것이다. 주신과 악신은 그 광기 없이는 생겨날 수 없고 존재할 수 없다. 서양의 디오니소나 바쿠스 신화만이 아니라, 가장 한국적인 예술로서 광기와 죽음의 광기가 만난다면, '죽어도(죽어가면서도)' 걸어가는(흐르는) 길(강)이 생겨난다. 거꾸로 보면, 강(광기)이 있어 광인과 광인의 처와 이웃들의 광인이 태어난다. 이때, 태어난다는 것은 예술의 광인들이 창조된다는 의미, 거꾸로, 또 거꾸로, 강(물)의 광기가 숱한 광인을 불러 모은다.

한국적인 예술을 불러오려면 광기의 해석이 달라져야 한다. 그동안 백수광부가에 대한, 세 가지 이상의 견해가 세 가지 이상의 광기로 흘러야 한다. 그 세 가지 광기 중에 제일 중요한 게 죽음의 광기인 것이다. 백수광부가는 단순히 주신이나 악신만이 아니라, 죽음의 광기와 음악이 극적으로 강에서 만난, 오히려 우리의 상엿소리가 생겨난 원류인지 모른다. "모든 풍경은 유전되는지 모른다"[11]고 한다면, 먼 훗날을 예견한 것도 모르는 광인과 이웃 광인들의 노래가 "님아 그 강을 건너지 마오"에서 "허노

---

10) 箜篌引 朝鮮津卒 霍里子高 妻麗玉所作也 子高 晨起 刺船而濯 有一白首狂夫 被髮提壺 亂流而渡 其妻 隨而止之不及 遂墮河而死 於是 援箜篌而鼓之作公無渡河之歌 聲甚悽愴 曲終 自投河而死 子高 還以其聲 語妻麗玉 麗玉之引箜篌 而寫其聲 聞者 莫不墮淚掩泣焉 麗玉 以其曲 傳隣女麗容 名之曰箜篌引焉.『해동역사(海東繹史)』원문 재인용. 정병욱, 위의 책, 65~66쪽.
11) 김영산,『하얀 별』, 7쪽.

어허노 얼가리 넘자 너화넘"12)으로 흘러든, 장례 풍경이 맨 처음 거기서 생겨났는지 모른다.

그런데 마찬가지로, 둘째 분화 역시 상엿소리가 흘러난다. 무당의 광기 역시 상엿소리의 그림자를 만드는 것이다. 박수무당인 백수광부와 무당인 광부의 처가 "고조선이 국가적인 체제를 확립하면서 나라 무당으로서의 권위가 추락"한 '실패한 무당'이라면 더욱 그렇다.13) 그때부터 모든 무속의 굿 노래는 제가 저를 위해 부르는 장송곡이 된다. 두 무당의 죽음(자살)은 주저 흔 같은 것을 남기는데, 못다 치른 제 죽음의 굿판에서 흘러나온 무늬가 백수광부가 노래일 터이다. 그 두 광인을 바라본, 그 무속인을 따르는 자들이 따라 부른 "언제 다시 만날 꼬"는 "인제 가면 언제 올까"14)의 상엿소리일 수 있다.

셋째 분화 역시, 상엿소리로 흘러간다. 죽음만큼 곤궁한 삶을 잘 보여주는 것은 없다. 장례조차 치를 수 없는 현실이 극단적인 죽음에서 나타난다. 술에 취해 머리를 하얗게 풀어헤친 미치광이 행색이 그걸 증거 한다. 미천한 자들은 하소연할 데가 '강'밖에 없으니, 강에다 대고 말하고 노래를 부른다. 남편이 강물에 걸어 들어가 죽고, 그를 따라 아내도 죽기 전에 곡소리를 냈으니, 당연히 상엿소리를 낼 수밖에 없다. "근심이 많고 죽을 고비도 겪는 하층민중의 어려움을 하소연하자는 방향으로 뜻이 확대되었을 수도 있다."15) 이제 혼자 하는 노래가 아니라 모두가 따라 부르는 상엿소리가 된다. "어너리 넘차 너화넘"16)은 모두의 노래가 된다. 우리 상

---

12) 기노을 편저, 「승주군 낙안면편」, 『한국만가집』, 청림출판, 1990, 287쪽.
13) 도정일, 앞의 책, 99쪽.
14) 기노을 편저, 「나주시 영산포동편」, 앞의 책, 239쪽.
15) 도정일, 앞의 책, 100쪽.

엿소리는 사뭇 서양의 레퀴엠과 다르다. 알 수 없는 한국인의 기운이 배어있다. 슬픔 속에 "어화너어 넘차 어너리 넘차 너화넘"의 기백이 느껴진다. 계속 상엿소리를 따라부르다 보면 기운생동이 느껴진다. 이 알 수 없는 기의 '움직이는 음악'이 '죽음의 흥'인 것이다. 마침내는 남녀노소 후대까지 이어질 긴 강의 노래가 된다. 오히려 가장 민중적인 데서 생사의 강을 건너는 '한국의 격'이 나온 것이다. 우주적인 한국의 격을 높인 데는 가장 낮은 강이었다.

---

16) 「송만갑 관련 동편제 심청가 음원 고찰」의 노재명(국악음반박물관 관장) 글에서 '심청가 상여소리' 출처와 '빠른 중중모리' 판소리 한 대목을 그대로 옮긴다. **「국창 송만갑 판소리' 음반 해설서」(국악음반박물관·사단법인 동편제판소리보존회 제작 NCM—091128, 1CD, 2009년 11월 28일 유성기음반 복각 제작. 음원·자료 제공:국악음반박물관, 해설서 글:노재명) 9번 수록곡—심청가 중 <심청모 행상가>(1913년 녹음)** (빠른 중중모리) "어넘차 너화. 어화어화 어너리 넘차 너화. 어화너어 넘차 너화. 새벽 종다리 쉰질 떠 서천 명월이 다 밝아온다. 어너리 넘차 너화. 어화어화 어너리 넘차 너화. 불쌍하다 곽씨 부인. 황천길이 머다더니 젊은 한쌍이 한때로구나. 어너리 넘차 너화. 어화 너어넘차 어너리 넘차 너화. 앞에 있는 김서방 폭음을 점차 질기지 말어라. 귀신 백골이 또 들어온다. 어너리 넘차 너화. 허어너어너 어넘차 너화넘. 오얏나무 정자 위 뻐꾸기 한쌍이 듣기가 좋네. 어너리 넘차 너화넘. 남문을 열고 바루를 쳐 계명 산천에 다 밝아온다. 어너리 넘차 너화. 어허너 넘차 어너리 넘차 너화넘." 이때여 심봉사 굴관제복을 허여 입고 상부 뒷채를 검쳐 집고, "아이고 마누라, 마누라, 마누라, 마누라, 마누라, 마누라, 마누라! 함께 가자. 함께 가세. 황천길이 어디라고 날 바리고서 어디를 갔나. 마누라, 마누라, 마누라! 어린 자식을 뉘게다 맡기고 눈먼 가장을 뉘게 맽기고 갔소. 으아아아아아 마누라, 마누라, 마누라!" "어화어화 어너리 넘차 너화넘. 이내 몸이 살을 제, 적적하니 보낼 제. 어너리 넘차 너화넘. 어화너어 넘차 어너리 넘차 너화넘." 땡기랑 댕기랑 댕기랑 댕기랑 댕기랑 댕기랑 댕기랑 댕기랑. "어너리 넘차 너화넘." 이때의 이리 저리로. 노재명, 「송만갑 관련 동편제 심청가 음원 고찰」, 『동편제 심청가의 복원 및 재현 자료집—박록주 심청가(1976년)의 복원 및 재현』, 한국문화의 집 KOUS 공연 책자, 2013년 11월 20일 17:00∼21:00, 179∼211쪽.

갈래	첫째	둘째	셋째
기존의 입장	백수광부는 주신(酒神)이며 그의 아내는 악신(樂神)이라는 견해	백수광부는 고조선 이 국가적인 체제를 확립하면서 나라 무당으로서의 지위를 차지하지 못해, 죽음에 이르게 된 무당이라는 견해	백수광부는 삶의 곤궁함에 시달리다 죽음을 택한 미천한 처지의 민중이라는 견해
주체	예술적 광인	무당의 광인	실제 미친 광인
광기의 종류	예술적 광기	종교적 광기	현실적 삶의 광기
광기의 크기	광기(狂氣 ≦ 光氣)	광기(狂氣 ≧ 光氣)	광기(狂氣 > 光氣)
전승 혹은 계승	상엿소리		

2. 「백수광부가」 장소성의 발화

진은영의 『문학의 아토포스』는, 신형철이 발문에서 쓴 데로 "이 역저는, 2008년 이후 한동안 지속된 '문학과 정치' 논쟁이 허망한 탁상공론이 아님을 입증하는 가장 강력한 증거로 남을 것이다."[17] 진은영이 제기한 문학의 '토포스(topos)' 문제는, 모든 고대 시가나 현대시에 이르기까지 '장소성'을 떠올려 볼 수 있기에 소중하다고 할 수 있을 것이다.

진은영은 피에르 부르드외의 『예술의 규칙』[18] 등에 나오는 두 가지 견해를 분석하며 자신의 '장소성'에 대한 견해를 드러내는 방법을 취한다.

---

17) 진은영, 앞의 책, 308쪽.
18) 피에르 부르디외, 『예술의 규칙』, 하태환 옮김, 동문선, 1999.

문학의 공간을 수호하는 천사는 특정 계급의 환상적 발명품이며 문학의 공간 역시 다른 계급에 대한 히스테릭한 시각 상실을 통해 생겨난다는 사실이다. 이런 관점에서 부르디외는 두 가지 작업을 수행한다. 하나는 다양한 계층에 대한 인터뷰를 통해 칸트가 말했던 목적 없는 합목정성이나 무관심성 같은 미감적 공통감각의 부재를 실증하는 것이고, 다른 하나는 문학의 자율성(무관심성)이 지배하는 문학적 순수 공간을 확립했던 작가들의 계급적 위치를 분석하는 작업이다. 전자의 사례로서 그는 몇몇 예술적 사태들을 분석한다. 하층계급의 사람들은 회화에서 순수한 형태에 대한 관심보다는 색채에 관심을 가지며 색이 주는 아름다움에서 커다란 미적 즐거움을 느낀다. 그러나 칸트에 따르면 색이 주는 쾌감은 미적인 것이 아니라 식사 후의 포만감과 같은 육체적 즐거움에 불과하다. 따라서 하층계급은 아름다운 예술작품을 보고서도 무관심한 미감을 느끼지 않는다고 말할 수 있다. (…) 부르디외는 세속화된 근대주의에 대항에서 미적 근대의 공간을 창안했던 대표 작가인 보들레르와 플로베르의 계급적 기반을 문제 삼는다. 그들은 모두 플로베르 자신의 소설 속 등장인물인 프레데릭처럼 '상속받은 자들'이다. 그래서 두 작가는 삶과 예술 양자에서 명실상부하게 문학의 자율성을 지키고 그 자율적 공간에 거주할 수 있었다.

(…) 보들레르의 경우에도 사정은 비슷했다. 물론 그는 지치고 피곤했으며 굶주리는 가난한 삶을 살았지만 고티에처럼 『프레스』La presse지에 매주 극작품의 서평을 써야만 했던 문학 노동자의 조건을 감수할 필요는 없었다. 그래야 할 순간에는 어머니에게 돈을 부쳐 달라는 편지를 쓰면 되기 때문이었다.[19]

피에르 부르드외가 주장하는 "미적 공통감각의 불가능성"은 결국 칸트의 『판단력비판』에 나오는 "목적없는 합목적성"[20]을 근거로 든 것인데,

---

19) 진은영, 앞의 책, 161~162쪽.

진은영의 아토포스(문학의 비장소)도 이 가까운 거리에 사유의 장소가 생긴다. 모든 꽃은 한 겹이 아니라 겹겹이 핀다고 한다면, 진은영과 부르드외와 칸트가 겹겹이 피어나는 꽃이다. 먼저 칸트라는 한 겹은 순수의 공간(장소)에서 피어나는 꽃잎이다. 칸트에 의하면 선천적으로 주어지게 되는 공간과 시간은 순수한데, 경험적으로 표상이 달라진다. 그 장소(場所)는 아리스토텔레스의 불완전한 범주표에 나온 것이기도 한데, 칸트의 순수오성개념을 제공하는 순수종합의 장이기도 한 것이다.21) 이 장소(칸트의 범주표)에서 「미의 분석론」은 시작되었고 '무관심적 만족감'이라는 미에 대한 감정의 성질이 발화한다. 미의 입장에서 보면, "모든 꽃은 아름답다"고 한다면 '모든'은 '상스러운 것'이 된다.22)

---

20) "칸트는 상상력과 오성의 자유로운 놀이를 통해 미적 쾌감을 일으키는 미적 대상의 형식을 "목적없는 합목적성"으로 표현한다. 그러면 **목적없는 합목적성**은 무엇을 의미하는가? 대상을 직관할 때 우리의 상상력은 다양한 직관적 표상들로부터 **"다양중의 통일"**이라는 합목적적인 형식을 포착한다. 그러나 상상력에 의해 포착된 다양 중의 통일이라는 미적 형식은 "자체목적"이라는 개념에 의해 규정되는 것이 아니라, 오로지 상상력과 오성의 놀이를 통한 쾌감을 일으키기에 적합한 것이다. 따라서 순수한 아름다움에 대한 판단은 대상의 감각적 질료적 성격, 색, 맛, 소리에 의한 자극과 동요에 의한 것이 아니다. 순수한 미적 판단은 대상의 합목적적인 형식에 의해 일어나는 인식능력의 유희 활동에 의한 반성적 쾌감에 의한 것이다." 공병혜, 『칸트·판단력 비판』, UUP, 2002, 51~52쪽.

21) "공간과 시간은 선천적인 순수직관의 다양을 포함하고 있다. 그러나 그것은 우리 심성의 수용성의 제약에 속하는 것이며, 이 제약하에서만 우리의 심성은 대상의 표상을 받아들일 수 있고, 따라서 또 언제나 대상의 개념에 영향을 주지 않을 수 없는 것이다. (…) 일반적으로 표상된 순수종합이 순수오성개념을 제공한다. (…) 그러나 그(**아리스토텔레스**)의 범주표는 아직도 의연히 불완전한 채로 남아 있다. 그속에는 또 그 밖에 순수감정의 몇 가지 양식(時·場所·位置·前時·同時)과 오성의 계통표에 속하지 않는 경험적 개념(運動)이 발견되며, 혹은 또 파생적 개념(能動·受動)이 근본개념 속에 산입되기도 하고 약간의 근본개념이 전연 누락되기도 하였다." 칸트, 전원배 옮김, 『순수이성비판』, 삼성출판사, 1982, 115~117쪽.

부르디외라는 두 겹은 '야만의 장소'에서 피어나는 꽃잎이다. 이미 게임
화되고 자본화된 이 꽃잎은 칸트의 꽃잎과 대척점에서 핀다. 그 '순수의
장소'를 덮어버리고 전복하려는 꽃잎이다. 이 꽃의 장소에서는 하층계급
이 주체로 나선다. 그의 "반(反)—칸트적 미학"은 순수의 영역이 사라진
'자본의 꽃'에 대한 미학적 해체이자[23] 다른 봉합수술과[24][25] 수술대(장
소)가 다르다. 하층계급으로 확장된 장소의 꽃밭, 그 찢겨 진 꽃잎, "장(場)
에 대한 부르디외의 구상은 막스 베버의 종교사회학 이론에서 비롯된다.

---

22) 위의 책, 117쪽 범주표 참조.

    앞의 책, 공병혜, 45~49쪽 참조.

23) 삐에르 부르디외, 최종철 옮김, 『구별짓기:문화와 취향의 사회학(상)』, 새물결, 2006, 87쪽.

24) "미가 주는 만족은 긍정적"인 반면, 숭고가 주는 만족은 "부정적"이다. 미가 주는 만족
이 긍정적인 것은, 그것이 주체를 직접적으로 만족시켜주기 때문이다. 이와는 달리 숭
고 앞에서 주체는 우선 불쾌감을 느낀다. 그래서 숭고가 주는 만족은 부정적이다. 숭
고의 부정성은 숭고 앞에서 주체가 **자신의 타자**에 직면하고, **타자**를 향해 **자신의 바
깥으로 끌려나가고**, 탈아脫我의 상태에 처하기 때문에 생기는 것이 아니다. 주체의 자
기애를 방해할 **타자**의 부정성은 숭고에도 없다. 미 앞에서도 숭고 앞에서도 주체는 **자
신을 벗어나지** 않는다. 주체는 영구적으로 **자기 안에** 머무른다. 숭고로부터도 벗어나
는 전적인 타자는 칸트에게 끔찍하고 기괴하고 파멸적인 것이었으리라. 그런 재앙은
칸트의 미학 안에 자리 잡을 수 없었다. 미도 숭고도 주체의 **타자**가 아니다. 거꾸로 그
것들은 주체의 내면성에 흡수된다. **자기애적인 주체성 바깥**의 공간이 허용될 때만 **다
른 미**가, 나아가 **타자의 미**가 다시 확보될 수 있을 것이다. 한병철, 앞의 책, 38~39쪽.

25) "그러나 칸트는 숭고의 모든 종류를 몰랐다. 칸트는 특히 관상자에게 있어서의 쾌
와 불쾌와의 대립관계가 일어나게 된 문제의 측면을 중요시했다. 그러므로 칸트에게
있어서는 이 대립관계가 부자연스럽게 극단화하고 있다. 칸트가 이 대립관계를 그처
럼 첨예화한 이유가 무엇인가라고 묻는다면 그것은 그의 형이상학적 확신에 있다고
대답할 수 있다. 그의 이 형이상학적 확신에 의하면 신은 절대적으로 숭고한 것이며,
그에 비하면 모든 피조물은 있는지 없는지 분간할 수 없을 만큼 아주 작은 것이어서
저 숭고한 것은 자연과 정신생활 중의 부분적인 모든 숭고한 것으로서는 도저히 미칠
수 없는 무한한 것이라고 한다. 그러나 이러한 세계관적 관점은 일면적인 것이다." 니
콜라이 하르트만, 김성윤 옮김, 『미학이란 무엇인가』, 동서문화사, 2017, 431쪽.

즉 사제와 예언자, 그리고 마술사 간의 관계에 대한 분석을 발전시킨 개념이라고 할 수 있다. 그러나 다른 한편 구조주의적 유산을 간직하고 (…) 장은 정치의 장, 종교의 장, 학문의 장, 예술의 장 등으로 다원화"[26]된다.

진은영이라는 세 겹의 꽃잎은 이 두 겹 사이에서 피어나는 새 꽃잎이다. 이 꽃잎은 처음부터 여리지 않고 당찬데, "정체가 모호한 공간, 문학적이라고 한 번도 규정되지 않은 공간에 흘러들어 그곳을 문학적 공간으로 바꿔 버리는 일. 그럼으로써 문학의 공간을 바꾸고 또 문학에 의해 점유된 한 공간의 사회적—감각적 공간성을 또 다른 사회적—감각적 삶의 공간성으로 변화시키는 것이 문학의 아토포스"라고 할 때, 그 한 번도 꽃핀 적 없는 '첫 공간'에서 "공간의 연인"을 호명하려 하기 때문일 것이다.[27]

그런데 '이 꽃가지'를 꺾는 게 좀 억지스러워 보이는데 왜인가? 부르디외의 말을 빌려, 진은영 역시 보들레르를 '상속받은 자들'의 명단에 적어 넣는다. 예술명단이 예술인의 '살생부'가 되기도 한다. 보들레르 역시 **우주의 장소성**을 사유하며 그려내려 했고, 그것을 옥타비오 파스가 『흙의 자식들』에서 분석하고 있는데, "보들레르에게는 우주의 체계는 시 창작의 모델이었다."

> 보들레르의 글에서 두 가지 사상이 나타난다. 첫 번째는 우주를 언어로 보는 아주 오래된 사상이다. 이때 언어는 정태적이 아니라 끊임없이 움직인다. 하나의 문장은 다른 문장을 생성하고 각각의 문장은 서로 다른 것을 말하지만 그 말하는 바는 결국 같은 것이다. 바그너에 관한 글에서 그는 이 생각을 다시 표현한다. "진정한 음악이 여러 사람들의 마음속에 비슷한 생각을 불러일으킨다는 것은 그리 놀라운 일이

---

26) 위의 책, 11~12쪽.
27) 진은영, 앞의 책, 180쪽.

아니다. 정말로 놀라운 생각은 소리가 색깔을 연상시키지 못한다거나, 색깔이 멜로디를 만들 수 없다거나, 소리와 색깔이 관념으로 해석되지 못한다는 생각이다. (…) 우주적 상응은 모든 사물들의 계속적인 변형을 의미한다. 세계라는 텍스트는 유일한 텍스트가 아니다. 매 페이지는 다른 페이지의 번역이며 변형이고 그 페이지는 또 다른 페이지에 번역되고 변형된다. 이 세계는 은유의 은유이다. 세계는 사실성을 상실하고 하나의 언어로 변한다. 그 아날로지의 중심은 비어 있다. 무수한 텍스트는 원본이 부재함을 암시한다. 그 빈 구멍으로 세계의 현실성과 언어의 의미가 빨려 들어가 사라진다. 하지만 감히 그 빈 구멍을 관조하고 그 관조를 자기 시의 소재로 끌어들인 시인은 보들레르가 아니라 말라르메이다.

보들레르를 사로잡은 또 하나의 현기증 나는 사상이 있다. 그것은 만일 우주가 암호이고 수수께끼라면, 넓은 의미에서 "시인은 번역자이며 기호 해독자가 아닐까?" 하는 생각이다. 시편은 현실의 해독이고, 그 해독은 하나의 번역이며, 그 번역은 해독된 현실을 다시 기호화하는 또 하나의 글이다. 시편은 우주와 닮은꼴이고, 비문秘文이며, 상형 문자로 덮여 있는 공간이다. 시를 쓴다는 것은 우주라는 부호를 푸는 것인데 결국 다시 문자로 부호화하는 것이다. 아날로지의 유희는 끝이 없다. 독자는 시인이 거친 과정을 반복하며, 시 읽기는 시인이 쓴 시를 독자의 시로 바꾸는 번역 작업이다. 아날로지의 시학은 문학 창작을 하나의 번역으로 생각하게 한다. 그 번역은 다시 되풀이되며 우리는 '작가의 복수성'이라는 역설과 마주 서게 된다. 이 역설은 우리를 다음과 같은 결론에 이르게 한다. 시의 진정한 작자는 시인이나 독자가 아니라 언어라는 사실이다. 이 말은 언어가 시인과 독자의 현실성을 지워버린다는 의미가 아니라 그들을 통해 나타난다는 뜻이다.

즉 시인과 독자는 언어의 실존적 두 순간이다. 만일 시인과 독자가 말하기 위해서 언어를 빌린다는 게 사실이라면, 언어가 그들을 통해 말한다는 것도 사실일 것이다. 세계를 쉴새없이 움직이고 변형되는 하나의 텍스트로 보는 시각은 유일무이한 원본이 존재하지 않는다는 사실에 이르게 된다. 시인을 번역가나 해독자로 보는 생각은 '작가의 죽음'이라는 생각에 이르게 된다. 하지만 이러한 역설을 시적 방법으로 원용하는 시인은 보들레르가 아니라 20세기 후반의 시인들이다.[28]

보들레르만이 아니라 『시뮬라시옹』의 장 보드리야르도 **우주의 장소성** 문제는 골칫거리이다. "오늘날의 시뮬라시옹은 원본도 사실성도 없는 실재, 즉 파생실재hyperréel를 모델들을 가지고 산출하는 작업이"[29]기 때문이다. 원본이 없으면 장소도 없고, 우주의 장소성은, 시뮬라크들이 만들어내는 곧 사라지는 장소가 되고 만다.[30] 이 **우주 복제**와 **우주 암호**는 보들레르에게서 비롯되었고, 장 보드리야르가 받아들인 것이다. 그런데 보들레르 이전에 칸트가 『판단력비판』에서 보여준 그의 예술론이 기원이다. "예술 창조 행위는 자연의 아름다움을 표본으로 하여 이루어진다. 자연미가 지닌 의미를 예술작품 속에 의도적으로 표현하는 자는 천재이다. 천재는 자연의 총아로서 자연이 주는 암호를 예술작품을 통해 전달한다.[31] 즉 칸트 ← 보들레르 ← 장 보드리야르 역 화살표가 가능하다.

28) 옥타비오 파스, 김은중 옮김, 『흙의 자식들』, 솔, 1999, 93~95쪽.
29) 장 보드리야르, 하태환 옮김, 민음사, 2018, 12쪽.
30) 비디오, 오디오 비주얼, 회화와 조각의 이미지 등 대부분의 현대 이미지들은 "사라져버린 무언가의 흔적"일 뿐이다. 여기서 사라져버린 그 "무엇인가"는 아마도 시뮬라시옹이 사라지게 만드는 '실재'일 것이다. 진중권, 『현대미학 강의』, 아트북스, 2016, 299쪽.
31) 공병혜, 앞의 책, 93쪽.

결국 우주의 장소성을 확보하려면, 원본의 복제인 시뮬라크르(장소)가 아니라 복제하는 행위(주체)가 중요한데, 여기서 **광인 주체**가 발화된다. 이미 논의한 「백수광부가」의 광인 주체는 발화된다. 즉 광인① 광인② 광인③으로 분화된다.(앞의 광기 분석표 참조) 이 주체들이 끝없이 증식하여 우주로 흘러드는 것을 보려면 이 광인 주체들을 따라갈 수밖에 없다. 백수광부의 주체가 '광인'이 됨으로서 무수한 '광인' 주체의 분화가 일어나는 것이다. 여기서 광인 주체가 살아가려면 **망자 주체**를 만나야 하는데, 우리 고시가에서는 월명사의 「제망매가」가 제격이다.

〈『백수광부가』광인 주체의 분화 분석표〉

갈래	광인①	광인②	광인③
기존의 입장	백수광부는 주신(酒神)이라는 견해	백수광부는 고조선의 무당이라는 견해	백수광부는 미천한 처지의 민중이라는 견해
주체	예술의 광인 주체	주술의 광인 주체	실제 미친 광인 주체
광기의 종류	예술적 광기	종교적 광기	현실적 삶의 광기
광기의 크기	광기(狂氣≦光氣)	광기(狂氣≧光氣)	광기(狂氣＞光氣)
전승 혹은 계승	제망매가 → 망자 주체 탄생		

3. 「백수광부가」의 '강'의 장소성과 「제망매가」의 주체

보들레르의 우주는 언어의 우주, 시의 우주임이 분명해졌다. 진은영식으로 말하면 시의 '아토포스(비장소)'를 '토포스(장소)'로 바꾸려 했던 것이다. 우주의 아토포스를 토포스로 바꾸려면 난관이 많은데, 보들레르는 언어의 우주로 그 장소성을 실현하고 싶었을 것이다. 장 보드리야르 식으로 말하면, 그 역시 '원본을 모르기에' 실현할 수 없는 시의 영토를 꿈꾸다 죽었을 것이다.

칸트나 보들레르가 우주(자연)의 암호를 예술적 행위를 통해 푸는 자를 천재 예술가라고 생각했다면, 장 보드리야르나 그를 따르는 현대 예술가들은 그것을 단호히 거부한다. **'우주에는 원본도 복제도 없다'**는 극단까지 밀어부쳐 보면, 모든 게 미니멀이 되어 사라지는 것보다 더 극단적인 우주 예술이 저절로 생겨날 수 있다. 그것은 인류가 수없이 물었던 '죽음의 예술'이고 '죽음의 시'가 되겠지만, 고대에서 그 일을 찾는 것은, 다시 말하지만 '장소성'의 문제이기 때문이다.

그 장소는 죽음의 장소이고, 삶의 현장으로서 장소이다. 부르디외가 강력히 지지하고 진은영이 현실화한 '비장소'와 장소의 문제는 죽음이 절박한 만큼 삶이 절박해서인데, 각 나라마다 각 지역마다 장소는 다르고, 계급에 따라 장소를 바라보는 관점이 다를 수밖에 없기에 어려워진다. 그래서 문학의 아토포스에서 진은영은 '정치'와 '장소'를 연관시켰을 것이다. '두리반'32)이라는 철거되는 식당을 장소의 사례로 든 것은, 문학적 설정

---

32) 홍대 앞 두리반 식당의 유채림·안종녀 부부는 이른바 '법 없이도 사는' 착한 부부였다. 이 글을 쓰는 내내 '백수광부가'가 오버랩되는 이유는, '죽기 살기로 싸우는' '두리반 식당 철거민 형' 때문일 것이다. 더 이상 언급 없이 진은영의 글로 대신한다. "두리반에서 낭독회를 진행하면서 그 장소를 채우는 정치·사회적 의미에 대해 별반 생각하지 않고 또 그 공간에 참여하거나 초대된 작가들이 단지 우정의 차원에서 낭독을 할 뿐이

과 삶의 절박성을 장소화 하려는 예술적 장치이다. '예술적 정치'와 예술적 장치는 가까운 거리에서 피어나는 꽃이고, 부르디외가 말한 것처럼 "계급의 취향"[33])에 대한 반발로서 피어나는 하층계급의 꽃이다.

라고 '가정'한다고 하더라도, 문학의 천사 혹은 순수한 문학의 벨레로폰은 그곳에 도착하자마자 살해된다. 그곳은 채워지기를 금지당한 장소이며 어떤 의도에서든 그곳을 채우는 순간 노래는 새로운 감각적 의미를 획득한다. 이 철거 장소에서의 문학적인, 너무나 문학적이기만 한 시 낭독이 계간지의 얌전한 지면에 실린 **강력한 정치적 메시지의 시 창작보다 덜 정치적인 활동이라고 말할 수는 없다. 따라서 진정한 천사—** 작가들은 이러한 장소를 경계한다. 정치적이거나 사회참여적인 시가 아니라 읽고 싶은 시를 마음대로 선택해서 읽어도 좋다고 아무리 제안을 해도, 낭독 공간이 불순하다는 이유로 초대를 거절한 이들도 더러 있었다고 한다. 이러한 이들이야말로 철거의 사회적 텅 빈 공간을 문학적 발화의 붐비는 공간으로 바꿀 때 발생하는 정치성에 대한 예민한 감각을 지녔다고 할 수 있다." 진은영, 앞의 책, 173~174쪽.

33) 부르디외의 날카로운 '계급의 취향'에 대한 분석과 자료는 많지만, 「독서의 쾌락」 부분에서 더욱 두드러진다. 각주와 함께 인용해 본다. "이상에서 살펴본(데리다에 의한 『판단력 비판』의) 순수한 독해는 비록 그것이 관례적으로는 우상숭배적인 보통의 독해와는 뚜렷이 단절되지만, 여전히 철학작품에 본질적인 것을 인정한다." "『판단력 비판』을 미적 대상으로 다루면서, 데리다는 칸트의 가장 깊은 의도, 즉 경박한 것과 진지한 것의 대립을 이용함으로써(의도적으로 미학적이 아닌 칸트의 문체가 그것을 증명한다) 철학과 철학자를 예술과 예술가보다 우위에 놓으려는 의도를 명백히 반박한다. 그러나 그렇게 하면서 데리다는 그 책에다가, 순수하고 순수하게 내적인 모든 독해가 작품에 부여하는 지위, 즉 여러 가지의 사회적 결정요인으로부터 자유로운 무제약적인 대상의 지위를 부여한다. 그리고 또한 이상과 같은 독해는, **이러한 지위를 동시에 자기 자신에게도 부여한다.**" 강조는 인용자: 부르디외의 '계급의 취향'의 모순점이 발견되는데, 그의 '교수 비판'은 자신에게도 해당된다. 우리가 더 중요하게 다뤄야 할 것은 '하층계급'을 이용한 지식인들의 자기 자신의 '권력기반의 의지'가 아니라, 그 '광기를 가둔 이성 권력' 즉 지식인의 '이성 권력'이다. 푸코가 『광기의 역사』에서 예견했던 일들이 더 본질적이고 계급적이라는 것이다. 그것은 이성을 가장한, 또 다른 광기의 권력일 수 있고 뗄 수 없는 양면의 이성의 광기일 수 있다. 모든 계급의 숙주가 '광기'일 수도 있고, 나머지는 그 표상일 수 있다. 나머지는 '기생충'처럼 숙주(광기)를 먹고 자란다. 다만 프로이트의 말처럼 꿈이나 그 표상을 통해 '무의식의 세계'를 들여다보듯 광기를 볼 수밖에 없다. 그 모든 게 우주의 광기와 맞닿아 있다면, 우주의 96%인 암흑물질이나 암흑에너지도 광기와 연관이 있을지 모른다. ― 우리가 인류문명 일만 년의 사유보다는 우주 적인 '138억 년 사유'로

그런데 문제가 간단한 게 아닌 것은, 그 '장소' 마저 고정된 것이 아니어서 주체가 "서는 데가 바뀌면 풍경도 달라지"[34]고, 「백수광부가」에서 보더라도 그 주체들의 풍경도 달라지며 분화되기 때문이다. 광인 '0'에서 ⇒ 광인 ① ⇒ 광인 ② ⇒ 광인 ③으로 분화된다. 계속 광인의 주체는 분화된다. 수십, 수천, 수억만 가지로 나뉜다. 셀 수 없이 증식되어 무한대로 분화한다. 증발하며 분화하고, 분화하며 증폭된다. 이 무한증식과 무한 증발은 반복되고, 반복된다. 장 보드리야르 말처럼 원본도 모르고, 복제 마저 사라지게, 하지만 다른 것이, 여기서는 광기만이 원본이라는 것이다. 그 광기를 낳은 어머니 원본도 있을 것이고, 그 어머니 은유와 의붓어머니 환유를 싸우게 하는 우주 중력 우주 척력의 광기도 있을 것이다.[35] 우주의 원본은 '보이지 않는' 원본이다. 우주의 96%를 차지하는 암흑물질(dark matter) 암흑에너지(dark energy)가 원본일 수도 있다.[36][37] 이 '투명한 어

우주문학을 해야하는 이유가 이 때문인지 모른다. 그것이 또한, 결국 '인류의 사유'로 되돌아가는 많은 모순점을 가졌더라도 '모순의 문학'이야 말로 **카오스모스문학**의 첫 점화가 되리라 본다. ─ 부르디외의 말에서도 '권력의 모순'이 드러난다. **그래도** 경청해보면, "구별짓기의 감각은 본능의 모호한 필연성으로 기능하는 획득된 성향이고, 자신(自信)의 적극적인 선언과 표명 속에서 나타난다기보다는 오히려 양식 또는 주제의 무수한 선택 속에서도 나타난다."(900쪽) 삐에르 부르디외, 최종철 옮김, 『구별짓기: 문화와 취향의 사회학(하)』, 새물결, 2006, 897~898쪽.

34) 최규석,『송곳 1』, 창비, 2015, 205쪽.
35) 김영산, 「우주문학론」, 『우주문학의 카오스모스』, 81~95쪽 참조.
36) "우주 탄생 비밀 풀 '암흑물질'" "물체와 부딪혀도 아무 반응 안 해" "존재 증명됐지만 관측된 적 없어" "우주를 구성하는 것들은: 인류가 알고 있는 우주 원자 4%, 인류가 모르고 있는 우주 암흑물질 23% 암흑에너지 73%" 『중앙일보』, 2016년 3월 29일, 20면.
37) "은하의 외형을 설명하려면 암흑물질은 반드시 존재해야 한다. 그런데, 대체 암흑물질의 정체는 무엇인가? 암흑물질은 무엇으로 이루어져 있는가? 지금까지는 알려진 것이 거의 없다. 일부 천문학자들은 희귀한 입자나 블랙홀 등을 동원하여 그 정체를 설명하고 있긴 하지만, 암흑물질의 구성성분은 아직도 현대 천문학의 가장 큰 수수께끼로 남아 있다. 그러나 지금까지 관측된 은하의 분포상태로부터 우주에 존재하는 암흑물질의

듬'이 유일무이한 원본인 광기인 것이다. 인류가 문명의 **빛과 함께** 사라졌다 생각하는 유일무이한 원본은 우리 자신(광기)인지 모른다.

〈『백수광부가』 우주의 광기도 혹은 우주의 무의식도(표)〉

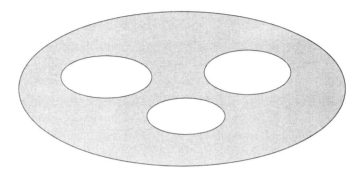

갈래	광인①	광인②	광인③
우주의 광기	암흑에너지≒암흑물질	암흑에너지>암흑물질	암흑에너지<암흑물질
우주의 무의식	우주 어머니에 대한 향수(예술)	우주 어머니에 대한 믿음(종교)	우주 어머니에 대한 분노(삶)
우주의 중력	어머니 환유 은유의 광기	어머니 은유의 광기	어머니 환유의 광기
우주의 척력	의붓어머니 환유 은유의 광기	의붓아버지 은유의 광기	의붓아버지 환유의 광기
대우주	우주의 광기=우주의 무의식= 우주의 중력=우주의 척력		

총량을 계산할 수는 있다. 지금까지 알려진 바에 의하면 암흑물질의 평균 밀도는 임계밀도의 약 25% 정도인데, 여기에 빛을 발하는 천체의 밀도 5%를 추가하면 현재 우주의 밀도는 인플레이션 우주론이 예견하는 밀도의 30% 정도라고 할 수 있다." 브라이언 그린, 박병철 옮김, 『우주의 구조:시간과 공간, 그 근원을 찾아서』, 승산, 2005, 411쪽.

백수광부의 광인의 풍경은 유전되어 계속 분화하고, 분화하는 주체로 살아있다. 주체가 없으면 장소가 없고, 장소가 없으면 주체는 사라진다. 이 말을 바꾸어 말하면 주체가 없으면 원본도 사라진다. 그래서 다른 타자들도 주체의 다른 이름인데, 이 '광기의 장소'에서는 주체도 타자도 나뉘지 않는다. 즉「공무도하가」에서 나오는 백수광부와 처, 곽리자고와 여옥, 이웃의 여용 등 수 많은 이웃들이 광인화되고, 광인의 풍경으로 유전된다고 볼 수 있다. 백수광부의 '광(狂)' 하나의 위력은 물론 언어의 위력이고, 옥타비오 파스가 말한 '보들레르식' 광기보다 훨씬 앞서 있다. 시가 언어의 우주이고, 우주의 암호라는 것을 깨달아간 보들레르는 그때까지는 우주의 암흑물질을 사유하지는 못했다. 장 보드리야르 역시 유일무이한 우주의 원본이 없다는, 시뮬라크르의 정체를 파악하려 했지만 우주과학의 암흑에너지 광기를 느끼지는 못한 것으로 보인다. 시뮬라시옹의 광기의 주체가 광인(원본)만이 아니라, 그 원본의 원본은 한 번도 복제된 적이 없는, 어쩌면 복제가 불가능한 원본, 유일무이한 원본이 존재할 수도 있다는 것을 모를 수도 있다. 지구 원본만이 아니라 우주 원본을 찾으려는 보들레르식 열정과는 다른 원본(언어=암호)이 존재(광기로 작동)할 수 있다.

위의 표에 나오는, **우주의 광기=우주의 무의식=우주의 중력=우주의 척력**이라는 공식이 성립된다면, **대우주** 원본은 장 보드리야르의 생각과 다를 수 있다. 우주의 무의식이 인간의 무의식과 같을 수는 없지만 1%라도 영향이 있다면 나머지 99%는 우리가 모르는 것이고, 그것이(추측이더라도) 우주의 광기(光氣=狂氣)가 원본일 가능성이 높다. 그의 '소비 사회'나 '이미지와 기호'의 사유 '나선형 시신'[38]만으론, 파악될 수 없는 지구문명의 세계가 (역설적이게도) 장 보드리야르에게서 복제되어버렸다.

광기의 주체가 사람(광인)만이 아니라 우주의 광인(=광물=비광물=비존재[39])이라면 문제가 달라진다. 그 광기는 주체와 타자를 모르는, 이성을 모르는 원본이기에, 그가 말한 모든 시뮬라크들의 자전과 공전을 동시에 날려버린다. 원본을 모르겠다고 손을 놓고 있지 않게 하는 힘은, 이성적인 계획이 아니라, 인간이 한 번도 들여다보지 못한 계획이 있을 수 있기 때문이다. 그것은 무계획도 계획도 아닌, 경계에 있는 '광기의 계획'일 수도 있다.

그런데 광기의 주체를 모르는데 어떻게 그 주체를 찾아 따라갈 것인가? 「백수광부가」가 광기의 한 코드가 된 것은 주체를 이끄는 또 다른 주체, '흐르는 주체'[40]로서 '강'의 주체 때문이다. 강은 장소이면서 동시에 주체

---

38) "68은 죽었으며 단지 장례의 환상으로만 반복될 수 있다. (⋯) 이러한 환상적인 에너지를 더 이상 동일한 수준에서는 발견하지 못할 것이지만, 상위적인 나선형 위에서는 발견할 것이다. 곧 비―권력에 반대하여 권력의 부패를 격발시키는 것이다. 그런데 정확히 무엇에 대항한다는 것인가? 이것이 바로 문제이다. 이 문제는 아마도 해결되지 않을 것이다. 권력은 상실되고, 상실되어 버렸다. 우리 주위에는 권력의 마네킹 이상은 아무것도 없다. 그러나 권력의 기계적인 환상은 여전히 사회적인 질서를 지배하고, 이 환상 뒤에서는 통제의 부재하는, 읽혀지지 않는 공포가, 우리 모두가 그 미세한 종착점인 최종적인 코드의 공포가 커가고 있다. (⋯) 직각적인 우리의 정신 좌표들이 격렬히 저항하고 있는 어떤 저주스러운 곡선의 세계 말이다. (⋯) 그래서 싸워야 하는 것은 바로 시뮬라크르의 이 전술적인 세계 안에서이다. 그렇지만 희망을 가지고 싸워서는 안 된다. 희망이란 나약한 가치이다. 그러나 도전과 미혹 속에서 싸워야 한다." 장 보드리야르, 앞의 책, 237~240쪽.

39) 여기서 말한 '비존재'는 '죽은 존재'를 말한다. 그런데 무묘앙에오 선사의 글에 이런 구절이 나온다. "죽음조차 구원이 되지 못하고, 사는 것도 구원이 되지 못하는, 그야말로 영원히 고문 받는 망상 속에 있으면 우리들은 미칠 수밖에 없다. 모든 탐구자도 명상족도, 대단한 경지(境地)를 추구한다는 <목표>가 있다. 하지만 그때, 그날, 난 그러한 목적 자체를 전면적으로 부정당했다. 사는 것은 고사하고 죽으려는 것조차 불가능했던 것이다." 무묘앙에오, 손성애 옮김, 「죽음과 광기의 문」, 『반역의 우주:비존재로의 여행』, 모색, 2000, 77~84쪽 참조.

였던 것이다. 다시 말하면 '흐르는 장소의 주체'인 것이다. 어떻게 장소가 주체가 될 수 있는가? 그 원리는 천체우주론에서 나오는데, 우리에게 '실재'로 작동되는 것들이 뒤바뀌기도 한다는 것이다. 아니다, 뒤바뀐 게 아니라 원래 주체는 장소였다. 그리고 그 뒤바뀜은 또 다른 사건의 주체들을 해체해 버리는 게 아니라 길을 내준다. "연필이 글을 쓰는 게 아니라/종이가 길을 내주어 글이 써진다(중력 방정식)"[41][42]는 원리와 같다. 연필(별)이 글을 쓰는 게 아니라 종이(시공=장소)가 길을 내주어 글이 써진다는 것은, 인류가 믿었던 하늘(=시공)이 땅이라는 공식이 성립된다. 인간의 대지가 지구의 대지만이 아니라, 우주의 대지를 가진다는 것은 무슨 의미일까? 그 '흐르는 대지'가 주체라는 것이다. '보이지 않게 흐르는 주체'가 암흑물질·암흑에너지·중력·척력에 이르게 되면, 인플레이션 우주에서 모든 주체(장소)는 우주의 흐르는 주체가 된다.[43]

「백수광부가」의 주체(광인)와 장소(강)는 바뀔 수 있다. 장소가 주체가 되는, 다른 주체들을 길 안내하는 '흐르는 주체'로서 강이다. 그 주체가 **광인1 광인2 광인3**으로 분화되어가는 광인들만이 아니라 '강'도 되는 것이다. 오히려 가장 능동적인 주체로서 다른 광인 주체들을 이끈다.

---

40) 금은돌, 앞의 책, 61~63쪽 참조.
41) 아인슈타인의 일반상대성이론도 '주체 바꾸기'와 연관이 있는 것이다. 주체(=별)와 장소(=비주체=시공)는 바뀔 수 있다. 주체가 비주체가 되고 비주체가 주체가 된다. 별이 스스로 운행하는 게 아니라 시공이 (중력장방정식에 의해 측지선(길)이 생겨나 가장 가까운 거리로) 운행하는 것이다. 김영산, 『우주문학의 카오스모스』, 212쪽.
42) 롤랑 바르트 역시, 과학적 사유와 미학적 사유의 경계에서 이런 사유를 한 것으로 보인다. 임우기의 글에서 재인용 함. "텍스트를 쓰는 **나는 종이 위에서 씌어진 나일 뿐이다.**" 임우기, 『그늘에 대하여』, 강, 1996, 17쪽.
43) 김영산, 「나는 우주문학을 말하지 않았다」, 『우주문학의 카오스모스』, 203~241쪽 참조.

죽음으로? 삶으로? 이끌 수도 있다. 공무도하가의 강에서 "허노 어허노 얼가리 넘자 너화넘"의 '상여소리'가 나는 것은 바로 이 때문인데,[44] 죽은 망자(광부)만이 아니라 주체기 강(상여소리꾼)이 됨으로써 '죽음의 흥'을 불러일으킨다. 죽음의 고비만이 아니라 삶의 고개를 넘어 흘러가는 '삶의 흥'으로 "어너리 넘차 너화넘"의 기가 발화된다. 산과 강이 흐르듯 상여는 흘러가고, 여기서 광인 주체가 살아가려면 망자 주체를 불러내야 하는데, (앞서 말한 대로)「제망매가(祭亡妹歌)」의 '망자 주체'가 제격이다.[45]

> 삶과 죽음의 길은
> 여기 있으니 두려워지고
> 나는 간다는 말도
> 못 다 이르고 어찌 가는가.
> 어느 가을 이른 바람에
> 여기저기 떨어지는 나뭇잎처럼
> 한 가지에 나서
> 가는 곳을 모르는구나!
> 아아! 미타찰(彌陀刹)에서 만날 나
> 도를 닦으며 기다리련다.[46]

배경설화를 보면 이렇다.

월명사는 또 죽은 누이동생을 위해 재를 올리면서 향가를 지어 제

---

44) 앞의 <『백수광부가』 광기의 분석표>와 '한국만가집' 상엿소리 참조.
45) 본고의 **망자 주체** 61쪽 참조.
46) 일연, 앞의 책, 535쪽.

사를 지내는데, 문득 회오리바람이 일어나더니 종이돈[紙錢]을 날려
서쪽으로 사라지게 했다.[47]

「제망매가」에는 두 주체가 보인다. 즉 이승의 주체와 저승의 주체다.
지금껏 시적 화자라는 이름으로, 재를 올리는 오라버니(월명사)→죽은
누이를 멀어지는 관점으로 바라봤다면, 오라버니→죽은 누이로 주체
가 흘러가게 내버려 두어야 한다. 그래야 오라버니←죽은 누이의 주체
가 흘러들어 오는 근거를 마련할 수 있다. 흐르는 주체로 흐르다가 결
국 어떤 결정(結晶)이 되는데, 결정이기도 하다. 척력으로 멀리 가느냐,
중력으로 돌아오느냐, (결국 중력이 이긴다면) 한동안 우주의 암흑물
질로 있다가 망자 주체 누이는 돌아갈(올) 수밖에 없다. 오라버니 광인
주체의 재를 올리는 주술 행위에 의해 망자 주체가 힘을 얻는 것은 당
연하다. (여기서 종이돈도 흐르는 주체가 되는 것은 당연하다) 오라버니
도 광인 주체이기 때문인데, 이승에서 저승 가는 강을 건너 주는 「백수
광부가」의 곽리자고가 뱃사공인 것이 중요한 것처럼, 이승 저승 현실
이 하나가 되어버린다. 모두 광인 주체들이고 흐르는 주체들이어서 가
능한 일인데, 적어도 언어상으로는 (시적으로는) 죽은 누이, 제망매는
돌아와 있다. 그래야 언어의 우주에서 장소는 성립된다. 지전을 통해
서쪽으로 날아가고 돌아오길 반복하며, 상승작용 하강작용을 통해 '순
환의 주체'의 연결 고리가 생긴다. "아아!"의 오라버니의 안타까움은
'아아'의 누이의 안타까움이 되어 여기 현실에서 미타찰이 실현된다.
미타찰이 저승과 이승에 동시에 있음을 증거 한다. 살아가며 도를 닦

---

47) 위의 책, 535쪽.

는 것은 이승과 저승에 뻗친 현실의 일이기에 「제망매가」의 윤회는 흐르는 주체들이 만들어낸 장소로서 주체의 윤회였던 것이다.

　광인 주체들이 없으면 불가능한 언어의 우주, 시의 우주에서 '망자 주체 구조도'가 그려진다.[48)49)]

---

48) 조선시대 김시습은 『금오신화』에 여러 '망자 주체'를 불러 들인다. 전기적(傳奇的) 한문소설에서 그 실험은, 「백수광부가」의 광기 주체가 분화되고 「제망매가」의 망자 주체가 분화된 것으로도 볼 수 있을 것이다. 하지만 「제망매가」의 망자 주체는 짧은 단시(短詩)의 시적 서사이고, 김시습의 소설적 서사의 망자 주체와는 다르다. 「만복사저포기(萬福寺樗蒲記)」는 남원 만복사라는 절에서 맺은 죽은 처녀와의 인연을 소재로 한 것이다. 「이생규장전(李生窺墻傳)」은 홍건적의 난리로 헤어진 아내가 혼령으로 돌아와 함께 산 이야기를 소재로 한 것이다. 「취유부벽정기(醉遊浮碧亭記)」는 평양 장에 나갔던 홍생이라는 사람이 부벽정에 올라서 지금은 선녀가 된 수천년 전의 인물과 사랑을 속산인다는 내용이다. 「남염부주지(南炎浮州志)」는 경주에 사는 박생이란 선비가 꿈에 지옥의 염부주에 가서 염라대왕을 만나 토론하고 돌아온 뒤 크게 깨달았다는 내용이다. 「용궁부연록(龍宮赴宴錄)」은 시문에 능한 한 생이라는 사람이 용궁에 들어가 즐거움을 누리다 온 내용이다. 『金時習作品選集:한국고전문학전서 4』, 허문섭외 옮김, 학문사, 1994, 27~159, 221~263쪽 참조.

49) 단테의 『신곡』에 나오는 '베아트리체' 역시 시적 서사와는 다른, 망자 주체이다. 전부분에 걸쳐 그렇지만 특히 작가의 '우주관'이 드러나는 부분은 의미심장하다. 그의 광기 주체가 망자 주체를 불러낸 것이다. "나는 그 깊숙한 곳에서 보았다./ 우주의 조각조각 흩어진 것이/ 한 권의 책 속에 사랑으로 묶인 것을.// 그 안에서 실체와 사건, 그리고 그들의 관계가/ 아우러져 있었다. 내가 지금 말하는 것은/ 단지 그 빛의 깜박거림들일 뿐이다.// 나는 이 매듭의 우주적 형식을 보았다고 생각한다./ 지금 이렇게 말하는 동안 내 마음은/ 기쁨으로 뛰고 있음을 느끼기 때문이다.// 의지의 목표인 선이 모두 거기에/ 모이기 때문이고, 그 외부에서는/ 완전이 곧 결핍이기 때문이다.// 그러니 지금 기억하는 것들을 재현하는 나의 말은/ 어머니의 가슴에 혀를 적시는/ 어린애의 응얼거림보다 더 짧을 것이다.// (…) 그 숭고한 빛의 깊고 밝은/ 본질 속에서 세 개의 색을 지닌 세 개의/ 원들이 하나의 차원으로 내게 나타났다.// 첫 번째 원은 다음 원을 무지개가 겹쳐/ 비추는 듯했고, 세 번째 원은 다른 두 원들에게서/ 똑같이 숨을 받은 불꽃과도 같았다.// (…) 내 날개는 거기에 오르기에는 너무 약했지만,/ 내 정신은 그 광휘로 깨어나/ 원했던 것을 마

〈망자 주체 구조도〉

망자 주체

사라진 주체 = **(숨겨진 주체)** = 흐르는 주체

(순환의 주체)

돌아온(올) 주체

침내 이루었다.// 여기서 나의 환상은 힘을 잃었다. 하지만/ 내 소망과 의지는 이미, 일정하게/ 돌아가는 바퀴처럼, 태양과 다른 별들을// 움직이시는 사랑이 이끌고 있었다." 단테 알리기에리, 박상진 옮김, 『신곡:천국편』, 민음사, 2007, 290~293쪽.

이렇듯 돌아온(올) 주체들이 순환의 주체가 될 때 '망자 주체'는 탄생하는 것이다. 망자 주체의 기원은 상고 시대 백수광부의 '광인 주체'와 흐르는 주체인 '강'에서 생겨났음을 앞서 밝혔지만, 계속 흐르는 주체가 되려면 '순화하는 주체'들의 에너지원이 필요하다. 우주의 암흑물질·암흑에너지만이 아니라, 시대와 각 나라를 뛰어넘는 우주적 사유로서 자전하는 지구의 에너지가 흘러가고 흘러와야 한다. 단지 삶에서 죽음을 바라보는 관점이 아니라 죽음에서 삶을 바라보는 관점이 망자 주체에서는 중요하다. 어떻게 죽은 누이가 재를 올리는 오라버니를 바라볼 수 **있는가?** 모든 주술적 제의는 원시 시대부터 비롯되었지만, 그 광기의 에너지가 지속되려면 더 큰 광기의 에너지원이 필요하다.

지구의 "다양한 신화적 모티프"[50]가 그것인데, 각 대륙 각 나라의 광기를 비교 연구하는 것과 다름이 아닐 것이다. 인간이 되려는 동물의 신화나 「백수광부가」 「제망매가」의 배경설화에 나오는 광기와 주술 역시 우주문학의 에너지원으로서 '죽음의 광기'이다. 죽음의 광기 ↔ 삶의 광기가 대립 되는 것이 아니라 우주의 에너지원으로 작동되고, 은유의 신화 ↔ 생물학적 심리학의 관점에 서서 (바라본) 신화[51]가 대립이 아니라 우주의 에너지원으로 작동되려면 어떻게 해야 할까?

> 대 수렵 시대의 크로마뇽인 마법사—예술가의 동굴을 탐사하고 그 보다 깊은 층에서 타인의 두개골을 부수고 뇌를 날것으로 핥아먹는 빙하시대 식인종의 굴을 조사해보라. 그리고 그보다 훨씬 더 깊은 층

---

50) 조지프 캠벨, 앞의 책, 16쪽.
51) 위의 책, 59쪽.

에 속하는 초기 트란스발(Transvaal, 남아프리카 공화국 북동부의 주/역주)의 너른 평야에서 활동하던, 침팬지처럼 생긴 사냥꾼—피그미인의 수수께끼 같은 백악질 해골을 조사해보라. 그러면 우리는 동서양 고등 문화의 가장 깊은 비밀만이 아니라 우리 자신의 가장 깊은 곳에 있는 기대, 자발적 반응, 그리고 강박적 두려움의 비밀을 밝히는 단서를 발견하게 될 것이다.[52]

이러한 관점에서 볼 때 당시 최고의 문화는, 기록을 남긴 최초의 단계에서는 산스크리트 베다와 베다의 만신전으로 대표되며(호메로스의 시와 올림포스 만신전의 형식 및 정신과 너무 비슷하기 때문에 알렉산드로스(Alexander) 대왕의 추종자들은 양자 사이의 유비를 쉽게 인정하였다), 보다 발전한 후기의 정신이 아리아족의 독특한 영성에 의하여 영감을 받은 것이며 그러한 부처의 정신은 마법처럼 동양 전체에 영향을 미쳤다고 보았다. 따라서 동양에서는 어떤 신을 위해서가 아니라, 인간 자신 속에 있는 순수하고 완전하고 밝은 의식, 즉 불성 자체를 위해서 사원과 불탑을 바치게 되었다고 생각하였다.[53]

하우스먼은 "시는 내용이 아니라 그것을 표현하는 방식이다"라고 썼다. 그리고 "지성은 시의 원천이 아니다. 지성은 오히려 시의 생산을 실제로 방해할 수 있다. 시가 만들어질 때 지성이 그 시를 알아볼 거라는 확신조차 할 수 없다"고 말하였다. 이는 모든 창조적 예술—시, 음악, 춤, 건축, 회화, 조각 그 어느 것이든 간에—의 첫 번째 공리, 즉 예술은 과학과 같은 지시의 논리(logic of references)가 아니라 지시로부터의 해방이며 직접적 경험의 연출이라는 사실을 그가 재확인하고 명쾌하게 공식화하고 있음을 보여준다. 여기서 직접적 경험의 연출이

---

52) 위의 책, 18~19쪽.
53) 위의 책, 22~23쪽.

란, 사유나 심지어 감정을 통해서가 아니라 어떤 강한 충격을 통해서
형태와 이미지와 관념을 전달하는 것을 가리킨다.

여기서 다시 한 번 이 공리를 기억할 필요가 있다. 역사적으로 신화
는 예술의 어머니이지만, 그와 동시에 신화는, 상당히 많은 신화적 어
머니의 경우처럼, 그녀 자신이 낳은 예술의 딸이기도 하기 때문이다.54)

위의 세 가지 내용을 보면 '인류가 진화하며 보인 광기는 어디서 오는
것일까?'라는 의문을 갖지 않을 수 없다. 결국 다시 광인 주체의 문제로 되
돌아오는 것이다. 인류의 광기 주체는 곳곳에서 발견되는데, 그것은 생존
과 밀접한 관계가 있을 것이고 죽음과 관계있을 것이다. 그리고 거기에
따른 시인의 예민한 시, 문화의 향유, 과학조차도 광기와 관련 있는 것으
로 보인다. 광인 주체로 뿌리를 내린 백수광부나 '망자 주체'의 광기가 느
껴지는 죽은 누이는, 우주의 순환의 주체일 뿐만 아니라, 고대에서 현대
까지 유전되는 '유전의 주체'55)이기도 한 것이다.

모두 '망자 주체'가 있어 가능한 일인데, 그 시대(신라)의 불교사상과 밀
접한 관련이 있을 것이다. 원측(613~696), 원효(617~686), 의상(625~
702), 월명사(?~?)의 생몰연대는 알 수 없지만, 「제망매가」(760)의 연대
를 알 수 있어, 그 사상적 배경의 흐름을 조명할 수 있을 것이다. 특히 "다
툼을 화해시킨다는 뜻의 화쟁(和諍)이 원효사상의 핵심적 내용"56)인데,
그것을 시적으로 받아들인 것으로 보인다. 광인 주체는 망자 주체가 되고

---

54) 위의 책, 58~59쪽.
55) '유전의 주체' 근거를 서론에서 다루었기에 여기서는 다루지 않기로 한다.
56) 조동일, 앞의 책, 185쪽.

망자 주체는 광인 주체이기에 모든 주체는 화쟁 할 수밖에 없다. 화쟁 사상은 주체 사상이며 주체 사상은 화쟁 사상이다. 모든 순환하는 주체는 광기(집착) 때문에 돌고 돌지만, 광기에서 벗어나려는 **우주주체**이다.[57)58)]

---

57) '사람에 집착하지 마라' '진리에 집착하지 마라'는 원효 사상의 한 조각일 뿐이다. "뭇 경전의 부분적인 면을 통합하여 온갖 물줄기를 한 맛의 진리 바다로 돌아가게 하고, 불교의 지극히 공변된 뜻을 열어 모든 사상가들의 서로 다른 諍論들을 和會 시킨다"『원효의 대승기신론 소·별기』, 은정희 역주, 일지사, 1991, 11쪽.

58) "由彼本來唯學空有, 而未曾聞無二中道, 雖有說者, 不信受故. 所以日輪喩於中道者, 日輪圓滿有大光明, 唯除盲者, 無不見故.(저가 본래 오직 공과 유만을 배우고 둘이 없는 중도에 대해서 들은 적이 없어서 비록 설명 해주는 사람이 있어도 믿고서 받아들이지 않는다. 해를 중도에 비유하는 까닭은, 해는 원만하고 큰 광명이 있어서 오직 눈 먼 자를 제외하고는 보지 못하는 사람이 없기 때문이다.)"『원효의 금강삼매경론』, 은정희·송진현 역주, 일지사, 2000, 516쪽.

우주문학의 선언

우주의 주술성 혹은 음악성이란 꽃잎이 피어난다

1. 「정읍사」 「가시리」 「청산별곡」의 후렴구

우주문학에서 후렴구가 왜 중요한지는 이미 밝혔다.[59] 원효의 중도[60]를 빌려 말하면, 우주의 암흑물질·암흑에너지처럼 있다고 할 수도 없고 없다고 할 수도 없는, (아무리 강조해도 지나치지 않을 만큼) 후렴구의 음악성은 우주적이다. 그 음악은 고대에서부터 현대에까지 영향을 미치고,

---

59) 김영산, 앞의 책, 203~241쪽 참조.

60) '우주문학은 중도문학이다'라고 해서 중도문학이 실현되는 것은 아니다. **다시 재인용 할 이 구절(각주) 때문에,** 성급한 단정은 '모순의 문학'이 되고 만다는 걸 느끼게 된다. 즉 우주문학=중도=해=암흑물질=암흑에너지=시 이런 공식이 성립될 수는 있지만, 어떤 광기를 만나 점화 될런지는 모르는 일이다. 그래서 우주문학은 **카오스모스문학**이라고 해야, 중심없는 중심에 조금 접근할 수 있다. 먼저 해를 예로 들어, 우주 전체보다 태양계로 좁혀 말해보면 관점이 달라진다. 우리에게 우주 전체를 조망할 인지능력이 주어졌더라도, 태양계 속에서 '지구의 몸'으로 살아가기 때문이다. 벗어나더라도, 1000억 개 중의 하나라는 **은하계**를 현실적으로 벗어나기는 힘들다. 태양이 (지구의 ½ 공전 속도로) 우리 은하의 중심을 도는 데 2억 년이 걸리고, 그 중심에는 또 다른 '검은 태양'이라 할 수 있는 초중량 블랙홀이 존재한다. 각각의 은하의 중심에 **검은 태양**이 존재하는 증거가 나오고 있다. 우주 전체, 태양계의 관점을 둘로 쪼개지 않으려면, (중도(中道)는 유(有)와 공(空) 어디에도 메이지 않고 머물지 않아서) (과학적 관점으로만 보지 말고 文盲의 관점으로만 보지 말고) 해를 우주의 중심이라고 할 수도 없고 아니라고 할 수도 없다. 모든 '단정 지음(집착)'은 공존을 방해하고 중도에서 벗어나게 하는데, 중도는 말로 설명하면 중도에서 벗어나는 어려움이 있다. **이 해(중도)가 있다고 할 수도 없고 없다고 할 수도 없다. 우주에는 수많은 검은 해가 존재한다.** "해를 중도에 비유하는 까닭은, 해는 원만하고 큰 광명이 있어서 오직 눈 먼 자를 제외하고는 보지 못하는 사람이 없기 때문이다." 『원효의 금강삼매경론』, 앞의 각주에서 재인용.

유전되어 온 것으로 보인다. 꼬리가 퇴화돼 버렸다고, 유전이 안 된 게 아닌 것처럼 육체적이다. 우리 몸속에 흐르는 아리랑 가락이나, 상엿소리 후렴구(뒷소리)는 육체적이다. 삶의 흥과 죽음의 흥을 동시에 갖는 음악은 무의미해 보이는 후렴구에서 나왔다.

> 광녀여 우주의 광녀여 별이여 하얀 별이여
> 내 시설(詩說)을 들어라

내 시집 『하얀 별』의 후렴구 가락이다. 시(詩)의 가락이면서 설(說)의 가락이다. 내 산문집 『시의 장례가 치러지고 있다』에도 나오듯이, 고려 가요의 후렴구의 영향이 큰 것은 사실이나, 처음부터 후렴구를 의도했던 것은 아니다. 누구나 경험하는 것이지만, 시는 전혀 예상하지 못한 방향으로 흘러간다.

우리 민족의 이천 년 시사의 꽃인 고려 가요에 이르기까지, — 고려 가요의 후렴구는 아주 중요하다, 시설의 후렴구도 중요하다! — 잃어버린 왕국, 가사에 이어 현대 시에 이르기까지, 지구상에 시의 꽃이 시들었는데 유독 한국에만 망국을 면하고 있으니 무슨 시의 과업이 주어졌는가. 이 끝나지 않는 노래는 시설의 후렴구로 이어진다.

언제부터, 고려 가요의 무의미해 보이는 후렴구 가락에서 이상한 율동이 느껴진다. 여기, 무슨 비밀이 들어있지 않은가. 의미도 무의미도 아닌 것, 은유도 환유도 아닌 것, 타자들의 광기, 개인이며 집단인, 떠도는 환유의 노래, 김수영, 김춘수, 김종삼에게도 고려 가요 후렴구의 핏줄이 만져지는 것이다. 무의미의 확장, 반복, 우주의 무의미의 확장, 반복, 일탈, 이 무수한 후렴구의 반복, 세계의 율동으로, 우주적 율동으로, 우주음의 무한한 반복이 시설의 후렴구 아닌가. (언제부터) 내

귓가에 무슨 소리가 울린다. 우주음의 전파 소리만이 아니라, 아리랑의 후렴구만이 아니라, 우리가 어릴 적 수없이 들었던, 상여 나가는 소리, 상엿소리, "허널 어화널 어나리 넘자 어화널" 상엿소리 뒷소리 후렴구! 우리 존재론과 비존재론의 아슬아슬한 줄타기 같은 후렴구(은유도 환유도 아닌 후렴구!) 우리 후렴구의 무한한 반복, 우주의 음악이. 우주 가락, 흥에 겨운 후렴구는 한국시의 유전인가? 시의 진화? 시의 길고 짧음이 문제가 아니라 가락이 문제인 것이다. 서구적 사유도 우리 사유도 가락이 있을 터, 요즘 한국시의 장형화의 문제를 해결할 방법을 상엿소리 후렴구에서, 이미 우리 시는 알고 있었던 것이다. 인간의 진화와 관련된, 꼬리에 꼬리를 물고 이어지는, 꼬리가 잘리고 끊기는, 보이지 않는 꼬리가 생겨난, 이 꼬리들은 부정도 긍정도 아닌, 이 얼굴 많은 시대 또 다른 얼굴, 얼굴 없는 얼굴, 진화와 역진화의 몸통(얼굴=꼬리 잘림), 보이지 않는 꼬리 생겨남의 반복, 무수한 보이지 않는 가락의 반복.

모든 풍경은 유전되는지 모른다.
모든 언어는 유전되는지 모른다.

우주에 복제만 있으랴만, 그때부터 내 손가락은 요동을 친다. 그 긴 시설이 "검은 광인(검은별 1)"의 "무음곡"처럼 광기로 써달라고 보채는 것이다. 잃어버린 원본을 찾으려는 게임이 복제이다. 원본이 있는지 없는지 모르기에 게임은 계속된다. 그래서 시의 복제가 시설인지 모른다. 시설의 복제는 죽음의 복제, 숱한 묘비들의 복제로 이어진다. 묘비의 게임으로, 게임의 묘비로, 묘비의 빌딩으로, 빌딩의 게임으로, 모든 건물을 우주선으로 그리고, 우주 게임으로……61)

---

61) 김영산, 「우주문학론」, 『우주문학의 카오스모스』, 81~95쪽 참조.

우주 음악은 주체들이 흘러가는 것이고, 흘러가는 주체들의 '생사의 흥'이라고 볼 수 있다. 우리 상엿소리의 "허널 어화널 어나리 넘자 어화널"의 구슬픈 음악 속에 상여가 나가는 게 보이고, 강변 들판에 상여꽃이 피는 것은 결코 흥을 잃지 않아서이다. 삶이 고되지 않아서가 아니라, 혹 세무민(惑世誣民)의 첩첩산중 세상에서 흥이야말로, 원효가 말한 화쟁의 바다로 가는 긴 강줄기 음악이기 때문이다. 먼저 화쟁은 '나(生)'를 달래지만 '너(死)'를 달래서 '흥'으로 승화시키지 않으면 상여는 뜨지 않고, 모든 주체들의 신명은 사라져서 음악 없는 지옥이 된다. 이 **우주음악**은 상엿소리이고, 멀리, 고조선보다 멀리 '원시성'의 음악에서 흘러나와 『백수광부가』의 강줄기에서 만나고 흘러 고려 가요에 와서 더 또렷해진다.

그 저항과 화쟁 속에 살아남은 선명한 증거의 대지는, 원시의 고대에서 발현해 지금껏 흘러온 한국 현대 시의 강이며 대지이다. 지구상에서 한국 현대 시가 몰락하지 않고 흐르는 것은 오래전에 우주 음악의 '흥'을 만났기 때문이다. 고려 시대 무신들의 무단 정치, 몽골의 침입 등에도 결코 꺾일 수 없는 게 흥이다. 그 흥은 그냥 흥이 아니라, 절박한 생존으로서, **절망조차 낭비하지 않으려는 흥인지 모른다.** 가난한 자들은 슬픔조차 아껴야 하고, 흥으로 승화시키지 않으면 살 수 없다. 우주적인 것이 가장 낮은 '강'에서 나왔다는 것은 강의 역설이요, 죽음의 절박 함에서 망자들의 주체가 나왔다는 것은 삶의 역설이다. 고려 가요의 흥을 돋구는 조흥구(후렴구)에서 우주적인 게 나왔다는 것은 우주의 역설이다.

그 원시의 기원이 고대 가요요, 향가의 망자 주체요, 고려 가요의 후렴구라면 우리의 **우주상여**는 우주로 흘러갈 수밖에 없다. 이미 우리 우주문학은 우주 상엿소리를 불렀고, 후렴구는 우주상여가 나아가는데 계속 흥을 돋운다. 흥이 없는 우주상여는 앞으로 나갈 수 없고, 흥이 없는 문학은 우주문학이 아니다. **광기 없는 문학은 우주문학이 아니다.** "광기를 받아들이며, 한 조각 상식의 대가로 그의 광기를 매도하지 않는다. 미래의 시가 진정으로 시가 되고자 한다면, 위대한 낭만주의 경험으로부터 출발해야만 할 것이다"[62]라는 말은, 우주의 광기 자체가 '흥'이며 시의 '흥'이라는, 한국의 위대한 이름 없는 시인들의 자문자답이기도 하다.

〈고대 가요·고려 가요의 후렴구 분석표〉

형식 작품	정읍사	가시리	청산별곡
본문	초장: 둘하 노피곰 도두샤, / 머리곰 비취오시라. // 중장 :져재 녀러신고요. / 즌되롤 드되욜셰라. // 종장: 어느이다 노코시라. / 내 가논 뒤 졈그롤셰라. → 시조 형식의 원형	가시리 가시리잇고 나는 / 부리고 가시리잇고 나는. // 날러는 엇디 살라 흐고 / 부리고 가시리잇고 나는 // 잡스와 두어리마는 는. / 선흐면 아니 올셰라. // 셜온 님 보내옵노니 나는 / 가시는 듯 도셔 오쇼셔 나는.	살어리 살어리랏다. 청산(靑山)애 살어리랏다. / 멀위랑 두래랑 먹고, 청산(靑山)애 살어리랏다. (중략) 살어리 살어리랏다. 바르래 살어리랏다. / 느무자기 구조개랑 먹고, 바르래 살어리랏다. (하략)
연대	백제	고려	고려 후기
출전	『악학궤범(樂學軌範)』	『악장가사(樂章歌詞)』	『악장가사』, 『시용향악보(時用鄕樂譜)』
후렴구	어긔야 어강됴리./아으 다롱디리.(2번반복) 어긔야 어강됴리. (1번 반복)	위 증즐가 大平盛代(대평셩되) (4번 반복)	얄리얄리 얄랑셩 얄랴리 얄라.(8번 반복)
전승 혹은 계승	**상엿소리 후렴구** **아리랑 후렴구**		

---

62) 옥타비오 파스, 김홍근·김은중 옮김, 『활과 리라』, 1998, 326쪽.

광인 주체 ① ② ③의 분화는 계속된다. 「정읍사」의 백제 여인은 →
「가시리」의 여인으로 분화된다. 또 그 여인은 「청산별곡」의 남녀의 광인
으로 분화된다. 광인 주체가 분화되는 게 보이게 하는 것은 시의 언어에
배인 음악이다. 그 음악은 육체의 가락이지만 **이승과 저승을 옮겨가는 신
발은 후렴구이다.**

2.「백수광부가」와「제망매가」주술성의 음악화

우주 음악은 고독한 음악일지 모른다. 그 음악을 작곡한 신은 고독사
했는지 모른다. "예술가란 죽은 뒤가 아니고는 유용성이 인정되지 않는
존재이리라. 따라서 그는 당대 사람들과는 결코 사귀지 않는 쪽이 좋으리
라"[63]는 드뷔시의 말 속에서 악신(樂神)의 고립감이 느껴진다. 드뷔시는
거의 언제나 감옥 이나 추방을 경험한 시인의 노래에다 작곡을 했지만,
사제와도 같은 진심으로부터의 겸손함이 배어 있다. "음악은 겸손한 태도
로 사람을 즐겁게 만들어 주어야만 한다" 고 생각했다.[64]

그는 "전통의 화신"이지만 "마지막 날까지 스스로를 새롭게 만들어갔다."
드뷔시는 (인상주의 화가들처럼) 선율보다는 음색을 통해 사물과 마음의
자연 속에 적혀 있는 음악을 드러냈다.[65] 예술가가 고독한 것은 '풍경의 고
독'을 느끼는 자여서이다. 스스로 고립하지 않으면 풍경은 날아가 버린다.
풍경이 없으면 고독이 없고 고독이 없으면 풍경은 없다. 풍경의 음악은
고독하지만 즐겁다. "자연계의 음향에 대한 인류의 외경이 멈추지 않는

---

63) 롤랑 마누엘, 안동림 옮김, 『음악의 정신사』, 홍성사, 1986, 148쪽.
64) 위의 책, 5~159쪽 참조.
65) 위의 책, 154~155쪽.

한 인간의 음악은 영속한다".66)

드뷔시의 음악에 대한 자세나 외경심은 서양음악의 한 면을 보여준다. 시인들이 우주가 언어(시)로 만들어졌다고 하는 만큼, 우주가 음악으로 만들어졌다는 생각은 서양이나 동양이나 음악가들의 공통된 특징이다. 화학자들이 우주는 원소로 이루어졌다고 하는 것이나, 은행가들이 이 세상이 돈이 전부인 것처럼 말하는 것과 미세한 차이는 있다. 그것은 자본과 예술의 관계만큼이나 복잡하고 아이러니하다. 더 이상 '고전음악'이 나오지 않는 것이나, 시가 나오지 않는 것은 자본이 그런 필요성을 느끼지 않아서 일런지 모른다. 음악가의 고독과 시인의 고독이 다르지 않을 것이다.

김지하는 고전주의자인가? 동양음악의 정수라 할 수 있는 '율려'는 서양음악과 어떻게 다른가? 그 율려에 대한 그의 생각을 들여다보면 우주에 대한 외경심이 낳은 우주의 한 극점을 보여준다. 하지만 들뢰즈의 말처럼, 중심보다는 중간, 즉 '우주의 중간(경계)'에 서서 우주를 바라볼 때, 과거 '정상우주론'보다는 현대 '빅뱅우주론(인플레이션 우주론)'에 좀 더 다가간다. 김지하의『율려란 무엇인가』의 관계된 말을 인용해 보겠다. 그리고 필자의 글을 인용해 비교분석 해보겠다.

> 율려학회를 구성하고 조직하면서 첫 번째 착안한 것은 12율려에는 큰 에포크마다 중심이 되는 음이 있다는 것입니다.(50쪽)
> 서양의 휴머니즘이 죽음이라는 한계에 도달한 것을 뚜렷이 알 수 있습니다. 그러나 계속 주체의 소멸과 타자성만을 강조할 것인가 이것은 문제가 있습니다. 나는 도리어 주체를 세워야 한다고 보는데 **우주적 주체, 개방적 주체, 모든 타자가 나와 함께, 나아가 비인격적 자**

---

66) 위의 책, 4쪽.

연주체까지도 내 안에 들어와서 생성하며 소통하며 공진화하며 차원 변화를 통해 창조하는 주체, 이것이 신인간입니다. 이것은 신인합일에 의해서만 이루어지는 인간입니다.(77쪽)

숨어있는 차원이 드러난 차원으로 물질화될 때 그 관계 역시 '아니다 그렇다'인데 이때 항상 오류가 발생하고 유혹이 생깁니다. 그것이 드러난 가시적 물질적 차원 위에서의 중간적 통합인 '중中'의 유혹과, 통일이라는 이름의 봉합, '합合'의 유혹입니다. 양 극단을 배제하면서 중간도 아닌 새로운 숨어 있는 차원이 드러나야 하는 것입니다. 그것이 바로 무궁이요, 무궁무궁한 내면적 삶의 생성입니다. 들뢰즈가 역사에서 일어나고 역사로 돌아가지만 역사가 아니고 역사와 반대되는 삶의 내면적인 생성, 즉 민중의 카오스적 삶의 생성과 충만이라 부른 것이 바로 그것입니다.(82~83쪽)

동양 쪽에서만 새로운 질서의 우주를 인식하고 있는 것은 아니라는 것입니다. 이것은 매우 중요합니다. 왜냐하면 동양중심주의, 한국중심주의에서 자유로워지려면, 이로 인해 지구 전체 사상과 과학에 대한 동시 존중, 소위 동도동기론同道同器論이 필요하다는 것에 동감하게 된 것입니다.

그러나 서양의 카오이드 중심성은 한국의 후천개벽론에 비해 그 카오스모스적 질서면에서 차이가 있습니다. 한국의 후천개벽론에 더 적극적이고 날카로운 카오스 질서가 배태되어 있기 때문입니다. 그래서 저는 이것 또한 동도동기론東道東器論 이라고 합니다. 그러니까 정리하면 이중적 동도동기론(同道同器論 東道東器論)이 됩니다. 이 이치와 과학기술의 원리가 '理化이화'입니다. 이 이치로 병든 세계를 변혁·치유하는 것이 바로 '이화세계'입니다. 이른바 세계혁명으로서의 치유입니다.(117~118쪽)

그렇다면 이 중심음 또는 본음을 어떻게 발견할 수 있는가? 황제 이후 중국 중심의 율려는 '황종黃鐘' 중심으로서 '양陽' 중심의 율려律呂입니다. 이 시대, 즉 프랑스 혁명, 영·정조 이후의 후천개벽, 전지구적

제국주의에 의한 세계화 이후 지금과 같이 파탄하고 있는 지구 전체의 혼돈, 해체, 요동, 비평형, 복잡성과 무질서라 부르는 탈중심이 문제되는 이 시기에도 과연 우주의 중심음이 있었던 것이며 그 중심음은 여전히 황종인가?(144쪽)

그럼 황종은 매우 높고, 남성적이고 조화롭고 찬연한데, 이런 낮고 여성적이고 무질서하고 해체적이고 어두운 협종이 어떻게 황종 위치에 들어가서 중심 음 노릇을 하게 되었는가가 문제입니다. 우리나라 음악의 이상한 숨겨진 질서입니다.(146쪽)

즉 후천의 카오스적인 질서를 중심으로 하되 선천의 코스모스적인 여러 원리를 해체, 재구성, 재평가하는 기우뚱한 상호배합적 관계를 생각합니다. 그것을 우리는 무엇이라 할 것인가? <부도지府都誌>처럼 팔려사률八呂四律의 원율려原律呂인가? 카오스모스는 중심음이 되는 것일까? 인중천지인일은 무엇을 뜻하는가? 천지 자체가 이미 카오스모스인데 그것을 안에 품고 있는 인간은 무엇을 뜻하는가? 한걸음 더 나아가 왜 <천부경>에는 앞부분에 태양양명太陽陽明이라는 소위 오메가포인트같은 태양 정치의 흔적이 나타나 있는가?(148쪽)[67]

"우주문학은 **카오스모스문학**이라고 해야, 중심 없는 중심에 조금 접근할 수 있다. 먼저 해를 예로 들어, 우주 전체보다 태양계로 좁혀 말해보면 관점이 달라진다. 우리에게 우주 전체를 조망할 인지능력이 주어졌더라도, 태양계 속에서 '지구의 몸'으로 살아가기 때문이다. 벗어나더라도, 1000억 개 중의 하나라는 '**우리은하계**'를 현실적으로 벗어나기는 힘들다. 태양이 (지구의 ½ 공전 속도로) 우리은하의 중심을 도는 데 2억 여년이 걸리고, 그 중심에는 또 다른 '검은 태양'이라 할 수 있는 초중량 블랙홀이 존재한다. 각각의은하의중심 에 **검은 태양**이 존재하는 증거가 나오고 있다.[68][69][70]

---

67) 김지하, 『율려란 무엇인가』.

우주 전체, 태양계의 관점을 둘로 쪼개지 않으려면, (과학적 관점으로만 보지 말고 文盲의 관점으로만 보지 말고) 해를 우주의 중심이라고 할

---

68) 서론 부분을 재인용함. YTN 24: **세계 과학사 최초 '실제 블랙홀' 관측 성공** 보도. 이 사진이 전 세계에 뿌려지는 순간 우주 블랙홀은 현실이 되었다; 처녀자리 은하단 중심부에 있는 M87 초대질량 블랙홀은 지구에서 5500만 광년 거리에 있다. 질량은 태양의 65억배, 지름은 160억Km라고 한다. 처음 공개된 블랙홀의 이미지는 빛나는 눈처럼 보이는데, 공동 발견자인 제시카 뎀시 박사는 강력한 화염의 눈을 연상시키는 생생한 빛의 고리라고 설명했다. ≪YTN≫2019.04.10. 22:54 수정 2019.04.11. 00:45

69) 위의 블랙홀 사진은 블랙홀의 윤곽일 뿐이다. 블랙홀은 빛까지 빨아들이며, 막대한 에너지를 방출하는데 그(사진) 빛의 황금 고리가 생기는 것이다. 가운데 검게 보이는 부분이 블랙홀이지만 (그것조차 이미지 사진일 뿐) 그 색은 나타나지 않는다. 이른바 '호킹복사이론'을 증명한 사진이다. 우리는 블랙홀의 '사건의 지평선' 너머를 들여다볼 수 없다. "블랙홀에는 블랙(black)이라는 형용사를 붙이기가 적절치 않다. 실제로 이들은 백열하고 있으며, 약 1만 메가와트의 비율로 에너지를 방출하고 있다.(139쪽)" 스티븐 호킹, 김동광 옮김, 「블랙홀은 그다지 검지 않다」, 『시간의 역사』, 까치, 1998, 128~143쪽 참조.

70) 이벤트호라이즌망원경(EHT·Event Horizon Telescope) 프로젝트에 참여한 한국 연구진이 11일 서울 중구 LW 컨벤션에서 'EHT 언론 설명회'를 열었다. (요약) 전파망원경의 전파 신호는 색이 없고, 일반인들을 위해 붉은 색을 입힌 것이다. 블랙홀을 푸른색으로도 그리기도 한다. 블랙홀에 근접해 광학망원경으로 촬영한다면, 블랙홀 주변에 푸른색과 보라색의 가스·먼지 모습을 볼 수도 있을 것 같다. 하지만 이번처럼 둥근 고리 모양의 블랙홀 모습은 가시광선의 영역만을 인식하는 사람의 눈으로는 볼 수 없다. ≪연합뉴스≫, 2019.04.12. 00:03

수도 없고 아니라고 할 수도 없다. 모든 '단정 지음(집착)'은 공존을 방해하고 중도(해)에서 벗어나게 하는데, 중도는 말로 설명하면 중도에서 벗어나는 어려움이 있다. **이 해가 있다고 할 수도 없고 없다고 할 수도 없다. 우주에는 수많은 검은 해가 존재한다. 하얀 해와 숱한 검은 해들이 동시에 존재한다.**"71)

---

71) 김지하의 율려에 대한 생각은 광활하지만, 빠르게 변하는 천체우주론의 관점에서 반론이 필요한 시점이다. 우주를 얘기할 때는 어떤 누구도 성급한 단정 지음을 피해야 한다. 이제 동양의 역학이나 서양의 종교나 철학도 현대 천체우주론을 고려할 때가 되었다. 초중량 블랙홀이 발견된 2019년 이전과 이후로 인류의 모든 '우주학'은 나뉜다. 우주의 '관념'과 '실재'로 대립한다. **우주문학론도 실재와 관념의 암흑물질로 재정립된다.** 카오스, 카오스모스의 용어조차 관념에서 실재로 바뀐 것이다. 이를 감지한 김지하 역시 들뢰즈에게서 받아들인 카오스모스를 최근에 와서 부정해 버린다. "'chaosmos'는 결코 아니다"(김지하, 『우주 생명학』, 작가, 2018, 162쪽). 그리고 다시 "카오스모스chaosmos는 불연기연不然期然의 '시작'"으로 본다.(250쪽) 맞다, 기계론적인 카오스모스는 결코 아니다! (들뢰즈 역시 "기관 없는 몸체"만을 말한 게 아니다). 앞으로도 관념과 실재의 대립은 계속될 것이다. 관념이 실재가 되고 실재가 관념이 될 것이다. 관념의 실재, 실재의 관념 즉, 이성 주체의 광기 주체, 광기 주체의 이성 주체, 광기의 이성, 이성의 광기는, 푸코를 빌려 말하면 '우주 권력'과 맞물려 있다. 그 권력이 무슨 권력인지는 몰라도, (들뢰즈가 왜 기독교를 해체하려 했는가?) 김지하의 광기 주체 역시 권력화되는 주체들에게 저항한다. 천도교를 부정하며 천도교의 근본인 동학(東學)을 받아들이고, 기독교를 부정하며 기독교를 받아들이고, 중국 역학이나 풍수에 의지하여 '민중 주체'를 불러내지만 동시에 '영웅 주체'를 불러내어 한 주체로 전락하는 것을 막는다. **즉 모든 주체는 권력화 되려한다. 광기 주체들 속에는 광기 주체들의 동의를 받아 권력화 되려는 속성이 있다.** 여기서 어떤 주체도 자유로울 수 없지만, 그러한 속성이 광기 주체의 절대적 권력화를 막는다. 광기 주체는 이름 없는, 보이지 않는 주체여서 히어로가 아니지만, 히어로 주체의 속성을 지닌다. 한둘의 히어로의 권력이 우주를 변화시키는 게 아니라, 암흑물질·암흑에너지처럼 보이지 않는 광기의 주체들이 **(움직이는 장소 주체이기도 한 이들이)** 우주의 장소를 변화시킨다. 하지만 주체와 장소 역시 단정하면 안 된다. 스티븐 호킹의 『위대한 설계』(까치, 2010)에 나오는 말은 비단 수학 과학만의 주체 문제는 아니다. "어떤 이론도 다른 이론보다 더 낫거나 실재적이라고 할 수 없다. 우주를 지배하는 법칙들과 관련해서 우리가 할 수 있

필자의 위의 글을 본문에 재인용한 것은 (해석될지 모르지만) 우주에 대한 해석을 달리 해보기 위해서다. 김지하의 위의 인용한 글과 비교해 보면 무엇이 다른가? 텍스트 분석용은 아니지만, 우주문학이 신비주의(신비 절대주의=영적 신비주의)의 블랙홀에 빠짐을 경계하기 위해서다.[72] (김지하의 통찰은, **먼 후일** 『우주 생명학』에 가서야 그 블랙홀을 간신히 벗어난다. 어떻게?)[73][74] 지구 중심주의 시각에서는 우주문학은 기형아를

는 말은 이것이다. 우주의 모든 면을 기술할 수 있는 단일한 수학적 모형 혹은 이론은 없을 것 같다는 것이다."(73쪽) 이 말은 '끝끝내 우리는 실재에 도달할 수 없다'로 해석할 수 있을 것이다.

72) 김지하는 자신을 '들뢰즈적'이라고 말하지만 오히려 프로이트적인 경향이 보인다. 적과—적은 다르지만, 또한 우리가 '우주적—적'을 모르는 존재라면, 적≤적, 적≥적, 적≶적의 공식은 언제든 바뀔 수 있다. "이것은 환상이 아니라 프로그램이다. 환상에 대한 정신분석적인 해석과 프로그램에 대한 반(反)—정신분석적인 실험은 본질적으로 다르다. 해석되어야 하는 해석 자체인 환상과 실험의 모터인 프로그램은 본질적으로 다른 것이다. CsO는 모든 것을 제거한 후에도 남아 있는 그것이다. 그리고 우리가 제거하는 것은 환상, 즉 의미생성과 주체화의 집합이다. 정신분석은 이와 정반대의 일을 한다. 정신분석은 모든 것을 환상으로 번역하고, 모든 것을 환상으로 주조하고, 환상을 고수하다가, 결국 현실(=실재)을 놓치는 것이다. CsO를 놓치기 때문이다." 질 들뢰즈/펠릭스 가타리, 『천 개의 고원』, 291쪽.

73) "'서다림逝多林'에 있는 <종번애지이타종고綜繁哀志利他鍾苦(일정한 고통에 대한 아파하는 마음을 다른 종류의 고통에로 슬쩍 옮겨서 적용하는 위선)>를 말한다. 이것은 안 된다. 실제 이런 일이 없을 것 같으나 동서東西의 직업적 성직자聖職者들 에겐 흔해빠진 위선이다. 바로 이 <위선>을 두고 ≪성직자마행聖職者魔行≫이라 부른다." 김지하, 『우주생명학』, 134쪽.

74) 이 ≪겸兼≫이 바로 앞으로 와야 할 전 세계 경제·세계시장의 <환귀본처還歸本處> 곧 <신시神市>인 호혜시장이고 또 이 ≪겸≫ 다름 아닌 극단적 세속사世俗事인 시장 상거래商去來를 통해 바로 ≪중생이 성불成佛하는 직코스≫—판비량判比量의 길이다. 아! 원효의 이 판비량判比量, 칸트Immanuel Kant의 저 유명한 『판단력 비판』의 미추美醜판가름의 홍정척도尺度를 "부처님 이루는 길"로 몰아세운 "첫 새벽" <원효元曉>의 위대함이여! 위의 책, 146쪽.

출산할 것이다. 국가 국경주의나 민족 이기주의에 빠지면 우주문학은 사생아를 낳을 것이다. 우주문학이 종교화가 되거나 특정 종교화 되면 샴쌍둥이달이 되거나, **샴쌍둥이지구**가 될 것이다. 샴쌍둥이 달은 서로 업고 있는 달 뒤가 궁금해 돌아가 봤다. 제가 저를 업고 있는 일이 실은, 수억 년을 업었다 놓았다 하는 하루의 지구였던 것이다. 김지하는 질 들뢰즈를 수없이 거론하지만 '들뢰즈의 모순'에 빠져들곤 한다. 들뢰즈를 유물론자로 몰아붙이며 자신의 영성을 말하지만 '들뢰즈의 영성'을 느끼지 못한다. "마지막에 제가 중심음(中心音), 율려 이야기를 할 텐데 그것과 통하는 이야기입니다. 현대와 같은 탈 중심 시대에도 우주의 중심음이 있느냐. 이것은 중요한 질문입니다. 나는 끝까지 있다는 거고 많은 들뢰즈주의자들, 내 후배들은 그런 것은 곤란하다, 그것은 새로운 억압체제다 이 이야기입니다. (…) 중심 없는 완전 탈 중심은 해체다 이거예요. 죽음, 지구와 인류 전체의 해체."(『율려란 무엇인가』, 180쪽) 김지하 앞에 들뢰즈가 있다면 그는 자신의 '리좀' 사유를 이렇게 펼칠 것이다. 천개의 고원[75]은 천개의 얼굴을 가졌다. 천 개의 중심을 가졌고 천 개의 해를 가졌다. 천 개의 중심이 아니라 하나가 각각이 천 개의 중심이다. 우리는 그 나무마다 서로 숲을 이루었다 생각하는데, 은하계, 태양계, '지구라는 나무'에 깃들어 산다. 아무도 모르는 그 **우주 숲**을 보려면 대가를 치러야 하는데 '자신의 죽음

---

75) "고른 판을 구성하기 위해서는 거대한 <추상적인 기계>가 필요하지 않을까? 자신을 정점을 향해 가게 하지도 않고 외적인 종결에 의해 중단되게 하지도 않는 그런 방식으로 구성되는 연속적인 강렬함의 지역들을 베이트슨(Gregory Bateson)은 **고원**이라고 부른다. (…) 하나의 고원은 한 조각의 내재성이다. 각각의 CsO는 고원들로 만들어져 있다. 각각의 CsO 자체는 고른판 위에서 다른 고원들과 소통하는 하나의 고원이다. CsO는 이행의 성분인 것이다." 질 들뢰즈/펠릭스 가타리, 앞의 책, 303쪽.

이다'. **아니다 그래도 모를 수 있다,** 우리가 우주의 '움직이는 대지'에서 그 나무뿌리들의 뿌리의 뿌리를 어떻게 볼 것인가? "리좀은 <하나>로도 <여럿>으로도 환원될 수 없다. 리좀은 둘이 되는 <하나>도 아니며 심지어는 곧바로 셋, 넷, 다섯 등이 되는 <하나>도 아니다. 리좀은 <하나>로부터 파생되어 나오는 여럿도 아니고 <하나>가 더해지는 여럿(n+1)도 아니다. 리좀은 단위들로 이루어져 있지 않고, 차원들 또는 차라리 움직이는 방향들로 이루어져 있다. 리좀은 시작도 끝도 갖지 않고, 언제나 중간(milieu)을 가지며, 중간을 통해 자라고 넘쳐난다."[76]

하얀 해와 숱한 검은 해들이 동시에 존재한다면, 김지하가 생각한 중심음은 어떻게 자리 잡아야 할까? 왜 꼭 남성을 '양(햇살)'이라 생각하고 여성을 '음(그늘)'이라 하는가? 여성성(흰 그늘)이 우주의 해라면, 우주의 주체는 달라져야 하는가? 눈에 보이지 않는 음의 태양이 있는가? 귀에 들리지 않는 음의 태양이 내는 소리가 있는가? 큰 소리는 사람의 귀에는 들리지 않는다. 우주의 중심음은 하나가 아니라 은하의 중심마다 휘돌며 음의 태양이 내는 노래일 것이다. 우주의 중심음은 음의 태양이 내는 소리다. **우주 중심음의 음악. 천억 개 이상 숱한 푸른 태양들이 지구를 지켜준다. 지구인들이 사는 그런 태양계가 수천억 개 우주에 따로 존재하는 게 아니라, 수천억 은하계 중심의 중심 초중량 블랙홀이 수천억 태양이었던 것이다. 그 숱한 검은 태양 푸른 태양들인 것이다. 양의 태양이 아니라 음의 태양. 숱한 천억 개, 양의 태양보다 수 백만 배도 더 큰 음의 태양들이 숱한 검은 태양들이 숱한 푸른 태양들이 우주에 존재한다.**

---

76) 위의 책, 47쪽.

우주의 주체는 있는가? 우주의 주체는 언어의 우주에서나 가능한 일이지 **우주주체**는 정말 있는가? 하늘과 땅의 개념이 바뀌어 우주가 '움직이는 땅'이리면 히늘인기, 땅인가? 그도 아니면 중심이 아니면서 중심인, 암흑물질·암흑에너지·우주 척력·중력이 중심이라면 어떤가? 암흑물질이 사람이라면 어떤가? 외계의 사람만이 아니라 우리가 외계의 사람이라면 어떤가? (도무지 알 수 없는 사람이) 동도동기론도 동도서기론도 내놓았지만 어떤 다툼이 있는 것도 좋은 대안은 아니다. 동서양 다툼의 소지가 많다고 할 때, 김지하의 동도동기론도 마찬가지이다. 우리의 70년대 80년대도 절박했지만 2020년 지금이 더 절박하다. 자본은 모든 걸 용서하지 않고, 용서 안 하지도 않는다. 사람마다 중력이 다르고, **청년들의** 중력은 다르다. 각각의 중력이 중력을 붙들고 운다면, 시적이다. 척력과 척력이 서로를 찢는다고 하면 사피엔스 적이다. 싸움을 좋아하는 사피엔스가 싸움을 하지 말자고 해서 싸우지 않는 법은 없다. 김지하는 예수에 대한 견해를 자신이 신주단지 모시듯 하는 '영성'으로 접근하지 못한다. 이스라엘 '역사주의'에 빠지는 자기모순에 갇힌다. 한발 더 나아가, 그가 생각한 **우주적 그리스도** 역시 억지 춘향이식이다.

김지하에 대한 필자의 관심은 다른 데 있다. "융 역시 프로이드 못지않게 서구주의자입니다. 마치 마르크스가 상부구조와 토대를 이층집처럼 위아래로 분리한 것처럼 의식과 무의식의 관계를 그렇게 보았습니다. 그러나 모차르트 같은 불행한 천재의 예술 작품 창조의 예에서 그림자를 의식과 무의식을 매개하는 중간의식 존재로 생각하기 시작했습니다. 이것은 엄청난 혁명적 사건입니다. 그러나 그것을 이루지 못하고 그는 죽었습니다."(242쪽) **70억 지구인 사람마다 음의 태양이요, 양의 태양일 수밖에**

없다. 지구의 그림자는 길게 뉘어지고 중간지대에 광기의 해는 저문다. 자, 보라! 하얀 해와 숱한 검은 해들 ①; 초중량 블랙홀인지 '우주 무의식'인지, 우리 무의식 인지도 모르는 "중간 의식", 또한 들뢰즈가 말한 리좀의 "중간"에서 어떤 주체들을 불러오려하기 때문이다. 푸코의 말을 변용하면, 지구의 주체들, 즉 '이성의 주체들'이 '광기의 주체들'을 감옥에 가두거나, 억압하고 있다면, 실은 모두가 제 자신의 무의식의 중간지대를 억압하는 것이다. 우주는, 우주문학은 이성의 주체들만으로 감당할 수 없고, 따라서 「백수광부가」의 광인 주체, 「제망매가」의 망자 주체를 불러온 것이다. 우리 고조선 이전의 고조선, 고대 시가에서부터 흘러온 '원시성의 주체'가 **우주 무의식**과 만나는 중간 무의식(=리좀의 중간지대), 그게 우주문학 카오스모스의 장소성이다.

"실험(기표는 없다! 절대 해석하지 말라!) (…) 우리는 죽음 충동과는 전혀 다른 자기—파괴를 발명해낸다. 유기체를 해체하는 것은 결코 자살하는 것이 아니며, 오히려 하나의 전체적 배치물 들을 상정하는 연결접속들, 회로들, 접합접속들, 구배들과 문턱들, 강렬함의 이행과 배분, 영토들과 측량사의 기술로 계측된 탈영토화를 향해 몸체를 여는 것이다."[77] 그 탈영토화가 우주적인 것은 '움직이는 땅'에 자신도 모르게 첫발을 내딛는 우주의 광인으로서 광기인 것이다. 이미 지구의 주체들은 장소를 잃어버렸다. 길을 잃은 게 아니라 장소를 잃어버렸다. 개혁(혁명)의 주체들이 개혁의 대상(장소)가 된다거나, 대상이 주체가 된다거나 하는, 지구의 문법은 그 해석력을 잃어버렸다. 그래서 자기—파괴를 발명해내고 자살과는 다른 길을 간다.

---

77) 위의 책, 306~307쪽.

그런데 들뢰즈가 우주의 문법에 도달하려다 죽은 것은, 그 '없는 문법'의 사유와 리좀에 도달했음에도 불구하고 우주목(宇宙木)의 숲들을 보려는 관측의 노력들을 파괴하지 않았다는 것이다. 자기―파괴만이 아니라 우주적 자기―파괴는 천 개의 고원이 아니라 억만 개의 고원이 존재하는, 억만 개의 늪이 존재하는 우주에서 억만 개의 중간지대(장소)를 탈영토화―영토화의 구분 없이 발명해내는 일이기 때문이다. 마치 블랙홀과 초중량 블랙홀의 관계와 같은 것인데, 블랙홀의 자기―파괴는 초중량 블랙홀의 자기―파괴로, 전파인지 중력파인지 척력파인지 암흑물질인지 모르게 진행된다는 것이다. 누가(주체가) 발명해 넌지도 모르게 진행된다. 초중량 블랙홀의 자기―파괴는 블랙홀의 자기―파괴와는 달리 자기―파괴를 통해 은하를 살려낸다. 검은 해들이 우주를 살려낸다. 하얀 해(태양)가 태양계를 살려내듯이 검은 해는 은하계를 살려낸다. 중심 없는 중심, 중간 없는 중간, 우주의 심연 중간지대에서 자기―파괴를 통해 생성되는 수억 개의 검은 해들이 은하를 살려낸다.

　「백수광부가」의 자기―파괴는 광인 주체의 자기―파괴이다. 이미 우주적 주술성은 거기 들어있다. 우주 율려는 주체들의 광기에서 나온다. 주체가 바뀌면 장소가 바뀌고, 장소가 바뀌면 주체가 바뀐다. 지구의 대지가 지구의 강이 되는 것이다. 백수광부의 광인 주체는 강을 건너는 게 아니라, 강(흐르는 주체)을 따라 흐르는 주체가 된다. 흐르다가, 사라진 주체는 망자 주체(제망매가)로, 순환하는 주체에 의해 '생자(生者) 주체'가 노래를 부른다. 그 장소성은 청산 전체로 바뀌고 확장되어 나타나지만 여전히 고달픈 주체로 흐르는 주체이다. 북망산천이 아니라 청산을 흐르는 주체들로 채워지지만 "청산에 살어리랏다. 청산에 살어리랏다"(청산별곡)의 이별의 별곡조다.

그런데 흥을 돋우는 조음구(여음구)로서 "얄리얄리얄랴성"의 후렴구는, 산을 넘는 상엿소리 후렴구처럼 '죽음의 흥=삶의 흥'을 돋우어 죽음의 블랙홀에 빠지지 않고, 블랙홀의 청산을 돌며 흐르게 한다. 이 **푸른 블랙홀**(청산)은 초중량 블랙홀이다. **청산별곡의 시는 시의 푸른 블랙홀이다.** 지구의 「청산별곡」 청산이 은하계의 중심을 잡아주는 푸른 해(푸른 블랙홀)인 것이다.

"너희 자신의 기관 없는 몸체를 찾아라. 그것을 만드는 법을 알아라. 이것이야말로 삶과 죽음의 문제, 젊음과 늙음, 슬픔과 기쁨의 문제이다. 모든 것은 이것과 관련되어 있다."[78] 얼굴을 뭉개버린 들뢰즈가 찾으려 했던 것은 '기관 없는 몸체'로서 주체들의 해체이지만 주체들은 죽지 않고 계속 증식된다는 게 문제이다. 그는 장소가 주체가 되고, 주체가 뒤바뀌기도 하고, 얼굴 없는 몸의 주체(몸체)들이 그 장소를 얻어 다시 주체(얼굴)가 된다는 것을 간과했는지도 모른다. 김지하의 '영성주의'나 들뢰즈의 (유물론적) 사유의 리좀은 지구인의 뿌리 깊은 '인간중심' '인간혐오'와 맞닿아 있다. 얼굴 뭉개기는 극단이지만 극단은 아니다. 시는 극단이라고 하지만, 다시 말하면 시는 극단의 극단이다. 우주적 극단은 이와는 다를까? 우리가 푸른 블랙홀을 찾았다면, 다시 청산으로 돌아갈 수 없다면 자본의 얼굴을 어떻게 지울까? 자본도 얼굴 없는 얼굴을 계속 증식한다면, 우주의 얼굴 없는 얼굴을 배워(복제해) 푸른 블랙홀까지 복제하려 든다면? 이미 **우주제국주의**가 시작되었다면? 사피엔스는 사피엔스가 두렵지만, 사피엔스 얼굴(주체)밖에 방법이 없다면? 우리는 흰 그늘만이 아니라 푸른 그늘, 붉은 그늘 아래로 젖어 흘러가는 살아있는 망자 주체들이다. 그것

---

78) 위의 책, 290쪽.

은 좀비와 다른데, 걸어가는 장소(현실성)가 다르기 때문이다. 장소＝실재＝중력은 주체들의 주체인지 모른다.

지구가 우주를 복제하는 게 아니라 우주가 지구를 복제하기 시작했다. 지구의 주체는 우주의 주체로 뒤바뀐다. 지구가 하늘이 되고 우주가 땅이 된다. 우주의 '움직이는 대지'가 주체이다. 그 비—주체는 주체(＝장소)이면서 주체(＝장소)가 아니다. 주체들은 주체들의 얼굴을 뭉개 스스로 증식한다. 얼굴 증식은 증발과 동시에 일어난다. 얼굴 살해, 얼굴 속의 얼굴, 얼굴 살해범은 '형제 살해범'[79]에서 기인한다. 한번도 (신에게도) 주체를 빼앗긴 적이 없는데, 얼굴 혐오는 몸의 혐오 장기(臟器) 혐오로 이어진다. 이 이율배반적인 장기사랑은, 장기 속의 장기가 생겨 '기생충'[80] 같은 주체가 생겨난다. 장기의 지하실(변비)은 이차적인 것이고 주체가 뒤바뀐다는 것이다. 그것은 얼굴 뭉개기(주체 뭉개기)만이 아니라 주체들끼리 살해를 의미한다.

로고스의 어원이 '말'이고 그것은, 몸의 차원으로 돌려 말하면, 결국 입으로 상징된다면, 그늘은 항문(肛門)으로 상징된다 할 수 있다. 입은 로고스를 생산하고, 탐미(耽味)하는 환한 세계인 반면, 항문은 입이 누린 탐미와 로고스의 쓰레기를 거두어 배출하는 어두운 구멍. 그 더러운 거름의 배출구인 항문이 동시에 생명을 기르는 시원(始原)이라면! (썩는 거름이므로!) 로고스[입] 중심의 삶은 변비에 걸리기 쉽다. 신경증적 논리(분석)주의와 탐미주의는 변비의 원인이므로. 변비는 썩음

---

79) 유발 하라리, 앞의 책, 33~41쪽.
80) 영화 《기생충》을 생각하는 순간 광인 주체들은 분화한다. 지하인간—송강호라는 기생충, 기생충들의 증식이 시작된다. 영상 이미지 기생충만이 아니라, 언어의 세계에서 — **기생충**이라는 말을 쓰는 순간 — 지금 백지 위에서도 『백수광부가』의 광인처럼 '기생충' 광인들의 분화가 시작된다.

을 생명으로 바꾸지 못하는 몸의 증상이다. 외부와의 연결이 끊긴 몸 속의 거름. 입의 쾌락이 결국 자기 몸의 전체적 부패를 담보 잡는 로고스 중심주의적 질환. 몸 전체의 질환이자, 생태계 전체의 질환. (특히 섹스 문제와 함께) 변비는 화장실의 문제가 아니라 문명론적 문제이다. 로고스 중심 세상의 쓰레기. 그런 거름은 생명을 줄일 뿐, 생명으로 되돌아가는 생명력이 되지 못한다. 그늘은, 세속의 더러움 속을 온몸으로 사는 예술가의 무심한 사랑은, 그러므로 그 더럽고 어두운 똥구멍에 대한 사랑으로 비유될 수 있다. 저 서세동점 속의 빛과 로고스와 입의 역사 속에서 그늘과 침묵과 똥구멍의 삶은 배제되어왔다. 예술가는 이러한 서세(西勢)에 의한 배제의 역사에 가장 강하게 저항해왔다. 더욱이 이 땅에서 '삶의 예술'의 전통은 민족의 집단 무의식 속에 깊이 뿌리내려왔다.[81]

하얀 해와 숱한 검은 해들 ②; 「청산별곡」의 '청산'과 같은 원리로 작동된다고 볼 수 있을 것이다. 지구의 청산이 인간(별)의 중심의 중심, 보이지 않는 중심 없는 비―중심이듯이, 즉 초중량 블랙홀은 ― '우주 무의식'인지, 우리 무의식 인지도 모르는 "중간 의식"에서 ― 발화한 검은 해요, 청산의 푸른 해인 것이다. 하얀 별(해)←검은 해(별)=푸른 해(별)=**블루스타**인 것이다. 우리는 지구와 같은, 보이는 푸른 별만 찾았으나 그들이 보이지 않는 푸른 별이다. 우주의 똥구멍이요(임우기), 우주의 흰 그늘이요(김지하), 우주의 푸른 그늘(별)이다. 그 보이지 않는 푸른 별들이 있어야 은하는 존재하고 노래(음악)하며 춤출 수 있는 것이다.

임우기의 말대로, 푸른 별은 우주의 중심을 잡아주는 ('중심 없는' 중심인) 똥구멍인가? 흰 그늘, 푸른 그늘, 가장 비천하며 가장 위대한 자, 아니

---

81) 임우기, 『그늘에 대하여』, 강, 1996, 54~55쪽.

면 우리가 모르는, 아직 (언어로 태어나지 않아) 이름 지을 수도 호명할 수
도 없는 비—주체들인가? 공무도하의 주체들도 강을 흘러, 청산을 흐르는
주체들로 채워지지만 다시는 청산으로 돌아갈 수 없는 비—주체들이다.
그래서 '청산'은 '별곡'이 될 수밖에 없는 장소이다. (라캉의 거울을 보면
살짝 보이는데) 언어를 알아버린 '상징계' 때문이다. 그런데 (보다 우주적
인) 들뢰즈는 거울을 깨버린다. 어떻게 깨는가?

> 머리—몸체의 체계에서 얼굴의 체계로 가는 것에는 진화도 없고 발
> 생의 단계들도 없다. 현상학적 위치들도 없다. 또한 구조적이며, 조직
> 화 구조화하는 조직화를 동반하는 부분 대상들의 통합도 없다. 얼굴성
> 이라는 이 고유한 기계를 통하지 않고서는 이미 그곳에 있을 또는 그곳
> 에 있게끔 이끌릴 주체에 대한 지시 존재하지 않는다. 얼굴의 문헌에서
> 시선에 대한 사르트르의 텍스트와 거울에 대한 라캉의 텍스트는 현상
> 학의 장에서 반성(réfléchie)되거나 구조주의의 장에서 균열된 주체성,
> 인간성의 형식을 지시한다는 오류를 지니고 있다. **그러나 시선은 시선**
> **없는 눈, 얼굴성의 검은 구멍에 비하면 이차적인 것에 불과하다. 거울**
> **은 얼굴성의 흰 벽에 비하면 이차적인 것에 불과하다.** 우리는 더 이상
> 발생축이나 부분 대상들의 통합에 대해 이야기할 수 없을 것이다.[82]

하얀 해와 숱한 검은 해들 ③; 초중량 블랙홀은 괴물도 아니고 신도 아
니다. 태양을 삼백만 개도 더 잡아먹는 밀도를 가진 얼굴, 그 얼굴 없는 얼
굴에는 입도 똥구멍도 없다. 언어로, 시로 만들어지기 전의 우주에는 그
늘이 생기지 않는다. 라캉이 거울을 만들고 들뢰즈가 거울을 깨트리고 시
인은 시를 쓸 것이다. 아직 지구라는 행성밖에 액체 상태로 존재하는 물

---

82) 질 들뢰즈/펠릭스 가타리, 앞의 책, 328쪽.

(H2O)은 발견되지 않았다. 「백수광부가」 광인의 주체는 강(물)로 계속 흐르는 주체이다. 광인의 분화는 막을 수 없다. 언어가 작동하는 한 언어는 광기를 증식할 것이다. 광인들이 증발해도(침묵하거나 죽어도) 한쪽에선 누군가 말을 할 것이다. 동양의 입이 침묵해도, 서양의 입이 말을 할 것이다. 엄밀히 말해 그 입은 하나다. 광기와 이성이 하나이듯이, 카오스와 코스모스가 하나인 카오스모스처럼, 광인 주체는 망자 주체로 증식하며 발화한다. 망자 주체는 (흐르는 주체로) 망자 주체를 우주로 확장시킨다. 하얀 별(해)→검은 해(별)→푸른 해(별)의 발화는 광인 주체의 발화로서 우주 원시성의 발화이다. 광인 주체의 발명이 청산—검은 해—푸른 해의 광희로 발화된다면 우주문학의 장소성의 주체 때문이다. 검은 해들이라 생각했던 푸른 해들(별들)이 바로 우주의 꽃이어서 우주 음악은 푸른 블랙홀의 꽃봉오리로 피어난다.

〈「청산별곡」의 우주도(표)〉

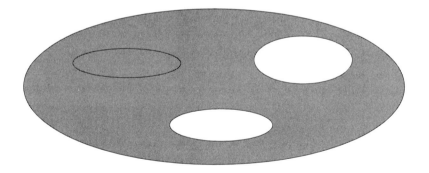

갈 래	광기(狂氣)—장소	주술—음악(후렴구)	광기(光)—별
백수광부가	강—지구—은하(강)	공후인(箜篌引)	하얀 해(별)
제망매가	지구—하늘—태양계(=월명사「도솔가」—두 개의 해)	제사 주문·지전(紙錢)·향가	검은 해(별)
청산별곡	청산	얄리얄라 얄라셩얄라리 얄라.	푸른 해(별)
블랙홀	하얀 블랙홀	검은 블랙홀	푸른 블랙홀(초중량 블랙홀)
대우주	우주의 청산=초중량 블랙홀=검은 해=푸른 해(푸른 블랙홀)		

3. 가사 속으로 스민 후렴구; 시설(詩說)의 탄생

하얀 해와 숱한 검은 해들 ④;[83] 질 들뢰즈는 코스모스의 곁뿌리로 카오스모스라는 이미지를 만들었는데, 어떻게 곁뿌리가 될 수 있는가? 라캉의 거울을 벽에 던져 깨버리고 이차적인 것으로 돌린 그도, 이차적인 사유의 늪에 빠질 위험성이 있다. 무엇이 이차적인 것인가? 얼굴성의 흰 벽, 거울, 둘 다, 언제든 입장이 뒤바뀔 수 있다. 거울이 일차적이면 벽이 이차적이고, 벽이 일차적이면 거울이 이차적이다. 주체와 장소의 뒤바뀜은, 광인 주체에 의해 발생하지만 동시에 이성 주체의 일이기도 하다. 거울이 벽이 되는 것은 순식간이고, 깨지는 것도 순식간인데, 이때 달라붙는 것은 거울이 아니라 얼굴이다. 주체와 장소가 뒤바뀌는 것이다. 비—주체=비—장소 이런 공식이 가능한데, 보다 중요한 것은 $(n-1)$이 아니라 $(n \times 2)$

---

83) ①번으로 해야 하지만 앞의 글과 연속성을 고려해 ④번으로 하며, 앞으로도 계속될 것임.

라는 것이다. 빼는 것도 방법이긴 하지만, 곱하는 게 중요한 것은 광기 주체의 증폭이 문제 되기 때문이다. 온 우주를 광기가 덮는 것은 (빼서)가 아니라 (곱해서) 인데 급폭발(급빅뱅)은 광기의 급 빅뱅이기도 하다. 카오스—코스모스—카오스모스 모두 곁뿌리가 아니고 **겹뿌리**인 것이다. 하얀 해와 숱한 검은 해들도 곁뿌리가 아니고 겹뿌리의 겹뿌리인 것이다.

들뢰즈는 "유일(l'unique)을 빼고서 n—1에서 써라."는 말을 했다. 그런 체계를 '리좀'이라고 불렀다.[84] 유일의 과잉을 경계하기 위함이지만 '유일의 원본이 존재 한지도 모른다면' 빼는 것보다는, '카오스의 증식'은 (일반상대성이론처럼) 곱해져야 코스모스가 된다. 얼굴을 뭉개기보다는 얼굴을 증폭시켜보면 **지구얼굴, 우주얼굴**이 된다. 이 얼굴들은 주체들이면서 동시에 장소였던 것이다. 그 얼굴들이 땅이었던 것이다. 우리 어린 시절 '땅따먹기 놀이'를 보면 알 수 있다. 가위바위보를 하고, 이기면 손으로 돌을 세 번 튕겨 선을 그으면 자기 땅이 된다. 하지만 땄던(빼앗은) 땅도 잃었던(빼앗긴) 땅도, 게임이 끝나고 선을 지워버리면, 주체도 장소도 사라져 버린다. 다만 여기에는 광기의 주체들만 남는데, 그들도 증발하고 나면 (원본인지 복제인지도 모르는) 대지가 또 광기의 주체들을 기다린다. 거기에 흘린 피는 보이지 않고 (증발하고) 땅따먹기는 다시 돌아온 광인 주체들로 채워진다. 이 **우주게임**이 언제 끝날지 아무도 모른다. 결코 얼굴을 뭉개고, 거울을 깨버린다고 사라지는 광인 주체들(장소)이 아니다. 인류가 방법을 찾지 못한 것이 아니라 신인류의 광인이 되어 (게임화되어) **즐기느라** 방법을 찾지 않는 것이다. 두 겹 세 겹, 생존과 죽음은 한 겹이 아니라 겹겹이 피는 꽃이다.

---

84) 질 들뢰즈/펠릭스 가타리, 앞의 책, 18쪽.

『청산별곡』의 후렴구는 돌아갈 수 없는 청산(장소)에 '땅따먹기'의 흥 같은 것이다. 아무리, 서로 빼앗고 (죽이고) 해도 — 광인 주체들은 죽이지 못하고   그들(몽골군사·무신정권)만이 아니라 우리도 땅따먹기 놀이를 하는 것이다. 그 장소(땅따먹기) 바로 곁에서 청산은 (바라보고) 있지만, 땅따먹기 놀이에 열중하다 보면 (해거름 그늘진) 청산에 다신 돌아갈 수 없다. 지금껏 땅따먹기 놀이는 계속되고, 벗어날 수 없는 장소에서 주체는 광인이 된다. "얄리얄랴 얄랴셩"의 광인이 된다.『백수광부가』,『제망매가』에서 분화된 광인 주체, 망자 주체들은 청산(장소=주체)에게 자리를 내주고, (제 자리에서 돌며) 떠돌며 광인 주체들로 증식된다. 광인 주체가 부르는 후렴구에서 다시 상엿소리가 울리고, 죽음의 흥이 나와 산천을 떠돈다.

하얀 해와 숱한 푸른 해들 ⑤; 뿌쉬낀의 운문소설『예브게니 오네긴』[85]에는 광기를 뿜어내는 주체가 잠자고 있다. (그것은 시를 형상으로 얘기하지 않고, 주제로 얘기하는) 러시아 낭만주의 시대의 형식들 때문이다. 그스스로가 바이런의 작품「돈 주안Don Juan」에게서 지대한 영향을 받았고, 다시 벗어났다고 말한 것만 봐도 알 수 있다. 뿌쉬낀은 새 장르를 의식하며 글을 썼다. 작가의 불안과 자부심이 범벅이 되어 글을 썼다.[86] 광인 주체가 에너지 증폭 (n × 2)의 상태에서 광기의 장소를 만나려면 그 형식을 의식해서는 안 된다. 광인 주체의 엉성한 옷을 입은 '오네긴'은 낭만주의의 광기이다. 시의 옷을 입었지만 소설이다. (n × 1)의 상태는 절대화의

---

85) 뿌쉬낀, 석영중 옮김,「예브게니 오네긴」,『뿌쉬낀:알렉산드르뿌쉬낀문학작품집』, 열린책들, 1999, 1019~1283쪽.
86) 뿌쉬낀의 운문소설에 대해서는 필자의 졸저에서 다루었다. 김영산,『우주문학의 카오스모스』, 228~233쪽 참조 바람.

광기여서 증폭되지 않는다. 광인 주체들은 (n × 2)의 광기로 증폭한다. 결국, 절대적인 것도 상대적인 것도 사라진다. 얼굴이 구멍난 공간이지만 죽어있는 공간이 아니라 살아있는 공간이다. 얼굴의 얼굴이다. 리좀이 아니라 **검은 해**이며, 우리 뭉개진 얼굴이 거기 있다. 푸른 해, 푸른 블랙홀은 낭만의 광기가 아니라 광기의 낭만이다. 아니다, 검은 해의 공간에서는 낭만은 없다. 이성적 주체의 관측이 광기를 거세하려 들것이다. 지구에서 광기를 거세한 자들이 또 우주에서 광기를 거세하려 들것이다. 그러나 **푸른 블랙홀**의 광기는 거세될 수 없다. **이성의 주체들이 지구의 청산을 불사르고 빼앗아 버렸지만 (n × 2)로 증폭되는 푸른 해의 주체들의 광기는 제거되지 않고 계속 점화한다.** 거대한 우주선처럼 대우주를 항해한다.

우주의 모국어란 없다. 우주의 국경은 없다. 우주의 좌표는 없다. 우주의 지도를 만들 수는 없다. 우주는 권력이 아니라 그것을 바라보는 자, 지구의 시선이다. 각양각색의 언어의 시선이다. 우주의 사본을 만드는 것도, 원본을 만드는 것도, 언어, 그림, 음악, 과학의 시선이다. 눈을 빼버리면, 푸른 눈(해)을 박으면 될 것 같지만, **우주눈**은 하나가 아니다. 그 많은 눈을 어찌 박을 것인가? 얼굴이 지구만큼 은하만큼 커진다면 빼버린 눈을 박고(감고), 두 개의 **지구샴쌍둥이**처럼 웅크리고 비로소 잠들 것인가? **지구샴쌍둥이나무**는 기억을 모르고도 기억하는, 등과 등만이 아니라 등과 배가 하나로 붙어버렸다. 마치 반(反)—연리지처럼 서로를 밀어내며 등이 달라붙어 있다. 거기에는 뿌리도, 나무줄기도, 나뭇가지, 잎새가 따로 존재하지 않는다. 보이는 상부와 보이지 않는 하부, 나무 밑동 아래와 나무 밑동 위는 따로 존재하지 않는다. (n−1)과 달리 (n × 2)는 신화를 죽이지 않는다. 샴쌍둥이를 죽일 필요는 없다. 수술할 필요도 없다. 떼어내려 하면 할수록, 웅크리고 죽어가며, 꼭 하나의 샘이 죽는다. 하나만 살리려다 결국 모두 죽는다. 나무샴쌍둥이는 수만 개 눈을 가졌다. 푸른 블랙홀처럼 푸른 눈들은 주위를 두리번거린다. 우리가 내비려 둘 수 있다면 (그것이 불가능하지만) 이 광기는 증폭되고, 증폭되어 거대한 우주목이 된다. 뿌리와 나무 본체는, 실뿌리조차, 식물들의 덩이줄기조차, 푸른 눈이 없으면, 얼굴을 떼어내고, 등을 조각조각 떼어내고, 장기를 조각조각 끊어낸다면, 리좀의 구근(球根)이나 덩이줄기도 결국 뿌리이듯이, 거기서도 눈이 생겨나고, (권력 아닌 뿌리는 없지만) 뿌리의 권력만이 아니라, 중력의 뿌리로 존재하기도 한다. "기억이나 중심 기관에 권력이 부여되는"[87] 것을 염려한다면 광기 주체들의 증폭의 공식을 읽어내야 한다. 이제 광기 주체들은 행동하라고 해서 행동하는 게 아니라 스스로 증폭한다. 그것은 결핍에서 오는 것도 아니고 부(富)에서 오는 게 아니다. (결핍이냐 과잉이냐는 별로 중요하지 않다)[88] 결핍의 눈과 부의 눈은 주위를 두리번거리며 증식할 것이고, 지구샴쌍둥이는 그 광기의 눈을 박고 주위를 두리번거릴 것이다. 오랜 우주목 (지구) 신화가 실천될 때까지, 하지만 얼굴이 점점 증폭되어 터져 버리거나, 푸른 눈을 갖게 될지는 모른다.

숲은 이렇게, 산은 저렇게. 모든 감각에서 우리에게 어떠한 혼란이나 실수, 망설임도 없다는 것도 놀랍다. 그렇지만 최대의 불확실성과 혼돈스러운 어떤 것이 있었던 것은 틀림없다. 거대한 기간의 시간에 이르러서야 모든 것이 그렇게 단단히 굳어 상속된 것이다; 공간 거리, 빛, 색깔 등에 대해 본질적으로 다르게 지각했던 사람들은 옆으로 밀

---

87) 질 들뢰즈/펠릭스 가타리, 앞의 책, 38쪽.
88) 위의 책, 223쪽.

려나 잘 번식해나갈 수 없었다. 다르게 지각하는 이러한 방식은 수천
년의 오랜 세월 동안 "광기"로 여겨졌고 회피되었다.[89]

지구의 역진화—진화화는 다른 무엇이 광기이다. 광기는 진화되지 않는
다. 죽지도 않는다. 증폭될 뿐이다. 우주의 무의식과 관계된 것이라면 $(n \times 2)$
는 $(n \times 3)$, 4, 5, 무한대의 수를 갖게 되어, 우주의 광기의 중력은 우주의 광
기의 척력에 의해 종이처럼 찢겨 버린다. 무한증식을 견디는 힘들이 암흑
물질·암흑에너지인지 초중량 블랙홀(검은 블랙홀=푸른 블랙홀)인지 모
르지만, 그 검은 해, 푸른 해들이 광기의 광기이면서 **광기의 중간지대**일
수는 있다. 광기의 장소성은 그냥 장소가 아니라 실재하는, 우주 음악의
율려였던 것이다. 니체가 보려했던 광기도 거기서 나왔고, 푸코가 감옥에
갇혀버렸다고 절규한 광기도 거기서 생겨났다. 그래서 우주는 음악으로
만들어졌다는 언어의 악보가 그려졌고, 시는 시인이 쓰는 게 아니라 시가
시인을 쓴다는, **광기 장소의 주체**가 검증된 셈이다. 광기 주체는 주체이
면서 광기 장소이기도 한 것이다.

그 광기 주체의 장소는, 고요해 보이는 얼굴 이면에 전쟁의 장소성이
동시에 느껴질 때 가장 증폭된다. (전쟁에 내몰린 주체, 이별의 주체, 탄핵
받은 주체) 『청산별곡·가시리』⇒『사미인곡』의 주체들은 광인 주체들
이다. 『백수광부가』, 『제망매가』의 광기의 주체는 **가사**에서도 나타난다.
정극인 ⇒ 송순 ⇒정철 ⇒ 허난설헌 등으로 이어지는 광기의 주체는, 안
빈낙도할 때조차도 죽음을 동반하는 경우가 많다. 즉 광인 주체 속에는
늘 망자 주체가 어른거리는 것이다. 고려 가요 후렴구(=상엿소리) + 조

---

89) 『니체전집 12:즐거운 학문·메시나에서의 전원시·유고(1881년 봄~1882년 여름)』,
안성찬·홍사현 옮김, 책세상, 2015, 541쪽.

선 가사의 음악성은 시설(詩說)이 탄생하는데 결정적 계기가 된다. 아니다, 시에 있어서는 (n + 2)의 결합도 (n × 2)의 광기의 증폭의 공식도 없다. 앞서 밀한 뿌쉬낀의 운문소설 『예브게니 오네긴』도, 시설(詩說)[90]도 광기 주체들의 장소의 언저리를 배회할 뿐이다.

〈후렴구의 광기 주체에서 탄생한 시설문학(詩說文學)〉

형식 \ 작품	뿌쉬낀 「예브게니 오네긴」	가시리	정철 「사미인곡」
본문	격렬한 청춘의 시절 / 회망과 달콤한 슬픔의 시절이 / 예브게니에게 닥쳐오자 / 무슈는 집에서 쫓겨났지. / 이제 우리 오네긴은 자유의 몸 / 최신 유행의 헤어스타일에 / 댄디 같은 런던 식 의상, / 마침내 사교계에 첫발을 내딛었지. (중략)	가시리 가시리잇고 나는 / 브리고 가시리잇고 나는. // 날러는 엇디 살라 ᄒ고 / 브리고 가시리잇고 / 나는 // 잡스와 두어리마ᄂᆞᆫ. / 선ᄒ면 아니 올셰라. // 셜온 님 보내옵노니 나는 / 가시는 듯 도셔오쇼셔 나는.	이 몸 삼기실 제 님을 조차 삼기시니, 흔 싱線연分분이며 하늘 모를 일이런가. 나 ᄒ나 졈어 잇고 님 ᄒ나 날 괴시니, 이 ᄆ음이 스랑 견졸 ᄃᆡ 노여 업다. (중략)
출전	『뿌쉬낀』(열린책들)	『악장가사(樂章歌詞)』	『송강가사』
나라(시대)	러시아(1823~1830)	고려 시대	조선 선조 21년
후렴구	없음	위 증즐가 大平盛代(대평성ᄃᆡ) (4번반복)	없음
전승 혹은 계승	없음	시설문학(詩說文學)	

90) 시설(詩說), 시설문학(詩說文學)에 대해서는 필자의 시집 『詩魔』(천년의 시작, 2013), 『하얀 별』(문학과지성사, 2013)을 참고로 했다. 산문집 『시의 장례가 치러지고 있다』(도서출판b, 2015), 시론집 『우주문학의 카오스모스』(국학자료원, 2018) 「뿌쉬낀의 운문소설과 김영산의 詩說文學」(228~238)에서 시설문학을 논의했다.

하얀 해와 숱한 푸른 해들 ⑥; 지구만 한 머리를 발바닥으로 굴리며 가는 우주문학, 걷는 자는 발바닥에 뇌를 달고 가는 자이다. 걷는 자는 아무리 걸어도 제 걸음을 벗어날 수 없다는 걸 안다. 1m도 벗어날 수 없다. 자동차를 타고 가더라도, 비행기를 타고 가더라도, 우주선을 타고 가더라도 제 자리 모두 제 자리다. 걷는 자는 제 자리를 걷는 자이다. (…) "광녀여 우주의 광녀여 별이여 하얀 별이여/ 내 시설(詩說)을 들어라!"의 후렴구 첫 시설(詩說)은 "죽음의 악보"에서 나온다. 광기(狂氣)만이 아니라, 광기(光氣)의 우주 광녀가 후렴구의 가락을 갖고 나온다. "검은 별"에서도 "아름다운 무덤이여 검은 별이여/ 내 시설(詩說)을 들어라"라는 후렴구가 반복된다. 시의 리듬은 반복과 일탈일까. 그 가락이 수없이 반복되고, 노래가 되고, 시의 음악이 된다. 시설(詩說)의 음악이 된다.[91]

4. 김소월 「초혼」의 광기, 이상의 광인, 김수영 「풀」의 광기

『백수광부가』의 광인 주체가 소월의 「초혼(招魂)」을 만난다. 『제망매가』의 망자 주체가 「초혼」의 망자 주체를 만난다. 죽음에 대한 광인 주체들의 반응이 아니라 광인 주체들에 대한 죽음(망자 주체)의 반응이 중요하다. 망자 주체의 발명은 광인 주체가 한 것이지만 광인 주체의 발명은 망자 주체가 한 것이기도 하다. 망자 주체는 경계를 깨뜨리지 않는다. 광인 주체가 초혼을 해도 지금 돌아올 수 없다. 백수광부도, 죽은 누이도, "사랑하든 그 사람"도 돌아오지 못한다. 광인 주체 → 사라진 주체 → 숨겨진 주체 → 흐르는 주체 → 망자 주체 → 순환하는 주체 → 돌아온 주체 → 광인

---

91) 김영산, 『우주문학의 카오스모스』, 233~235쪽.

주체로 둥근 타원을 그리려면 세 가지 광기 없이는 불가능하다. 시(언어)의 광기, 검은 해(초중량 블랙홀)의 광기, 광기 주체들이 만나는 장소(n × 2 광기 주체)의 광기가 그것이다. **검은 광인이여, 광인이여의 초혼은 검은 해를 만나는 우주초혼이다.**

"초혼", 즉 고복 의식의 현장이다. 고복皐復에서 고皐는 길게 빼어 부르는 소리를 뜻하고, 복復은 혼을 부르는 것을 뜻한다. 임종 직후 북쪽을 향해 망자의 이름을 세 번 불러 다시 소생시키고자 하는 간절한 소망을 의례화한 민간 풍속이 고복이다. 물론 고복을 통해 망자를 소생시킬 수 있다고 믿는 것은 아니다. 다만, 이를 통해 망자에 대한 슬픔과 애도를 표출하는 것이다. 다시 말해, 고복은 수동적 초혼의 의례이다. 그러나 이 시에서 고복 의식은 예외적인 특이점을 지닌다. 망자를 결코 망자로 승인할 수 없다는 전제 속에서 이루어지는 적극적인 초혼이다.[92]

나는 어찌하여, 햇볕만 먹고도 토실거리는 과육이 못 되고, 이슬만 먹고도 노래만 잘 뽑는 귀뚜라미는 못 되고, 풀잎만 먹고도 근력만 좋은 당나귀는 못 되고, 바람만 쐬고도 혈색이 좋은 꽃송이는 못 되고, 거품만 먹고도 영롱히 굳어 만지는 진주는 못 되고, 조락(凋落)만 먹고도 생성의 젖이 되는 겨울은 못 되고, 눈물만 먹고도 살이 찌는 눈 밑 사마귀는 못 되고, 수풀 그늘만 먹고도 밝기만 밝은 달은 못 되고 비계 없는 신앙만 먹고도 만년 비대해져 가는 신(神)은 못 되고, 똥만 먹고도 피둥대는 구더기는 못 되고, 세월만 먹고도 성성이는 백송은 못 되고, 각혈만 받아서도 곱기만 한 진달래는 못 되고, 쇠를 먹고도 이만 성한 녹은 못 되고, 가시만 덮고도 후끈해하는 장미꽃은 못 되고, 때에 덮여서야 맑아지는 골동품은 못 되고, 나는 어찌하여 그렇게는 못 되고, 나

92) 홍용희, 『고요한 중심을 찾아서』, 천년의 시작, 2018, 13~14쪽.

는 어찌하여 이렇게 되었는가? 유정 중에서 영장이라고 내 자부했던 사람, 허나 어찌하여 나는, 흙 속의 습기 속으로만 파고드는 지렁이도 흘리지 않는 눈물을 흘려야 하는가. 된 밤은 마른 풀 서걱이는 둔덕으로 차게 이슬져 내리기만 하는데, 내 아낙 떠나 바르도 헤매고 있네라. 나 이제 말할 수 없으나, 네 가슴에 꽂힌 혀끝의 아픔으로 너의 길잡이 떠났으니, 누이여, 저 모진 밤, 궂은 소로, 그러나 너무 서러워 말지다. 내 신부여, 그러나 넌 한마디의 울림도 보내지 않고, 무덤인, 무덤인 이 얄미로운 여인아, 바람 길에라도 너는 한 마디의 기별도 없고, 나는 뜻뿐인, 말이 말이 아닌 말을 짖어대고 있는데, 그러는 사이, 하릴없이 밤도 지새어, 너 죽은 지 이틀째.[93]

"신의 시체가 부패하는 냄새가 나지 않는가? 신들도 부패한다! 신은 죽었다! 신은 죽어버렸다! 우리가 신을 죽인 것이다! 살인자 중의 살인자인 우리는 이제 어디에서 위로를 얻을 것인가? 지금까지 세계에 존재한 가장 성스럽고 강력한 자가 지금 우리의 칼을 맞고 피를 흘리고 있다. 누가 우리에게서 이 피를 씻어줄 것인가? 어떤 물로 우리를 정화시킬 것인가? 어떤 속죄의 제의와 성스러운 제전을 고안해내야 할 것인가? 이 행위의 위대성이 우리가 감당하기에는 너무 컸던 것이 아닐까? 그런 행위를 할 자격이 있으려면 우리 스스로가 신이 되어야 하는 것이 아닐까? 이보다 더 위대한 행위는 없었다. 우리 이후에 태어난 자는 이 행위 때문에 지금까지의 어떤 역사보다도 더 높은 역사에 속하게 될 것이다." 여기에서 광인은 입을 다물고 청중들을 다시 바라보았다. 청중들도 입을 다물고, 의아한 눈초리로 그를 쳐다보았다. 마침내 그는 등불을 땅바닥에 내던졌다. 등불은 산산조각이 나고 불은 꺼져버렸다. 그가 말했다. "나는 너무 일찍 세상에 나왔다. 나의 때는 아직 오지 않았다. 이 엄청난 사건은 아직도 진행 중이며 방황 중이다. 이 사건은 아직 사람들

93) 박상륭, 『죽음의 한 연구』, 문학과지성사, 1986, 365~366쪽.

의 귀에 들어가지 못했다. 천둥과 번개는 시간이 필요하다. 별빛은 시간이 필요하다. 행위는 그것이 행해진 후에도 보고 듣게 되기까지 시간이 필요하다. 사람들에게 이 행위는 아직까지 가장 멀리 있는 별보다도 더 멀리 떨어져 있다. 하지만 바로 그들이 이 짓을 저지른 것이다!"[94]

김소월의 「초혼」과 박상륭 『죽음의 한 연구』의 "인신(파계승＝人神)", 니체의 "광인" "神(＝人神)"은 모두 광인 주체들이다. **광인 주체들이 망자 주체를 떠나보내고 있는 형상이다.** 가장 절망적인 광인 주체의 표정은 인류의 표정이다. 인신(人神) 앞에 썩은 시체는 **인신(人神) 자기 자신**이기도 하다. 어디나, 백수광부의 광인과 『제망매가』의 망자 주체가 겹쳐지는 것은 죽은 인신(人神)의 형상을 바라보는 인신들의 절규 때문일 것이다. 모두 제 인신의 형상을 보고 있는 형상이다. 광인 주체는 인류의 죽음만큼 생겨나고, 망자 주체는 인류의 삶만큼 생겨난 것이다.

하얀 해와 숱한 푸른 해들 ⑦; 광인 주체를 만들어내고, 망자 주체를 만들어내지만 그 주체들이 계속 괴롭힐 것이다. 모두 언어로 표정 지워졌다는, 시, 소설, 사상의 숙명 때문이다. 바로 그 때문에 '인신'과 '리좀'의 대립 관계처럼 보이는 니체 ↔(→) 질 들뢰지의 말은 유사함과 전혀 다름이 존재한다. 니체는 신을 직접 살해하지 않았지만 들뢰지는 신을 직접 살해했다. 프로이트로 대변되는 의사들의 기표 놀이 (정신분석) 권력을 해체하기 위함이었다. 그러나 더 근본적인 것은 미국과 자본의 "기호(＝징표)"[95]인 예수 권력에 대한 해체인 것이다. 언어적 숙명은 인신(人神)만큼이나 복잡하다. 모두 광인이다. 광인 주체들이다. 언어에도 하얀 해와 푸른 해들이

---

94) 『니체전집 12:즐거운 학문·메시나에서의 전원시·유고(1881년 봄~1882년 여름)』, 200~201쪽.
95) 질 들뢰즈/펠릭스 가타리, 앞의 책, 240쪽.

제2부 우주문학의 두 겹의 꽃잎 115

존재한다. 언어는 죽은 게 아니라 스스로 살아있다. 스스로 움직이며 주체(장소)들을 만들어낸다. 영토화든 탈영토화든 결국, 언어가 하는 일이다. 언어는 인신이 만들었고, 인신을 언어가 만든다. 언어는 걸어간다. 증식한다. 증발한다. 돌아온다. 여기서 화행론(話行論) 역시 광인 주체가 없이는 불가능할지 모른다. "<언표들과 기호화 작용들 "뒤에는" 기계들, 배치물들만이, 성층 작용을 가로질러 상이한 체제들을 지나가며 언어의 좌표들과 실존의 좌표들을 피해가는 탈영토화의 운동들만이 존재한다. 바로 이 때문에 화행론은 논리학, 통사론, 또는 의미론의 보족물이 아니라 반대로 다른 모든 것이 의존하는 기저의 요소이다.>"96)

"너는 주체가 되고, 즉 주체로 고착되고 언표의 주체로 전락한 언표행위의 주체가 되어야 한다"97) 모든 주체는 '운동하지 않으면' 죽은 주체가 되어버리는 것이다. 제 자리에서라도 움직이고, 걷더라도 (1m도 벗어날 수 없는) 제 걸음 속의 걸음이지만, 주체는 움직여야 (순환하는 주체로) 언어의 죽음을 피할 수 있다. **이 말은 언어의 초혼(招魂)이다!** 망자 주체를 부르는 광인 주체의 기계음이다. (들리지 않는) **하얀 해와 숱한 해들의 진정한 기계음.**

하얀 해와 숱한 푸른 해들 ⑧; 광인 주체와 망자 주체 사이에 기형적인 주체가 있다. 이상의 「이상한 가역반응」의 **"직선은원을살해하였는가"**98)는 기형적인 시대를 예고한다. 원(圓: 동양, 人神, 自然)은 직선(直線: 서양, 神, 神人類, 科學, 數學, 建築, 文明)에 의해 살해되고 있음을 예감한다. 동양이면서 서양인 일본과 조선의 사생아인 이상은 기형적인 주체이다. 이상의 객혈은

---

96) 위의 책, 283쪽.
97) 위의 책, 306쪽.
98) 이상, 김종년 엮음, 가람기획, 2004, 13쪽.

시대의 객혈이지 스스로의 객혈은 아니다. 자신(自身)의 객혈은 되지만 조선 자신(自身)의 객혈은 아니다. 광인 주체들이 바뀌어 버린 것이다. 일색(日色)의 주체들이다. 기형적 광풍의 주체들이다. 이상의 조선의 여자들은 해를 품지 못한다. 푸른 해를 갈망했으나, 광녀가 되어 나타난다. (그의 「광녀의 고백」은 사디스트의 객혈이다) "여자는 마침내 낙태한 것이다.(…)사태死胎도 있다."99) 마조히스트의 몸체100)의 객혈로 가기 전에, 이 기형의 주체는 「절벽」을 만난다. 기형적인 주체가 마지막으로 죽기 전에 피는, 기형의 주체는 절벽에 피는 꽃의 주체이기도 해서 어떤 대상(對象)이 없다.

> 그는 어떤 대상의 세계도 노래하지 않는다. 어떤 대상의 세계도 이 시 속에는 존재하지 않는다. 꽃은 보이지 않는 꽃이며, 그러나 향기로운 꽃이다. 시의 화자가 꽃 속에 눕는 행위 역시 시의 논리에 따르면 비대상의 세계에 속한다. 대상이 없다는 것은 이 시에서처럼 일단 시인의 내면세계만이 형상화된 것이라고 할 수 있지만, 이 시에서 그러한 내면세계는 일종의 실존의식과 결합된다. 실존의식이란 대상과 시인의 대립이 동기가 되지만, 그것은 마침내 대상의 근거가 말짱 허구였다는 인식론적 각성과 더불어 대상의 세계를 제로로 만들면서 출발한다. 일종의 현상학적 태도라 할 수 있다. 인간이 이제까지 기대온 자연이나 일상의 세계가 하아얀 백지가 될 때, 우리가 만나는 것은 자아뿐이지만, 그 자아 역시 하나의 의식적 실체로만 제시된다. 의식적 실체란 의식할 수 있는 능력 외에는 어떤 형이상학이나 윤리적 체계도 괄호 속에 넣을 때 존재하는 세계이다. 그때 인간에게 남는 유일한 현실은 의식의 운동일 뿐이다.101)

---

99) 이상, 앞의 책, 39쪽.
100) 질 들뢰즈/펠릭스 가타리, 앞의 책, 289쪽.
101) 이승훈 엮음, 「비대상(非對象)」, 『한국현대대표시론』, 태학사, 2000, 197~212쪽 참조.

우리가 믿었던 모든 주체(광인 주체)는, 알고 보면 (잠재적) 망자 주체였던 셈이다. 여기서 실재—잠재 사이의 거리에 이상의 '절벽'이 있다. 그래서 절벽은 꽃이다. 절벽에 꽃이 피는 게 아니라 절벽 자체가 꽃이다. 광인 주체와 망자 주체 사이에 피는 꽃은 절벽이다. 이 기형의 주체가 기형의 주체들을 불러 모으면 절벽은 뒤틀림이 일어난다. 겨우 망자 주체를 면한 기형적인 광인 주체들의 얼굴은 지구만큼 부풀어 오른다. 얼굴을 뭉개고 짓이겨도 얼굴들이 뭉쳐 커진다. 얼굴만이 아니라 몸체는 뿌리째 붙어 떨어지지 않고, 동물도, 광물도, 식물도 한데 엉켜 절벽이 생겨난다. 이 등이 달라붙은 **등짝의 얼굴,** 절벽의 얼굴은 광인 주체들의 기형적 얼굴들이다. 이 (n × 2 광기 주체) 절벽의 장소 주체는 광녀의 광기로 부풀어 올라 **샴쌍둥이지구**가 되는 것이다.

절벽 위에는 무엇이 자라는가? 풀이 자란다. 바람이 자란다. 꽃의 절벽 위에서 나무뿌리가 자라고, 풀뿌리가 자란다. 대상을 없애려 해도, 언어들의 풀뿌리는 뽑히지 않고 푸른 들판을 이룬다. 절벽의 꽃나무 머릿속에서 당당히 걸어 나온다. 관념과 현실 사이에서 흔들리던 꽃나무는 흔들리는 풀이 된 것이다. 꽃의 시절은 가고 풀의 시절이 왔다. 바람의 시절이 왔다. 들뢰즈가 깨버린 라캉의 거울(흰 벽에 비해 거울은 이 차적이다)로 보면 김수영의 「풀」은 달리 보인다. (기표 놀이를 하다 절벽을 본 이상처럼) 김수영도 죽기 직전에야 본 풀은 '장소성' 없이는 자라지 않는다. 바람도 장소성 없이는 불지 않는다. 이 광기 주체들을 무어라 불러야 하나? 망자 주체들이 풀밭에 돌아왔으니, 풀의 주체라 불러야 하나? 거울의 권력(기표의 권력)도 깨뜨리고 벽도 깨뜨릴 수 있지만 이 '푸른 거울'은 무엇이라 불러야 하나? 들뢰즈의 리좀과는 또 다른, 분명 각각의 풀뿌리지만 지상에서는 하나의 **풀거울**로 보이는, 깨뜨려도 깨뜨려지지 않는 푸른 권력이 있는가? 시는 푸른 권력인가? 바람의 주체는 풀의 주체인가? 바람이 불면 절벽이 생긴다. 언어의 거울 속에는 절벽이 있고 거울 뒤에는 흰 벽이 있고 거울 밖에는 푸른 절벽이 있다.

하얀 해와 숱한 푸른 해들(풀들) ⑨; 라캉은 상상계와 상징계에서, **어머니의 욕망/어머니에 대한 욕망**이 결합된 상태를 상상계라 하고, 언어를 알아버린 상징계에서 상실과 결핍을 읽어낸다. 그 상징계의 잃어버린 욕망의 대상은 **대상a**로 설정되며, 모든 것은 타자화 된다. 즉 모든 욕망은 타자의 욕망이 된다. 소타자와 대타자(사회 이데올로기·문화·종교)가 욕망의 근원이었음을 알아버린 자아는, "무의식은 언어처럼 구조화되어 있다"라는 진술을 하게 이른다.

상징계를 보면, 그 언어 작용에 있어 은유나 환유의 사유체계가, 언어를 어떻게 구조화하는지 가늠할 수 있다. 사랑은 붉은 장미라 할 때, 언어는 은유의 세계로 빠져들어, 열정적인 사랑과 가시라는, 장미의 사랑에 대한 은유가 된다. 또 왕좌(권력)를 내려놓을 수 없다고 할 때, 왕좌 = 왕 = 권력이라는, '권력에서 자꾸 미끄러지는 것'을 막겠다는 의지의, 환유가 엿보인다. 환유는, 환유적 언어는 '미끄러지는 언어'이고, 라캉이 말한 상징계의 언어 중에서 가장 '상실의 언어'라고 할 수 있는 것이다.

김수영의 「풀」도 이와 같은 라캉의 관점에서 보면, 풀과 바람의 대립항(contrast)의 관점이 달라진다. 즉 ('풀의' 광기의 주체와 '바람의' 망자 주체) 두 주체가 하나의 주체였음이 드러난다. 두 개의 순환하는 주체인 상상계의 풀과 바람은 하나였고, 거울에 투영된 아기의 모습처럼, 분열되지 않은 어머니의 욕망/어머니에 대한 욕망이었다. 풀과 바람은 하나의 욕망이었고 — 욕망이 아니었고 — 상상계는 언어를 모르므로, 어머니와 아기처럼, 대지와 하늘과 하나였다. '어머니=풀' '아기=바람'이 되어도 상관이 없는 것이다.

그런데 아이들은 왜 칭얼거리는가? 욕구(젖)와 요구(말) 사이에 틈이 있기 때문이다.[102] 상징계의 문턱에서 아이들은 불안한 '상실의 언어'를 배우기 시작한다. 어머니 바람을 영원히 그리워하면서도 풀(아기)은 저항하는 언어로 길러진다. 풀의 성장은 언어의 성장이다. 언어가 성장하면, 어머니 바람을 분석하고(해체하고), 맞서고, 때리고, 베고, 눕힌다. (풀이 흔들리는 것을 봐야 바람이 보인다.) "풀이 눕는다/ 비를 몰아오는 동풍에 (…) 풀뿌리가 눕는다"는 것은, (아버지 뿌리세대) 앞 세대에 대한 저항이다. 풀과 바람은 화쟁(和諍)할 수 있는가? **(청산의 푸른 해들은 풀밭?)** 라캉에 의하면 그것은 불가능하다. 상상계를 떠나 한번 상징계로 들어온 아기는, 예전처럼 어머니에게로 돌아갈 수 없다. 프로이트의 '남근 거세'가 '소녀↔소년'이란 언어 속에 내재 되어 있었고, "풀"과 "바람" 속에도 '불안'으로 내재 되어 있는 것이다. 상징계 언어 체계 속에 들어온 '대립 언어'들은 화해할 수 없지만, (본질적으로 화쟁은 안 되지만) "풀이 눕고(죽고)" "바람이 일어서고(살고)"의 순환 속에, 어떤 동력을 느끼며 화해의 가능성을 엿보게 된다.[103]

---

102) 이승훈, 『라캉으로 시 읽기』, 문학동네, 2011, 45쪽.
103) 로이스 타이슨, 윤동구 옮김, 『비평이론의 모든 것』, 앨피, 2017, 77~89쪽 참조.

〈김소월 「초혼」 김수영 「풀」 이상 「절벽」의 광기 주체의 분화표〉

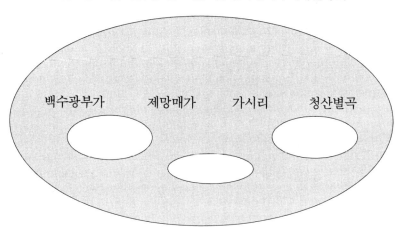

백수광부가   제망매가   가시리   청산별곡

작품 / 형식	김소월 「초혼」	김수영 「풀」	이상 「절벽」
본문 내용	산산히 부서진이름이어! / 허공중虛空中에 헤여진이름이어! / 불너도 주인主人업는이름이어! / 부르다가 내가 죽을이름이어! // 심중心中에남아잇는 말한마듸는 / 끗끗내 마자하지 못하엿구나. / 사랑하든 그사람이어! / 사랑하든 그사람이어! // 붉은해는 서산西山마루에 걸니웟다. / 사슴이의무리도 슬피운다. / 떠러저나가안즌 산山우헤서 / 나는 그대의이름을 부르노라. // 서름에겹도록 부르노라.	풀이 눕는다 / 비를 몰아오는 동풍에 나부껴 / 풀은 눕고 / 드디어 울었다 / 날이 흐려서 더 울다가 / 다시 누웠다 // 풀이 눕는다 / 바람보다도 더 빨리 눕는다 / 바람보다도 더 빨리 울고 / 바람보다도 먼저 일어난다 // 날이 흐리고 풀이 눕는다 / 발목까지 / 발밑까지 눕는다 / 바람보다 늦게 누워도 / 바람보다 먼저 일어나고 / 바람보다 늦게 울어도 / 바람보다 먼저 웃는다 / 날이 흐리고 풀뿌리가 눕는다.	꽃이 보이지 않는다. 꽃이香氣롭다. 香氣가滿開한다. 나는거기墓穴을판다. 墓穴도보이지않는다. 보이지않는墓穴속에나는 들어앉는다. 나는눕는다. 또꽃이香氣롭다. 꽃은보이지않는다. 香氣가 滿開한다. 나는잊어버리고再차거기 墓穴을판다. 墓穴은보이지않는다. 보이지않는墓穴로나는꽃 을깜박잊어버리고들어간 다. 나는정말눕는다. 아아, 꽃이또香기롭다. 보이지도않는꽃이―보이 지도않는꽃이.

	서름에겹도록 부르노라. / 부르는소리는 빗겨가지만 / 하눌과땅사이가 넘우넓구나. // 선채로 이자리에 돌이되여도 / 부르다가 내가 죽을이름이어! / 사랑하든 그사람이어! / 사랑하든 그사람이어!		
전승 혹은 계승	김소월→서정주 「귀촉도」	김수영→기형도 「입 속의 검은 잎」	이상→황지우 「새들도 세상을 뜨는구나」

　김소월 「초혼」의 광기와 이상 「절벽」의 광인과 김수영 「풀」의 광기는 「백수광부가」의 광인 주체에서 분화되었다. 「제망매가」의 망자 주체에서 분화되고 「가시리」의 광인 주체가 분화되었다. 「청산별곡」의 청산, 그 청산의 광기 주체(장소)가 자리 잡았다. 푸른 블랙홀, 우주의 청산으로, 푸른 해, 우주의 푸른 중간지대로 자리 잡았다. **하얀 해와 숱한 푸른 해들(풀들) 0;** 광기 주체의 리듬이다. 초혼의 광기의 리듬, 풀의 광기의 리듬, 바람의 광기의 리듬, 절벽의 광기의 리듬이 보이지 않는 꽃이고, 죽음의 리듬이고, 상엿소리의 리듬이고, 아리랑의 리듬이고, 푸른 해들의 리듬이고, 하얀 별(태양)의 리듬이다. 죽음의 흥이고, 사별(死別)의 흥이고, 망자 주체들의 흥이고, 광인 주체들의 흥이고, 광인 태양의 흥이고, 푸른 주체들의 흥이다. 율려의 음양이 바뀐 줄도 모르고, 주체와 장소가 바뀐 줄도 모르고, 광기 주체가 돌아온 줄도 모르고, 여성 우주 남성 우주는 중간지대에 발화되고, **여성 우주**에서 발화한 광기 주체들, 우주의 광인, 검은 광인, 푸른 광인, **우주 광녀의 음악.**

화자는 망자의 "이름"을 애타게 부르지만 어디에서도 대답이 없다. 부른 소리는 "허공중"에 흩어질 따름이다. 이미 망자의 "이름"은 지상의 권역을 벗어나 "허공"의 질서에 따르고 있다. 이때 "허공"은 천상의 세계 즉, 저승을 표상한다. 저승으로 떠난 자가 "초혼"에 응할 리가 없다. 이제 화자는 망자의 죽음을 받아들이고 목욕례와 염으로 이어지는 장례 절차의 다음 순서를 치러야 한다. 그러나 화자의 "초혼" 의식은 멈추지 않는다. "부르다가 내가 죽을" 때까지 이어지고 있다. "심중心中에 남아잇는 말한마듸"도 "끗끗내 마자하지 못"했기 때문에 망자의 죽음을 결코 승인할 수 없다. 화자의 그칠 줄 모르는 "초혼"에 "사슴의 무리도 슬퍼운다". 화자의 슬픔이 지극해지면서 삼라만상이 이에 조응한다. 화자의 정서적 지향은 어느덧 망자 중심으로 변한다. "떠러저 나가안즌 산山"이란 언표가 이를 가리킨다. 망자가 떠나간 저승(천상)을 중심으로 보면 이승의 산은 아득히 "떠러저나가안즌" 곳이 된다. "떠러져나가안즌"이란 저승과 이승의 거리를 가리킨다. "떠러져나가안즌"의 공간적 거리가 4연에 오면 "하늘과땅사이"로 표현된다. "하늘과땅사이"가 너무 넓어서 "부르는 소리는 빗겨"간다. 아무리 "서름에 겹도록" 불러도 저승까지 닿을 수는 없다.[104]

이상의 시에서 그것은 무의 새로운 탄생으로 제시된다. 절벽이라는 이미지 속에서 시의 화자가 보이지는 않으나 향기로운 꽃 속에 눕는다는 것은 이미 어떠한 대상의 세계에도 기댈 수 없는 매우 절망적인 상황에서 우리가 보이지 않는 무의 세계를 지향한다는 사실을 암시한다. 무의 세계로 가려는 노력은 물론 좌절된다. 그러나 우리는 그러한 세계를 끊임없이 지향한다. 한마디로 비대상의 세계는 무의 세계이며, 무의 세계는 실존적 각성이 환기하는 의식의 운동이라고 할 수 있다. 시대적 상황과도 관련되는 것이지만, 이러한 세계의 발견은 또한 존

---

104) 홍용희, 앞의 책, 14쪽.

재론적 자각과도 관련된다. 불안이라는 분명치 않은 기분 속에서 그
것은 자신의 삶을 증명하려는 노력에 의하여 지탱된다.105)

---

105) 이승훈 엮음, 『한국현대대표시론』, 199쪽.

3부

샴쌍둥이지구의 탄생

우주문학의 선언

샴쌍둥이지구의 극장(1)

1. 시의 극장/미시세계의 극장[1)]

〈샴쌍둥이지구(1)〉

---

1) 들뢰즈는 "무의식은 극장이 아니라 공장처럼 기능한다(따라서 재현이 아니라 생산이 문제이다)"라고 하면서 반(反) ─ 프로이트 적인 경향을 계속 내보인다. 하지만 이 극장들은 우주의 무의식과 의식뿐만 아니라, 실재의 극장이어서 극장의 공장, 공장의 극장으로 가동된다. 질 들뢰즈/펠릭스 가타리, 앞의 책, 4쪽.

샴쌍둥이지구의 광기 ①; 과학의 광기와 예술의 광기는 충돌할 때가 있다. 하지만 두 광기는, 광기라는 점에서 하나의 주체를 지녔다. 크게 보면 그렇지만 엄밀히 말해, 시인은 과학의 광인이 될 수 있지만 과학의 광인은 시인의 광인이 되기 어렵다. 그래서 불화가 일어난다. 광인 주체의 분화가 아니라 불화가 일어난다. 그들은 망자 주체의 의미를 모른다. 현대 천체우주론의 비극은 시의 비극이다. 시의 광인 주체를 과학의 광인 주체들이 죽이고 있다. 우주적인 게 어디 있단 말인가? **(푸른 블랙홀＝청산)** 샴쌍둥이지구를 어디서 보았는가? 지구에는 봉쇄수도원이 있고, 폐쇄 병동이 있고 샴쌍둥이지구가 있고 샴쌍둥이달이 있고 샴쌍둥이오누이가 있고 샴쌍둥이동식물광물이 있다. **샴쌍둥이시**가 있다. 샴쌍둥이지구의 징후는 이상에게서부터 있었으나, 황지우와 기형도를 거치면서도 형상화되지는 못한다. '미래파'도 지구를 반으로 쪼개듯이 나타났지만 **샴쌍둥이지구**가 생겨났음을 눈치 못 챈다.

映畵가 시작하기 전에 우리는
일제히 일어나 애국가를 경청한다
삼천리 화려 강산의
을숙도에서 일정한 群을 이루며
갈대 숲을 이룩하는 흰 새떼들이
자기들끼리 끼룩거리면서
자기들끼리 낄낄대면서
일렬 이렬 삼렬 횡대로 자기들의 세상을
이 세상에서 떼어 메고
이 세상 밖 어디론가 날아간다

우리도 우리들끼리

낄낄대면서

깔쭉대면서

우리의 대열을 이루며

한 세상 떼어 메고

이 세상 밖 어디론가 날아갔으면

하는데 대한 사람 대한으로

길이 보전하세로

각각 자기 자리에 앉는다

주저앉는다

　　　　　　　　　　—「새들도 세상을 뜨는구나」 전문2)

　기형적 주체는 이상에게서 나왔으나 황지우에게 와서야 그 주체들이
거리에서 활보하고, 극장에서 영화를 보기 시작했다. 김수영의 "거리의
설움"3)이 기형도의「길 위에서 중얼거리다」4)에 와서 "무책임한 탄식"으
로 중얼거리기 전에, 황지우는「새들도 세상을 뜨는구나」에서 벌써 (극장
에서) "주저앉는다". 영화를 보려면 주저앉을 수밖에 없는데 (스크린에 죽
어야 하는데) (기형도는 극장에서 죽었다), 시의 광기 주체가 스크린의 광
기 주체로 바뀌는 것이다. (김수영은 거리에서 죽었다) 거리의 죽음을 엿
본 사람은 오래전에 산 사람이고 (죽은 사람이고) 극장에서 죽기 전에, 이
미 거리에서 죽음의 얼굴 (망자 주체)을 본 것이다.5) 광인 주체는 망자 주

---

2) 황지우,『새들도 세상을 뜨는구나』, 문학과지성사, 1983.
3) 이광호 외,「우리는 이미 김수영의 거리에 있다」,『네 정신에 새로운 창을 열어라』,
　　민음사, 2002, 248~255쪽 참조.
4) 기형도,「길 위에서 중얼거리다」,『입 속의 검은 잎』, 문학과지성사, 1989, 41쪽 참조.
5) 기형도의 산문집을 보라. "오늘 아침에 지하철을 타고 학교에 오는데 갑자기 살기를

체를 만나 "입 속의 검은 잎(언어)"이 핀 것을 보며 입에 핀 잎(언어)이 시라는 걸 자각한다. 푸른 잎(삶)이 아니라 "검은 잎"(죽음)인 것은 '검은 언어'이기 때문이다. 시는 죽는 게 아니라, 원래부터 시는 죽음과 늘 가까이 망자 주체를 거느린다. 기형도는 그것을 보고 경악하고, 극장에서 망자 주체로 주저앉는다.

애국가는 울리지 않지만, "새들도 세상을 뜨는구나"하고 탄식하던 청춘(광기 주체)들은 떠나가고, 여전히 광기 주체들이 증식하여 극장에서 주저앉는다. 스크린의 광기 주체와 만난 시의 광기 주체들은 자유분방해지지만, 스크린의 망자 주체는 더 강렬해서 시의 망자 주체들을 주저앉힌다. 모두 광인 주체들이면서 기형적 주체이기도 한데, 이상의 기형적 주체 ⇒ 황지우의 기형적 주체⇒ 기형도의 기형적 주체는, 기형도에 와서야 비로소, 『제망매가』의 망자 주체를 가장 부드럽고 강렬한 "검은 잎(시)"으로 불러낸다.

그 대가는 극장에서 주저앉는 것이어서, 스크린의 광인 주체와 망자 주체를 불러내는 순간 **주저앉는다.** 언어(시)에서 광인 주체와 망자 주체를 불러내는 데 이천 년이 걸리듯이, 스크린의 광인 주체와 망자 주체를 불러내는 데 시간을 모른다. 인류가 불러낸 주체들이 스크린을 점령했다. 광대한 스크린 속에는 무수한 스크린이 들어 있다. 미시세계의 스크린이다. 이 새로운 광기의 주체들이 미시세계의 스크린을 점령했다. 김행숙이 이 극장을 상영 중이다.

느꼈다. 내가 죽어가고 있다는 것을 실감했던 것이다. 갑자기 심장이 터질 것 같았다. 사람들이 너무 많아서 소리를 지를 수도 주저앉을 수도 없었다." 기형도, 『기형도산문집:짧은 여행의 기록』, 살림, 1990, 16쪽.

삼쌍둥이지구의 극장 ②;6) 김행숙의 「호르몬그래피」에는 무엇도 나오지 않는다. 신의 죽음도, 인간의 죽음에 대한 애도도 나오지 않는다. 그렇다고 신의 죽음을 알리는 니체의 "광인"도 나오지 않고, 오직 "호르몬"이 나올 뿐이다. 인간의 광기 주체가 호르몬의 광기 주체로 대체된 것이다.

> 호르몬이여, 저를 아침처럼 환하게 밝혀주세요. 분노가 치밀어 오릅니다. 태풍의 눈같이 표현하고 싶습니다. 저 자가 제게 사기를 쳤습니다. 저 자를 끝까지 쫓겠습니다.
>
> 당신에게 젖줄을 대고 흘러온 저는 소양강 낙동강입니다. 노 없는 뱃사공입니다. 어느 곳에 닿아도 당신이 남자로서 부르면 저는 남자로서
>
> (…)
>
> 제 꿈을 휘저으세요. 당신의 영화관이 되겠습니다. 검은 스크린이 될 때까지 호르몬이여, 저 높은 파도로 표정과 풍경을 섞으세요. 전쟁같이 무의미에 도달하도록
>
> ─「호르몬그래피」 부분7)

김행숙의 시는 미시세계의 우주관으로 들여다봐야 한다. "당신이 움직일 때 운동량이나 위치 둘을 동시에 알 수 없다"는 양자역학의 불확정성 원리8)처럼 "저 자"는 잡히지 않는 자이다. 그가 "사기를" 친 건 분명한데

---

6) 작품과 평을 일부 수정해서 재인용 함. 김영산, 「한국 시인들에게 나타난 우주문학론의 징후」, 『우주문학의 카오스모스』, 37~57쪽 참조.
7) 김행숙, 『이별의 능력』, 문학과지성사, 2007, 32~33쪽.
8) 리언 M. 레이먼·크리스토퍼 T. 힐, 전대호 옮김, 『시인을 위한 양자물리학』, 승산,

문제는 미시세계에서는 잡기가 힘들다는 것이다. 그래서 "저 자를 끝까지 쫓으려면" 잡기보다는 '아는 방법(앎)'을 택해야 한다. 그리고 '앎'이 '미지'에 도달할 때까지 밀고 가야 한다.[9] 그것이 잡을 수 없는 것을 잡을 수 있는 방법이다. 그러려면 역으로, "저 자"의 근원을 알 수 있는 자를 찾아야 한다. 그가 바로 "호르몬"이다.

그런데 그 세계에서 "호르몬"은 '누구'도 아니다. 절대자처럼 군림하며 "아침처럼 환하게 밝혀"줄 자이지만 '인간'은 아니다. 니체의 예언은 틀린 것이다. '신이 죽은 자리'에 인간이 신처럼 들어앉지 못하고, 그 왕좌에 "호르몬"이 앉았다.[10] **여자 남자**의 성 정체성은 그리 중요하지 않다. 남성 호르몬이 "남자로서 부르면 저는 남자로서" 살 수 있다. "당신에게 젖줄을 대고" 살려면 어쩔 수 없다. 그 호르몬왕은 유전자의 DNA나, 미토콘드리아의 다른 이름이다. 모두 한통속의 왕들이니까, 그들이 죽음의 단백질을 흘려보내면 우리는 죽는다. 그런데 정작 그들의 세계에서는 죽음이란 없다. '우리'만 폐기처분 된다. 왜냐하면 우리는 그들의 공장이기 때문이다. 마법같이 창발성[11]에 의해 진화한 인간이 해체되어도 '우주의 공

2013, 178~179쪽.

9) 김행숙이 창비 인터뷰에서 김수영의 말을 인용한다. "김수영은 시를 쓸 때 자기 정신의 첨단에 모호성이 있다고 말했어요. 정신을 끝까지 밀어붙이면 앎의 영역이 파열되면서 '미지'에 닿는다는 거죠. (…) 김수영은 '문학적 자율성'의 반대편에서 참여시를 찾아낸 것이 아니라 '미적 자율성'을 끝까지 밀고 나감으로써 참여시와 조우했어요." 『창작과 비평』, 창비, 2016. 봄호, 20~21쪽.

10) 『니체전집 12:즐거운 학문·메시나에서의 전원시·유고(1881년 봄~1882년 여름)』, 201쪽 참조.

11) 무생물에서 생물이 빚어지는 마법은 창발성에 있다. 창발성이란 '하위계층(구성요소)에는 없는 특성이나 행동이 상위계층(전체 구조)에서 자발적으로 돌연히 출현하는 현상'을 말한다. 이일하, 『이일하 교수의 생물학 산책』, 궁리, 2014, 60~63쪽.

장'은 한 번도 가동을 멈춘 적이 없다. '나'는 없고 미토콘드리아 공장만 가동된다. '나'라는 주체는 없고, 아예 인칭 자체가 없고, 모두 '미토콘드리아칭'이나 '호르몬칭'인 것이다.[12]

누가 사기를 쳤는지 모른다. 왜 이런 일이 벌어졌는지 모른다. 무슨 원인 결과도 없고, "저 자가 제게 사기를" 친 자이다. 극장의 극장, 극장 속의 극장을 계속 쪼개다 보면 관객도 사라지고 배우도 사라지고 감독도 사라지고 팅 빈 스크린만 남게 된다. 가장 자그만 스크린 속에서 관객인지 배우인지 감독인지 모르는 저 자는 '분명한 누구'가 아니라, '불분명한 누구'이고, 유령이고, 그림자이고, 가면이고, 스크린이고 실체를 모르는 "사기를" 친 자이다. 실체를 알려는 순간, 전자(電子)처럼 도망가 버리는 '불확정성'의 "사기를" 친 자이다. 그가 적군인지 아군인지도 모르고 싸워야 한다. "전쟁같이 무의미에 도달하도록" 호르몬의 "영화관" 속에서 "검은 스크린이 될 때까지" '호르몬 시인'은 외친다. 호르몬 시대가 도래했다! 호르몬이여, 영화를 상영하라.

2. 시의 고향/시의 감옥

지구의 불구성은 고향의 불구성에서 비롯되었다. 고향이 죽자 시인은 고향의 장례를 치르기 시작했다. 고향의 장례는 지구의 장례로 이어지고, 지구의 장례는 우주의 장례로, 시의 장례로 순환한다. 시의 장례 → 고향의 장례 → 지구의 장례 → 우주의 장례 → 시의 장례로 계속된다.

---

12) 신형철은 김행숙의 시를 "비인칭적 개별성과 4인칭 단수의 목소리가 연합하여 만들어냈다"고 했다. 신형철, 「시뮬라크르를 사랑해」, 『몰락의 에티카』, 문학동네, 2008, 347~368쪽.

지구의 장례가 치러지고 있다. 상여꾼은 운구 준비를 마쳤는가. 모든 별은 봉분 봉분의 별 그 환한 무덤 닳고 닳아 태기가 비쳤다. 아이는 자라기도 전에 방랑하는 목동이 되었다. 우주 십우도가 그려지고 있었다. 지구의 마지막 장례식 날 십우도를 볼지 모른다—어릴 적 상갓집 밝은 천막 안에 차려진 그 **시신** 음식 냄새 지금도 맡고 있는 것처럼 모든 풍경은 유전되는지 모른다.

우리가 제물인 것을 모른다고 그 시인은 말했다. 지구의 제물이라 했다. 소년은 시신의 음식 냄새 배인 몸을 입고 자랐다. 여태 뱉어내지 못한 송장 냄새가 어른이 되어갈수록 진동했다. 어서 나의 관을 다오, **나의 관을 다오** 외치지만 글쎄 지구는 너무 많은 장례 때문에 바쁘다.

그를 태어나게 한 상갓집 고향은 뱉을 수도 삼킬 수도 없는 음식이라 했다. 왜 고향이 상여로만 떠오르는가. 소년은 한 번도 상여를 따르지 않았다. 상여길은 동네 방천길 지나 산길로 접어들었다. 상여가 지난 자리 종이꽃 피고 "며칠 후, 며칠 후!" 만나자던 장소 공동묘지.

그 공동묘지만 남긴 채 고향이 사라져버렸다. 고향을 다녀온 후 그는 오래 앓았다. 음식을 떠 밀어도 달다 쓰다 안 했다. 여태 음식에서 송장 냄새가 나느냐 묻고 싶었지만 농담을 못 했다. 그가 자리보전하다 일어나 처음 뱉은 말은 그의 생가가 상갓집이라는 것이었다.[13]

샴쌍둥이지구의 감옥 ②; 국립나주정신병원 옆에 종양처럼 붙어있는 문둥이촌은 폐쇄 병동이다. 그 호혜원 중앙에 감옥이 있다. 그 감옥은 폐쇄 병동이다. 문둥이 하나이 잡혀온다, "도회지 배회하믄 쓰나?" 소리치는 가죽 잠바도 폐쇄 병동이다. 마을 감옥은 폐쇄병동의 폐쇄병동이다.

---

13) 김영산, 『하얀 별』, 7~8쪽.

며칠 후 소년이 탱자나무 울타리를 돌아간다. 문둥이에게 묻지도 않는데 쇠창살 독방이 대답한다. **탱자나무 울타리도 독방 사나이도 소년도 모두 폐쇄 병동이다.** 그 감옥이 헐리고 삼성 유치원 건물이 들어서고 마을 절반이 헐리고, 나주기획신도시 열역학발전소가 들어선다. 그 마을 감옥보다 거대한 굴뚝이 내뿜는 연기와 건물이 폐쇄 병동이다. 건물값만 보상받고 슬레이트를 들어낸 소막, 돼지막 지붕이 폐쇄 병동이다. 상여가 나가던 이름도 바뀐 산포면 새벽길이 폐쇄 병동이다. **김소월 개여울 시 같은,** 그 개울에 엄지 손가락만한 **보랏빛 물고기**들이 살았다고 기억하는 시인이 된 소년은 폐쇄 병동이다. 똥물이 흐르다가 지금은 매립지 발전소가 된 논두렁과 둠벙이 폐쇄 병동이다. 폐쇄 병동은 샴쌍둥이처럼 달라붙고 종양처럼 생겨난다. 문둥이촌 옆에는 국립나주정신병원 2층에 내 화가 친구 정행균이 있다. 내 시인 친구 강규식도 있다. 모두 중독 병동 출신이다. 게임광 스마트폰 중독 알콜홀릭 ICE*를 먹은 뽕쟁이** 들이 모여 사는 중독병원은 폐쇄 병동이다. 그 친구들이 병원에 온 것은 그림 때문도 술 때문도 아니다. 지구의 폐쇄 병동이 정행균을 죽게 했는지 모른다. 이 나라 국립정신병원에는 자유가 없고, 손발을 뒤로 묶지만 그림자의 폐쇄 병동은 보지 못한다. 샴쌍둥이 같은 그림자는 폐쇄 병동에 있다. **나를 가둔 건 학자냐 국가냐 의사냐 폐쇄 병동이냐,** 그는 죽어도 발길질 피하지 않는 내 동료, 가로 2m 세로 6m 폐쇄병동 복도 피투성이 화가 샴쌍둥이 달라붙는 그림자 분신은 폐쇄병동이다. 대전서 만난 강규식은 어쩌다 내 고향까지 흘러들었는지 모르고, 그는 폐쇄병동 시를 쓰는 폐쇄 병동이다. 그를 미치게 한 시의 그림자 시의 그림자의 폐쇄 병동, 그는 알콜홀릭이 아니다. 한 놈은 죽어서 퇴원하고 한 놈은 자폐의 시인, 나는 강규식의 그림자가 되어 시를 쓰는 0·5 시인 샴쌍둥이 시인 모두 폐쇄 병동이고 샴쌍둥이지구이다. *코카인. **마약중독자.

미셸 푸코는 「광인의 항해」의 첫 구절을 "중세 말엽, 서구에서 나병은 사라졌다."14)로 시작한다. 나병(한센병)은 정말 사라졌는가를 묻기 전에 한국에는 최근까지 그런 발언이 존재한다는 것을 알아야 한다. 2019년 5월 16일 오후 YTN에 출현한 김현아 자유한국당 의원이 문재인 대통령을 '한센병' 환자에 비유했다. "한센병은 상처가 났는데 그 고통을 느끼지 못해 방치해 그것(상처)이 더 커지는 것"이라며 "만약 대통령께서 본인과 생각이 다른 국민의 고통을 못 느낀다고 하면 저는 그러한 의학적 용어(한센병)들을 쓸 수 있다고 생각된다"고 말했다. **지구의 불구성은 인간 주체의 잘못된 기호 사용에 의해서도 기인한다.**

한국에는 1980년대까지만 해도 음성나환자촌이 전국에 120여 개가 넘었다. 최근까지도 살아있는 환자들이 마을의 양로원 등에 일부 거주하고, 병세가 심하면 소록도에 간다. 그 2세, 3세들은 누구도 자신의 부모가 한센병 환자였다는 걸 말 못 한다. 그 증거로 김현아 의원의 인터뷰 발언에 대해 모두 침묵한다는 사실로 알 수 있다. 김현아 자유한국당 원내대변인의 언어(기호)에 의한 기호의 살해는 비단 그걸로 그치지 않는다. 정치 권력은 언어의 권력에서 나오고 언어의 폭력에서 나온다. 언어 권력 속에는 이성의 권력 광기의 권력 이성의 광기, 광기의 이성의 권력이 모두 숨어있다.

서구의 상황과 달리 한국에서의 '나병'은 언어의 감옥에서 지금도 갇혀 있거나 고문당하고 있다. 말(언어)에 의한 살해는 크게 두 가지로 나뉜다. 첫째, 김현아처럼 현실이나 일상 속에서 정치 권력 등으로 살해하는 경우다.

---

14) 미셸 푸코, 『광기의 역사』, 15쪽.

이때 '죽음'은 언어의 죽음이 아니라 실재와 다름없는 죽음이다. 말이 고문하고 (고문당하고) 죽이려 하고 (죽지 않으려 하고) 싸우는 가운데, 말은 과거 역사의 '죽음'을 호명하기에 이른다. '한센병'이라는 언어가 갖는, 점잖아 보이는 말에도 불구하고 '대통령이 국민의 고통을 느끼지 못하는 것처럼', 한센병 환자 모두 고통을 느끼지 못하는 자들로 전락한다. 이미 죽은 수천만 한센병 환자들과 치유되었으나 현재 살아있는 한센병 환자들, 그들의 2세 3세까지 말에 의해 살해되는 것이다. 둘째, 예술이나 문학이 그림 기호 언어(말) 등을 통해 부정적인 요소를 살해한다는 것, 앞서 김현아의 말이 부정적 요소의 부각이라면 문학은(시는) 긍정적으로 작동된다. "탄생과 죽음 같은 생의 근원적인 체험은 언어를 통해 드러나며 살해된다는 것! 그 결락을 끝까지 밀고 나가는 것이 시인의 천형이라면, 그것을 끝까지 밀고 나갈 수 있는 것은 시인의 천품이다"15)라는 것이다.

김현아의 발언은 두 권력 (두 당)의 충돌에서 비롯되었지만, 엄밀히 말해 언어의 권력을 통해 실재 권력을 잡으려는 광인 주체들의 권력 욕망이다. 여기서 광인 주체들은 서로의 얼굴을 짓뭉개기 시작한다. 얼굴을 뭉개며 주체를 빼앗으려 한다. 주체가 주체를 증식하기 때문이다. '내 자신의 얼굴부터 뭉개라'는 말은 주체 지우기의 예술이다. 즉 정치인의 '정치 예술'은 서로의 얼굴을 죽이는 살해이다. 나병 환자처럼, 그 욕망의 얼굴을 스스로 짓뭉개버린 화가가 있다. 베이컨은 "먼지를 가지고 작업" 했다. "그가 발견한 먼지의 속성 중 하나는 결코 변하지 않는다는 것"16) 때문에, 자신의 「자화상」(프랜시스 베이컨, 1969년) 얼굴을 짓뭉개버릴 수 있었는지도 모른다.

---

15) 정과리, 『문신공방 셋』, 역락, 2018, 26쪽.
16) 데이비드 실베스터, 주은정 옮김, 『나는 왜 정육점의 고기가 아닌가? FRANCIS BACON』, 디자인하우스, 2018, 9쪽.

이때 다아그람(돌발혼적)이 개입한다. 우연적 혼적들은 재현도, 이야기도, 의미작용도 하지도 않는다. 그것들은 구상을 지우고, 화폭을 혼돈에 빠뜨린다. 액션페인팅이나 앵포르멜은 바로 이 단계에서 멈춘다. 하지만 베이컨은 여기서 멈추지 않는다. 그에게 "돌발혼적은 사실의 가능성이지 사실 그 자체는 아니다." 이 가능성에서 하나의 사실을 끌어내려면 돌발혼적에서 빠져나와 감각을 명확함과 엄밀함으로 가져가야 한다. 손의 길은 이제 눈에 의해 정돈되고, 이때 낡은 구상에서 전혀 다른 새로운 구상이 얻어진다. 들뢰즈는 이 전략을 이렇게 요약한다. "닮도록 하여라. 단 우발적이고 닮지 않는 방법을 통하여." 베이컨의「자화상」을 보라. 하나도 닮지 않았으면서도 동시에 너무나 닮지 않았는가.

이 '디아그람'이『천 개의 고원』에서 들뢰즈가 말하는 "추상기계"와 관련이 있음은 분명하다. 거기서 디아그람은 "어떤 것을 표상(재현)하는 기능을 하지 않으며, 오히려 도래할 실재, 새로운 유형의 현실(실재성)을 건설"하는 장치로 규정된다. 이 맥락에서 디아그람이라는 추상기계가 건설하는 "새로운 유형의 현실"이란 베이컨이 그것의 형성을 회화의 임무로 규정한 바, "회화적 사실"일 것이다. 디아그람은 '사진적 사실'을 지우고 그 자리에 '회화적 사실'을 도래하게 한다.[17]

이청준은『당신들의 천국』에서 소록도를 그리고 있지만, 소록도 이야기를 통해 남북한 정치 현실을 고발하고 있다. **(즉 당신들이 건설하려는 나라는 우리를 위한 게 아니라 당신들만의 천국이 아닌가?)** 여기서는 정치만으로 국한 시키면 성급한 결론일 것이다. 각 지역의 종교, 예술, 문화, 문학, 모든 학교 학문, 보이지 않는 영토, 지구 전체가 전반적인 영토이다. 소록도의 원장인 조백헌과 그에 맞서는 황장로와 주변 인물들은 대부분 나환자들이다. 그런데 특이한 점은 이상욱의 조백헌 비판이 나환자 비판

---

17) 진중권, 앞의 책, 236~238쪽.

으로까지 이어진다는 것이다. 이미 얼굴이 뭉개진, 또 한 번의 이중적 얼굴 뭉개기는 무엇을 의미하는 걸까. 스스로의 얼굴을 뭉개지 않으면, 얼굴 주체들을 지우지 않으면 우리가 꿈꾸는 세상은 영원히 오지 않는다는 것 아닌가. 황장로와 조백헌 원장과의 대화 속에는 이상욱의 얼굴 지우기만이 아니라, 우리 모두의 얼굴 지우기가 들어있다. (이상욱 과장이 나병 환자인가 아닌가가 중요한 게 아니다) 본질 적으로 우리가 병든(병들) 사람이라면 "용서할 줄"도 알아야 한다는, 삼중적 얼굴 지우기이다.

> 조금 전까지도 난 원장한테 엉뚱스런 동상 같은 건 꿈도 꾸지 말라고 말을 한 게 사실이지. (…) 누가 뭐라고 해도 사람들은 누구나 자기 맘 깊은 곳에 각자로 자기 나름의 동상을 지을 꿈을 지니고 있기가 십상이지. 그건 뭐 별로 나쁠 것도 없는 일이야. 말썽은 다만 그 동상을 짓는 방법 이지. (…) 어쨌거나 내 보기론 임자만이 끝끝내 자기 동상을 혼자 견디려 했기 때문인 게야. 임자만이 유독 그 동상이란 걸 남의 손으로 지으려 하지 않았기 때문에 그 남들이 스스로 임자의 동상을 지니게 된 게란 말야. 하지만 상욱이란 사람은 그것도 용납을 하려들지 않더구만. 그것이 바로 원장과 원장의 동상에 종이 되는 길이라고 말야. 하지만 (…) 난 이제 내가 지닌 원장의 동상이 무서워지질 않는단 말야".18)

인류의 오랜 얼굴 형상 숭배는 전쟁이나 가난 질병 등에 의해서 처음에는 얼굴이 짓뭉개졌지만 나중에는 들뢰즈의 철학, 베이컨의 그림에서 인간 얼굴의 해체라는 극단적 방법이 선택된다. 나병은 오랜 얼굴 지우기의 역사이다. 이성 권력, 이성의 광기 권력은, 또 다른 광기 얼굴을 뭉개고 지우며 지금도 계속되고 있다. 이에 맞서 광인 주체는 스스로 얼굴을 지워

---

18) 이청준, 『당신들의 천국』, 문학과지성사, 1992, 297~298쪽.

버린다. 이성이 광기를 지우기 전에 자발적으로 지워 버리는 것이다. '나병'이라고 낙인찍히면 천형이란 기호로 언어의 감옥에 가두어버리듯이, 현대의 시인도 천형이라는 이름으로 낙인찍힌 자들이다.

그 '속죄양' 시인의 시작(詩作)은 윤동주의 「병원(病院)」에서부터 시작된다. 병은 이성의 권력이요, 광기의 권력이면서 광기의 비권력이요, 이성의 비권력이다. 이 보이지 않는 '병'은 얼굴의 주체를 뒤집어쓰기 때문에, 시인은 늘 아프고 살아있는 게 부끄럽기까지 하다. 자기 내면의 광기와 싸워야 하고, 또 광기를 죽이지 않고 살려내야만 시를 쓸 수 있다. 광기는 적이면서 동지다. 병은 동지면서 적이다. 병은 몸만이 아니라 마음 속에서도 증식한다. 다른 병명을 찾기 위해 주위를 두리번거린다.

> 살구나무 그늘로 얼골을 가리고, 病院뒤뜰에 누어, 젊은 女子가 흰옷 아래로 하얀 다리를 드러내 놓고 日光浴을 한다. 한나절이 기울도록 가슴을 앓는다는 이 女子를 찾어 오는 이, 나비 한 마리도 없다. 슬프지도 않은 살구나무 가지에는 바람조차 없다.

> 나도 모를 아픔을 오래 참다 처음으로 이곳에 찾어왔다. 그러나 나의 늙은 의사는 젊은이의 病을 모른다. 나한테는 病이 없다고 한다. 이 지나친 試鍊, 이 지나친 疲勞, 나는 성내서는 안된다.

> 女子는 자리에서 일어나 옷깃을 여미고 花壇에서 金盞花 한 포기를 따 가슴에 꽂고 病室 안으로 사라진다. 나는 그 女子의 健康이—아니 내 健康도 速히 回復되기를 바라며 그가 누었든 자리에 누어본다.
> ─「병원」 전문[19]

---

19) 윤동주, 『하늘과 바람과 별과 시』, 정음사, 1955, 14~15쪽.

윤동주 '병'은 가장 현대적이라는 이성복이나 최승자에게서 오히려 잘 여문다. 「분지 일기」에 나오는 "슬픔은 가슴보다 크고/ 흘러가는 것은 연필심보다 가는 납빛 십자가"[20]나, 「Y를 위하여」에 나오는 "수술대 위에 다리를 벌리고 누웠을 때/ 시멘트 지붕을 뚫고 하늘이 보이고"[21] 등이 그것이다. 병은 인간만이 아니라 동식물 광물(건물 등)에게서도 발견 된다. 기체(공기) 액체(물)에게서도 발견된다. 고대(『백수광부가』의 광기 등)에서 현대까지, 앞으로도 지구의 병은 지속될 것이다. 지구의 에너지원은 '병'일 수도 있기에 우리는 아프다. 우리가 아프지 않으면 지구는 돌 수 없고, 그래서 지구도 아프다.

윤동주가 그 시대를 「병원」으로 보았다면 지금은 "폐쇄 병동" 시대이다. 샴쌍둥이지구의 폐쇄 병동 ③;.

샴쌍둥이지구

폐쇄 병동 곤달걀 한판이 깨어져
있는 방, 위태로운 것은 두 손 뒤로 포박
당한 병아리 광인이 아니다. 달걀을 깨서 우적우
적 씹어먹고 있는 자들, 우린 사지가 떨어지지 않으려
필사적이다. 등을 맞대고 샴이 된다. 여러 개 곤달걀 벗
겨진 날은 난교를 벌이듯 서로를 핥는다. 핏물 섞인
정액이 비릿하다, 지구는 날마다 새로 태어나고,
곤달걀은 어린 눈을 뜨고 덩치 큰 간호사 호모
형제는 광인, 지구의 태아가 혈관이 비추
는 곤달걀처럼 웅크리고 죽지
않기 위해.

---

20) 이성복 최승자 외, 『새로운 만남을 위하여:우리 세대의 문학 1』, 문학과지성사, 1982, 32쪽.
21) 위의 책, 61쪽.

샴쌍둥이지구의 광인 ④; 광기 주체들이 사라져도 광기 장소[22]는 남아 있고 (무의식의 장소에도 남아있고) 광기 장소(주체)는 광기 주체가 되어 다시 돌아온다. 누가 얼굴을 짓뭉개버려도, 스스로 얼굴을 짓뭉개버려도 다른 얼굴(주체)을 하고 돌아온다. '감시와 처벌'은 이상하게 이루어진다. 누가 '나'를 처벌하다 보면 어느새 '내'가 '나'를 처벌하게 된다. 자살에 이르기 전에, 스스로는 수 없이 자살을 한다. 이성의 주체들이 관여하지 않는 자살은 없고, 광기의 주체들이 실행하지 않은 자살은 없다. 문제는 이성의 주체들과 광기의 주체들이 한 통속이라는 것이다. 인간의 해탈이 어려운 것은, 거의 불가능한 것은 광기의 주체들과 이성의 주체들이 한솥밥을 먹고 있다는 것이다. 식구들처럼 다정하게 지내다, 광분하게 되는 것은 서로 동상이몽을 꿈꾼다는 것을 알아차릴 때이다. 무의식의 장소(수용소)에서 숨겨진 광인 주체들이 밖으로 탈주를 감행하고, 그 감옥 문이 부수어졌을 때 간수와 수인(囚人)은 순식간에 뒤바뀌게 된다. "보라, 이 제도를 내가 만들었다!" 광인 주체들은 외치며 자신들을 가둔 이성의 주체들을 가두게 된다. 그때부터 광인 주체는 공식적으로 이성 주체가 되는 것이다. 그 제도는 수용소요, 감옥이며, 이성의 권력이 세운 국가이지만 우리는 그 국경의 경계를 모른다.

나병이 이렇듯 이상하게 소멸된 것은 물론 오랫동안 취해진 의학적 노력의 결실은 결코 아니었다. 이것은 격리수용에서 생겨난 우연한 결과이며, 십자군 전쟁 이후 동방이라는 병의 진원지와의 단절이 가져다 준 결과였다. 나병은 사라졌지만 이 비천한 장소들과 의식(ritual)들은

---

22) "신체형에서 심문당하는 신체는 징벌의 적용 지점이자 진실 강요의 장소이다." 미셸 푸코, 『감시와 처벌:감옥의 역사』, 78쪽.

남아 있었다. 나병에 대한 의식은 나병을 극복하기 위해서가 아니라 나병과 신성한 거리를 유지하고 나병을 저주(inverse exaltation) 속에 묶어 두기 위한 의식이었다. 나환자 수용소가 비워져 가는 동안에 나병보다도 더 오래 존속한 것은 나환자의 모습에 부여된 이미지와 가치였으며, 이러한 격리가 갖는 의미, 즉 신성한 집단에 소속되지도 못하면서 그렇다고 그 집단에서 축출되지도 않은 이 두렵고도 고집스러운 모습이 갖는 사회적 중요성이었다.

(⋯) 나병도 나환자도 기억에서 사라졌다. 그러나 이러한 구조들은 여전히 남아 있었다. 종종 똑같은 장소에서 똑같은 방식의 격리의 의식이 2,3세기 후에 이상할 정도로 유사하게 반복되곤 했다. 가난한 부랑아, 범죄자, 그리고 '광인들'(deranged minds)이 나환자가 맡았던 역할을 대신했을 따름이다.

(⋯) 지식인의 문학에서도 광기 또는 어리석음은 이성과 진리의 바로 그 중심에서 작용하고 있었다. 모든 사람들을 구별 없이 정신병자의 배에 태워서 항해하도록 한 것, 그리고 그들에게 오딧세이의 사명을 공통적으로 부여한 것이 바로 광기였다.

(⋯) 광기에 대한 조소가 죽음과 죽음의 엄숙함을 대신한다. 인간을 무(無)로 되돌려 보내고야마는 이 필연의 발견으로부터 우리는 생존 그 자체인 바로 그 무(살아 있으면서도 죽은 것과 같은 모습=광기)에 대한 조소적 성찰로 선회했다. 죽음이라는 절대적 제약 앞에서 느끼는 두려움은 끊임없는 아이러니로 내재화했다. 죽음을 일상성, 길들여진 형태로 분배시켜 조소의 대상으로 만듦으로써, 죽음을 삶의 순간순간에 끊임없이 새롭게 등장시킴으로써, 죽음을 온갖 악들과 고난들과 인간의 모든 부조리들에로 분산시킴으로써 인간은 내리 (죽기 전에) 죽음을 무장 해제시켰다(따라서 죽음에 대한 두려움은 사라졌다). 죽음은 이제 모든 것에 내재 되었으므로 그리고 삶 자체가 하찮은 것, 공허한 말, 모자와 종의 언쟁에 불과하게 되었으므로 더이상 죽음의

무화는 아무것도 아니게 되었다. 해골로 되어버릴 머리는 벌써 텅 비어 있다. 광기는 이미 거기에 있는(déjà—là) 죽음이다. 그러나 광기는 또한 죽음의 현존을 극복하고 동시에 죽음이 이미 지배하고 있다는 것을 알리면서, 죽음의 희생이 정말 유감스러운 당첨이라는 것을 나타내는 일상의 표시들을 피해 간다. 죽음이 벗은 것은 가면일 뿐이다. 해골의 미소를 발견하기 위해서 인간은 미(美)도 진실도 아니며, 단지 석회질과 겉만 번드르르한 얼굴에 불과한 어떤 것을 제거해 버리기만 하면 된다. 헛된 가면에서 시체에 이르기까지 동일한 미소가 존속해 있는 것이다. 정신병자들이 웃을 때 그는 이미 죽음의 웃음을 웃고 있는 것이다.23)

샴쌍둥이지구의 마을 감옥 ⑤; 나는 어린 시절에 우연히 나병환자촌의 감옥을 엿본 적이 있다. 나는 호기심에 감옥에 자주 놀러 갔는데, 도시에서 끌려온 나환자의 얼굴은 기억나지 않지만, 그가 누워있는 군용모포 침대와 뺑기통과 쇠창살이 기억에 남아있다. 그와 나눈 대화가 무엇이었는지 모르겠다. 다만 어린 내가 보기에도 신기한 것은 그 마을 사람이었는데, 그 마을 자체가 감옥인 줄 모른다는 거였다. 도시를 배회하는, 자신들과 비슷한 환자들이 낯선 남자들에게 끌려와 감옥에 갇혀도 무덤덤했다. 손이 펴지지 않아 고막손인, 마을 사람 중에는 유난히 그림을 잘 그리거나, 풍금을 치거나, 시를 짓는 예술가들이 많았다. 그들은 감옥의 감옥에 예술적 광기를 가둔 것이다.

광기는 한 겹이 아니라 여러 겹이다. 다른 사람이 가둔 광기와 스스로 가둔 광기는 두 겹이다. 아니 더 많다. 권력 위의 권력, 또 권력 위의 권력 여러 겹이다. 정치 권력만이 아니라 예술의 권력도 예술의 광기를 가둔다.

---

23) 일부 괄호는 인용문의 각주임. 미셸 푸코, 『광기의 역사』, 18~28쪽.

과학의 권력도 과학의 광기를 가둔다. 그래서 예술의 광기는 영원히 탈주를 꿈꾼다. 광기의 광기는 감옥의 감옥 우주의 우주이다. 다중우주이다.

그래서, 시에 미친 내가 내린 결론은 이렇다. 광기에서 이성을 구출한 칸트, 이성의 감옥에서 광기를 탈주시킨 푸코, 광기의 범죄를 사면한 라캉은 모두 광기와 이성은 하나라는 사실을 말하는지 모른다. 마치 카오스와 코스모스가 하나인 카오스모스처럼.24)

---

24) 김영산, 『우주문학의 카오스모스』, 표사.

우주문학의 선언
샴쌍둥이지구의 극장(2)

1. 시의 극장/은하의 극장

〈샴쌍둥이지구(2)〉

김행숙의 호르몬 극장이 미시세계의 우주라면 거시세계의 은하의 극장도 있다. 우리 태양계, 태양이 하얀 별(해)이라면 은하의 중심마다 있는 천억 개의 검은 별(해)이 은하의 극장이다. 그 검은 해들은 알고 보면 푸른 블랙홀이었고, 천억 개의 푸른 해들이었다. 그 푸른 해들의 극장들이 모여있는 대우주는, 이상하게도 거품(**거품우주론**)처럼 한 군데로만 모여있

고, 암흑물질처럼 어두운 광활한 벌판이 끝없이 펼쳐져 있다. 마치 은하 마을, 우주 마을을 이루는 게 고향 마을 같다.[25][26]

고려가요『청산별곡』의 '청산'과 닮은 (청산은 푸른 블랙홀처럼 중심을 잡아준다) 초중량 블랙홀, 푸른 해들이 있는 것이다. 우리는 청산을 빙빙 돌며 살고 있는데, 그 청산은 상여로도 떠나지 못할 곳이고, "불귀(不歸), 불귀, 다시 불귀"(김소월,「산」), 한번 가면 돌아올 수 없는 산이다. 그 장소는 '움직이는 장소'고 끝없이 커지는 장소이다. 광기로도 도달하지 못하는 장소가 있는 것이다. 우리는 그 장소에 초대된 관객인 셈인데, 주연도 조연도 없는 한 '사건'으로서 관객일 뿐이다. 그 사건은 '죽음의 사건'이고 태어나는 순간부터 끝없이 상엿소리가 난다.

백수광부의 광인은 계속 분화하고, 발화하여 지금도 그 '죽음의 강(경계)'을 건너고 있다. 고대로부터 현대에 이르기까지 무수한 광인이 등장하지만 모두『백수광부가』의 광기의 주체가 분화하여 다시 광기의 주체로 분화하고 있는 것이다. 광기의 주체가 죽을 수 없는 것이 광기의 장소와 관련된 것이라면, 그 장소를 관장하는 중력과의 관계인 '광기'일 것이다. 광기는 생(生)의 중력이었고 **죽음의 중력**이었던 것이다. 모든 광기는 하나의 광기가 아니라 겹겹의 광기, 이중의 광기, 삼중의 광기인 것이다. 즉 중

---

25) "대우주 한곳으로 마치 거품처럼 은하들이 몰려있어 '거품우주'라 이름 붙이고, '우주마을'을 이루었는데 텅 빈 벌판 같은 암흑 우주에 엄청난 양의 암흑물질 매장량을 추측하지만 아직 미답의 벌판이다." 위의 책, 44쪽.

26) 정과리 평론가는 '거품우주론과 연관된' 김영산이 말한 '그물우주론'에 대해 언급한다. "그 역동적인 수상 안테나의 운동을 통해서 문학 세계를 끊임없이 넓히고 바꾸고 깁는 운동을 그는 서양의 문학틀에 갇힌 '어항 문학론'에 반대하여 "우주의 잡음들을 모두 수렴하는 게 아니라 뱉어내고 걸러내어, 시공이 휘어져 별들을 그물에 담아 더 넓은 우주로 확장하는 그물우주론"이라고 부른다." 정과리,『현대시』1월호, 135쪽.

력의 광기, 중력의 중력의 광기, 중력의 척력의 광기, 척력의 중력의 광기, 중력의 암흑물질의 광기, 중력의 암흑에너지의 광기, 중력의 원소들의 광기, 중력의 겹겹의 겹겹의 광기, 다중우주의 겹겹의 광기인 것이다.

샴쌍둥이지구의 중력파 ⑥;[27] 2016년 혜성처럼 등장한 '중력파'라는 이름은 환상이 아닌 실재로서 우주를 호명한다. "블랙홀이 생기거나 수명이 다한 별이 폭발하며 사라지는 등 우주에서 급작스런 중력변화가 일어날 때 발생하는 파동"[28]으로 설명되는 이 '중력파'는 마치 잔잔한 수면 위에 돌을 던지면 물결이 전파되어가는 것과 유사하게 시공간에 전파되는 파동이다. 이 '우주적 사건'은 중력파의 "최초의 직접 증거가 발견"되었다는 점, 블랙홀 역시 "엑스선과 같은 방출 등에 의해서 간접적으로 추정한 것"을 중력파에 의한 직접적 "최초의 블랙홀"발견이란 점, "최초로 쌍성 블랙홀의 존재를 발견"한 점, "이것이 하나의 블랙홀로 병합"한다는 점에서 큰 의미를 가진다.[29] 아인슈타인(A. Einstein)이 예견한 중력파가 발견된 것이다. 1915년 일반상대성이론을 발표하면서 존재가 예상됐지만 100년이 되도록 증명되지 못하다가 비로소 실체가 드러났다.

우주 은하 중심의 대부분에서 초중량 블랙홀이 발견되고, 태양보다 300만 배 큰 거대블랙홀이 발견되었지만, 96%나 되는 암흑에너지 암흑물질처럼 아직 인류는 우주의 장님이다. 우주문학이 비단 현대 천체물리학에 국한된 것이 아님은 물론이거니와, 동서양 신화와 종교까지를 포괄한다 하더라도, 우주 영역은 미답이며 쉽게 답을 내놓지 않는다. '우주문

---

27) 필자의 졸저 「한국시인들에게 나타난 우주문학의 징후」에서 부분 수정해서 인용함. 김영산, 『우주문학의 카오스모스』, 37~39쪽.
28) 오정근, 앞의 책, 41~61쪽.
29) 위의 책, 215~216쪽.

학'이란 용어 자체가 생소하거니와 자칫 강대국의 우주쇼와 우주영토 전쟁에 휘말릴 소산이 크다. 따라서 우주문학론을 '우주의 모든 문학이다'라고 정의하는 것은 위험하다. "행성과 항성의 탐사가 계속될수록 인류 우월주의는 뿌리째 흔들리고 말 것이다."[30]라고 낙관한 천체우주론 만을 중심에 둘 수 없고, "우주의 중심 생명인 범(梵)과 개인 생명 중심인 아(我)의 궁극적인 일치"[31]를 보여준다는 동양사상에만 둘 수도 없다. 우주문학은 너무 포괄적이어서 짐화조차 힘들다. 그렇더라도 한국 시인들은 우주에 대한 시의 염원을 버리지 않았다. 기계음과 또 다른, 그 첫 말을 솎아내기 시작한 것이다. 그 멈추지 않는 한국시의 중력파는 어디서 생겨나며, 어디로 전달되는가?

　김기림이 "한 권의 미학이나 시학을 읽느니보다는 한 권의 <아인슈타인>[32]을 읽으라고 한 말이나, 이상의 일반상대성이론에 관한 시,[33] 김수영이 "미래의 과학시대의 율리시즈를 생각해야 한다"[34]라고 한 말이

---

30) 칼 세이건, 홍승수 옮김, 『코스모스』, 사이언스북스, 2006, 36쪽.
31) 프리초프 카프라, 이성범 · 김용정 옮김, 『현대물리학과 동양사상』, 범양사, 1979, 102~108쪽.
32) 김기림, 「과학과 비평과 시」, 조선일보, 1937.2.22~2.23(『김기림 전집2』, 심설당, 1988, 29쪽).
33) 이상의 「3차각설계도─선에관한각서7」을 보면 "사람은광선보다빠르게달아나는속도를조절하고때때로과거를미래에있어서도태하라"는 구절이 나오는데, 현대우주론의 '광속불변의원칙'에 의해 "광선보다빠르게달아나는속도"는 없음으로 이 시는 아이러니하다. 이상이 근대과학기술문명을 시의 방법론만이 아니라, 시의 유희만이 아니라, "각서"라는 말을 통해 어떤 절박함을 드러내는 대목이라 여겨진다. 과학을 부정도 긍정도 할 수 없는 그 시대의 징후, 식민지 시대상과 또 다른, 우주론 시대상과 겹친 두 개의 얼굴을 들여다본 "사람"의 광기(빛)어린 얼굴이 보인다. 이상, 「선에관한각서7」, 『이상전집 2』, 가람기획, 2004, 56~58쪽 참조.
34) 김수영, 「反詩論」, 『김수영전집 2』, 민음사, 1981, 264쪽.

숙제처럼 들리는데, 문제는 요즘 유행하는 인공지능 알파고로도 풀 수 없는 현대 우주론이 계속 생겨나고 있다는 데 있다. 천체우주론을 들여다보지 않고서는 광의의 우주론을 사유하기는 불가능하다. 138억 년의 빅뱅 우주론은 아직 이론물리학이지만, 133억 년 전의 원시우주 별들까지 천체망원경 컴퓨터 카메라에 잡히는 시대인 것이다. 이미 기계론적 우주론을 넘어 모든 인문학의 피부까지 영향을 미치고 있다. '우주 개울'을 건너려면 작은 징검다리라도 놓아야 한다. "시인이란, 그가 진정한 시인이라면/ 우주의 사업에 동참할 수 있어야 한다"[35]는 시가 가지는 다의적 우주의 전언을 염두에 두더라도, 천체우주론의 현실을 끌어안고 초월이 아니라 포월 해야 하는 시대에 시인은 살고 있는 것이다.

2. 한국시의 극장/우주시의 극장

고려가요 「청산별곡」의 청산은 정지용의 한라산 「백록담」와서 활짝 꽃을 피운다. 산의 꽃은 힘겹게 오르며 피는데, 그 높은 백록담 산길을 오르며, 어디에 맡긴 어린 자식들을 생각하며 "毛色이 다른 어미한틔 맡길 것을" 하며 아프게 핀다. 최남선의 「海에게서 少年에게」[36]에서 잠시 비췄던, "어미를 여힌 송아지" → "우리 새끼들" → 소년으로 이어진 길은 성장의 길이면서, (청산별곡) 산과 바다가 꽃피우려 고난의 아픈 길이기도 하다.

> 1
> 絶頂에 가까울수록 뻑국채 꽃키가 점점 消耗된다. 한마루 오르면 허

---

35) 이시영, 「내가 언제」, 『무늬』, 문학과지성사, 1994, 42쪽.
36) 김학동, 『한국개화기시가연구』, 시문학사, 1981, 94쪽.

리가 슬어지고 다시 한마루 우에서 목아지가 없고 나종에는 얼골만 갸
옷 내다본다. 花紋처럼 版박힌다. 바람이 차기가 咸鏡道끝과 맞서는 데
서 빽국채 키는 아조 없어지고도 八月한철엔 흩어진 星辰처럼 爛漫하다.
山그림자 어둑어둑하면 그러지 않어도 빽국채 꽃밭에서 별들이 켜든다.

2

嚴古蘭, 丸藥 같이 어여쁜 열매로 목을 축이고 살어 일어섰다.

3

白樺 옆에서 白樺가 髑髏가 되기까지 산다. 내가 죽어 白樺처럼 흴것
이 숭없지 않다.

4

鬼神도 쓸쓸하여 살지 않는 한모롱이, 도체비꽃이 낮에도 혼자 무서
워 파랗게 질린다.

5

바야흐로 海拔六千呎우에서 마소가 사람을 대수롭게 아니녀기고 산
다. 말이 말끼리 소가 소끼리, 망아지가 어미소를 송아지가 어미말을 떠
르다가 이내 헤여진다.

6

첫새끼를 낳노라고 암소가 몹시 혼이 났다. 얼결에 山길 百里를 돌아
西歸浦로 달어났다. 물도 마르기 전에 어미를 여힌 송아지는 움매― 움
매― 울었다. 말을 보고도 登山客을 보고도 마고 매여달렸다. 우리 새끼
들도 毛色이 다른 어미한틔 맡길것을 나는 울었다.

7

風蘭이 풍기는 香氣, 꾀꼬리 서로 부르는 소리, 濟州회파람새 회파

람 부는 소리, 돌에 물이 따로 굴으는 소리, 먼 데서 바다가 구길때 솨
— 솨— 솔소리, 물푸레 동백 떡갈나무속에서 나는 길을 잘못 들었다
가 다시 측넌출 긔여간 흰돌바기 고부랑길로 나섰다. 문득 마조친 아
롱점말이 避하지 않는다.

    8

  고비 고사리 더덕순 도라지꽃 취 삭갓나물 대풀 석이 별과 같은 방
울을 달은 高山植物을 색이며 醉하며 자며 한다. 白鹿潭 조찰한 물을
그리여 山脈우에서 짓는 行列이 구름보다 莊嚴하다. 소나기 놋낫 맞으
며 무지개에 말리우며 궁둥이에 꽃물 익여 붙인채로 살이 붓는다.

    9

  가재도 긔지 않는 白鹿潭 푸른 물에 하늘이 돈다. 不具에 가깝도록
고단한 나의 다리를 돌아 소가 갔다. 좇겨온 실구름 一抹에도 白鹿潭
은 흐리운다. 나의 얼굴에 한나잘 포긴 白鹿潭은 쓸쓸하다. 나는 깨다
졸다 祈禱조차 잊었더니라.

— 「백록담」 전문[37]

「백록담」[38]의 풍경의 음악은 이중주이며 삼중주이다. 첫째, 자연이 주는
경이감이 "절정(絶頂)에 가까"운 "뻐꾹채"의 "성진(星辰)"의 노래가 있다.
"암고란(巖古蘭), 환약(丸藥)같이 어여쁜 열매로" "살어 일어"서는 소생의

37) 정지용, 『정지용전집』, 민음사, 1990, 142~143쪽.
38) 김종태는 그의 논문에서 김우창의 글을 반박하며 동의하지 않는다. 김우창의 「백
   록담」에 대한 평은 이렇다. "정지용의 도통은 자연스러운 삶의 과정의 한 부분이
   아니라 하나의 기교, 하나의 포즈라는 느낌을 준다. 그것은 자신의 삶에 몸을 맡기
   는 데에서 얻어진 것이라기보다는 생각해 봄직한 멋있는 생각으로 생각되어진 것
   이다. 그의 비전은 등산객의 비전이다." 김종태, 「정지용 시 연구 : 공간 의식을 중
   심으로」, 고려대학교 대학원 박사논문, 2002, 94쪽.

음악이다. "내가 죽어"도 "백화(白樺)"의 "촉루(髑髏)"처럼 "숭없지 않"는 "흴것(깨끗함)"의 음악이다. 둘째, "마소"와 "어미를 여힌 송아지는 움매 – 움매–" 우는 동물적 유전이 주는 유전의 음악이다. 셋째, "우리 새끼들도 모색(毛色)이 다른 어미한틔 맡길것을"으로 대변되는 역사의 풍경이 숨겨진 노래이다.

1연에서 9연까지는 주로 "뻐꾹채" "白樺(자작나무)" 등의 고산 식물지대 가 묘사된다. 어쩌다 "별"의 광물성이 보이고, "꾀꼬리" "마소" "아롱점말" 이 스치듯 묘사된다. 그 묘사의 정점은 (관조적 묘사가 아니라) 서술적 묘사 (=사실적 묘사 현실적 묘사)가 실현되는 6연인데, "우리 새끼들"은 누구인 가? "毛色이 다른 어미"는 누구인가? "맡길 것을"을 '맡긴 것을'으로 의미가 달라지기 시작한다. 식민지 백성이요, 일제라는 역사의 시격(詩格)이 달라 진다. 이 시가 『文章(문장)』지 3호에 발표되던 1939년 조선은 시의 암흑기 였다. 이 절정의 묘사시는 시의 절정이기 전에 현실을 감내한 주체의 (청산 별곡과 같은) '청산'에서 "나는 울었다"로 "濟州(제주)회파람새 회파람 부는 소리"가 난다. 청산의 주체들이 불쑥불쑥 산처럼 솟아나기도 한다.

이 광기 어린 주체들이 산을 오르는 것은 당연하다. 『백수광부가』의 '강' →『청산별곡』의 '청산'과 '바다' →「海에게서 少年에게」의 '바다' → 다시『백록담(白鹿潭)』의 청산에 이르기까지 한국시의 "절정(絶頂)"은 산 에서 이루어진다. 산은 광기의 주체와 이성의 주체가 '높고 낮은 산'으로 공존하는 유일한 장소이다. 산의 장소성은 우주의 장소성이고, 산의 주체 는 우주의 주체이다. 산은 우주의 푸른 블랙홀이고 푸른 별들인 것이다. 정지용이 한라산 백록담에서 "별"을 본 것은 "꽃"도 별이요, "마소"도 별 이요, "우리 새끼들도" 별이요, "풍란(風蘭)"도 별이요, 고산식물(高山植 物)도 별이요, 백록담도 별이기 때문이다.

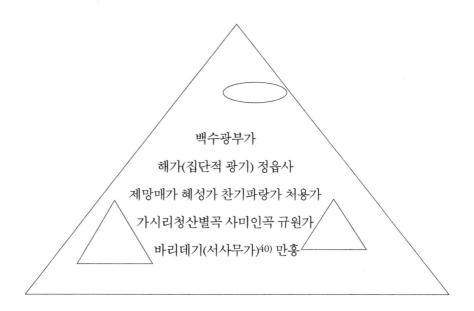

〈한국시의 광기 주체의 우주 청산도(표)〉[39]

백수광부가

해가(집단적 광기) 정읍사

제망매가 혜성가 찬기파랑가 처용가

가시리청산별곡 사미인곡 규원가

바리데기(서사무가)[40] 만흥

---

39) 전승 혹은 계승 부분부터는 다음 자료를 참조했음. 민영·최원식·이동순·최두석 편,『한국현대대표시선Ⅰ, Ⅱ, Ⅲ』, 창작과 비평사, 1990~1993. 박덕규·배우식·송희복·이숭원. 이숭하편저,『한국대표시집 50권』, 문학세계사, 2013. 권영민·김종철·김주연·최동호 선정위원,『한국대표시인선 50 [1]』, 중앙일보사, 1995. 오생근·조연정 엮음,『내가 그대를 불렀기 때문에』, 문학과지성사, 2017. 한용운 외,『어느 가슴엔들 시가 꽃피지 않으랴 2:한국 대표 시인 100명이 추천한 애송시 100편』, 민음사, 2008. 김경주 외,『50인의 평론가가 추천한 우리시대 51인의 젊은 시인들』, 서정시학, 2009.

40) "한국 문학에서 巫俗이 우리 敍事文學과 詩歌의 양대 장르에 끼친 영향은 면밀한 검토를 요구합니다. 神話의 기본적 성격은 동북방아시아에서 강력하게 나타나는 샤머니즘으로 그것은 入巫式과 成巫式의 구조를 가지고 있는데 (…) 우리 신화가 가진 우주론적 차원을 세속적 차원으로 옮겨 놓으면 대체로 비슷하게 드러맞게 됩니다. (…) 현대에 와서 잘 연구된 우연성의 신화로 바리공주가 있습니다. 바리공주가 큰 성취를 하기 전 중간에 작은 에피소우드들을 무수히 겪는데, 구술을 찾는 젊은이들에게 우연성이 개입한다는 것은 큰 흥미거리입니다." 김규열 외, 앞의 책, 68~69쪽.

시인과 작품명	전통시	중간지대	실험시
전승 혹은 계승①	김소월 「초혼」 윤동주 「병원」 이용악 「그리움」 김영랑 「모란이 피기까지는」 임화 「현해탄」 이상화 「빼앗긴 들에도 봄은 오는가」 서정주 「한국성사략」 박목월 「산이 날 에워싸고」 오장환 「병든 서울」 신동엽 「누가 하늘을 보았다 하는가」 김광섭 「저녁에」 김현승 「눈물」 한하운 「전라도 길」 천상병 「귀천」	한용운 「님의 침묵」 백석 「남신의주유동박시봉방」 정지용 「백록담」 이육사 「절정」 김기림 「기상도」 김광균 「와사등」 유치환 「생명의 서」 조지훈 「낙화」 구상 「초토의시 8—적군묘지 앞에서」 박인환 「목마와 숙녀」 김수영 「풀」 김종삼 「라산스카」 김춘수 「샤갈의 마을에 내리는 눈」	이상 「절벽」
전승 혹은 계승②	신경림 「농무」 김지하 「황톳길」 고은 「만인보 1—신라 사복」 함형수 「해바라기의 비명—청년 화가 L을 위하여」 박용래 「저녁눈」 박재삼 「울음이 타는 가을 강」 이성부 「봄」 조태일 「국토 서시」 송수권 「산문에 기대어」 이시영 「서시」 강은교 「우리가 물이 되어」 곽재구 「사평역에서」 이성선 「별을 보며」 김사인 「노숙」 박노해 「노동의 새벽」 김남조 「겨울 바다」 김남주 「잿더미」 정희성 「저문 강에 삽을 씻고」 정호승 「서울의 예수」 고정희 「위기의 여자—여성사연구 6」 김용택 「섬진강 24—맑은 날」 안도현 「서울로 가는 전봉준」 함민복 「꽃」 허수경 「폐병쟁이 내 사내」 장석남	황동규 「풍장 1」 정현종 「섬」 마종기 「바람의 말」 오규원 「한 잎의 여자」 김광규 「희미한 옛사랑의 그림자」 최승호 「대설주의보」 기형도 「입 속의 검은 잎」 김명인 「너와집 한 채」 조정권 「산정묘지·1」 김기택 「태아의 잠 1」 이문재 「지구의 가을」 송찬호 「구두」 유하 「바람부는 날이면 압구정동에 가야 한다 1」 신용목 「갈대 등본」 김언 「모두가 움직인다」 황인찬 「구관조 씻기기」 이민하 「세 사람의 산책」 하재연 「우주 바깥에서」 이제니 「나선의 감각—음」 오은 「샐러」 김현 「◉ 인간」	김구용41) 「제비」 조향 「왼편에서 나타난 회색의 사나이」 이현우 「흑묘대화—모 나리자의 초상에게」 이승훈 「암호」 이성복 「남해 금산」 최승자 「이 시대의 사랑」 황지우 「새들도 세상을 뜨는구나」 김혜순 「죽음의 축지법—열닷새」 박상순 「6은 나무 7은 돌고래, 열 번째는 전화기」 이수명 「왜가리는 왜가리 놀이를 하고」 조연호

「새떼들에게로의 망명」 나희덕 「사라진 손바닥」 진은영 「Bucket List—시인 김남주가 김진숙에게」 문태준 「맨발」		「천문」 황병승 「육체쇼와 전집」 김행숙 「이별의 능력」 김경주 「바람의 연대기는 누가 다 기록하나」

샴쌍둥이 우주의 빅뱅/시의 빅뱅 ⑦;42) 우주가 팽창하고 있음을 허블이 발견한 이래 우주의 역사를 거슬러 올라가 우주의 시작이 있다고 제창한 사람은 가모(G. Gamow)였다. 그 설을 조롱하는 의미로 '정상우주론(The Steady State Theory)'자인, 호일(F. Hoyle)이 처음 '빅뱅(Big Bang)'이라 불렀는데 과학을 넘어 시적으로도 아이러니하다.43) 인류의 우주관이 바뀔 때 큰 저항을 불러일으켜 '우주적 저항'이라 불릴만한 우주적 사건도 유머가 스며 있다. 절대적이고 정상적이고 완전한 것들을 추구한 인류는 상대적이고 비정상적이고 불완전한 것들에 자리를 내주면서 우주에는 고정된 좌표가 없음을 깨달아야 했다. 아인슈타인마저도 원래 일반상대성이론이 아니라 일반절대성이론이라 이름 붙이려 하고, 우주의 절대법칙으로 4개의 힘인 강한 핵력·전자기력·약한 핵력·중력을 통합하려 했다

41) 이숙예(이수명 시인)는 김구용 시의 독특한 단면을 발견한다. "김구용의 시에서 타자는 예기치 않은 모습으로 나타나기도 한다. 바로 주체의 감정이나 주관적 상태가 타자가 되는 경우이다. 감정들은 주체에게 속하지 않는다. 주체의 내면에서 주체와 안정적 결합을 이루지 못하고 외부로 나와 주체를 조종한다. 감정이 타자로 군림하는 이러한 모습은 김구용 시의 독특한 단면이다." 이숙예, 「김구용 시 연구 : 타자와 주체의 관계 양상을 중심으로」, 중앙대학교 대학원 박사논문, 2007, 87쪽.
42) 필자의 졸저 「한국시인들에게 나타난 우주문학의 징후」에서 부분 수정해서 인용함. 김영산, 『우주문학의 카오스모스』, 39~43쪽.
43) 가와고에 시오 외, 강금희 옮김, 『우주의 형상과 역사』, 뉴턴코리아, 2008, 42~45쪽.

는 사실로 미루어 알 수 있다.44) 시에도 우주처럼 중력과 척력이 작용해 서로 끌어당기고 어루만지고 찢고 멀리 달아나고 하는 것일까. 우주의 현상에 일상의 얼굴로 피부이식을 해온 김언의 「빅뱅」(『모두가 움직인다』)에는 우주도(宇宙圖)만이 아니라 우리의 민낯이 보인다.45)

> 시간이 차곡차곡 채워져서 폭탄에 이른다
> 일 초는 일만 년의 폭발
> 순간은 영원을 뇌관으로 타들어가는 심지
> 태아는 울고 태어나는 순간
> 거꾸로 매달린 세계를 고통스럽게 입에 담는다
> 보지 않는 세계의 보이지 않는 웅성거림과
> 차가운 열기를 내뿜으며 다가오는 대기
> 죽음으로 대변되는 이 검은 색조의
> 밝은 별을 눈에 담기 위하여
> 잔해 위에 잔해를 쌓아올리는 아이는 운다
> 출발은 멀었고
> (…)
> 아이 혼자 담겨서 운다
> 무덤은 멀었고 이미 도착한 요람에서
>
> — 김언, 「빅뱅」 부분

김언은 얼굴은 피부이식을 했지만, "그는, 자궁 안에 두고 온/ 자신의 두 손을 그리고 있었던 것이다"46)라고 말하는 김경주나 다른 젊은 시인의 시

---

44) 와다 스미오, 허만중 옮김, 『양자론』, 뉴턴코리아, 2008, 100~107쪽.
45) 이 글에 인용한 시인들의 텍스트는 다음과 같다. 김언, 『모두가 움직인다』(문학과지성사, 2013), 김경주, 『나는 이 세상에 없는 계절이다』(랜덤하우스, 2006), 이하 인용할 때는 작품명만 밝히기로 한다.

처럼 프랑켄슈타인의 얼굴은 아니다. 김경주의 얼굴이 자궁(외계)에 두고 온 손을 그리는 "화가(畵家)"의 토막 난 자화상이라면, 김언의 얼굴은 그 얼굴을 꿰매고 붙이는 것이 아니라 얼굴이 얼굴을 낳듯 "아이"를 낳는다. 아이를 낳는 「빅뱅」은 우주의 얼굴을 가진 일상의 얼굴들로 피부이식을 통째로 하는 방법으로, 아기를 낳는다. 두 얼굴의 일치(우주의 얼굴=일상의 얼굴)를 보아야만, 역으로 우주의 얼굴을 들여다 볼 수 있다. 우주의 얼굴을 들여다보는 거울은 '빅뱅'이란 거울이다. 빅뱅의 거울은 우주에서 가장 커다란 거울이다. 보르헤스(J. L. Borges)『알렙』의 만화경 같은 거울이 아니라,[47] 우주천체망원경에 포착된(포착되고 있는) 거울이다. 김언은 그 거울을 들고 있다. 그 거울이 없으면 「빅뱅」의 아이가 태어나는 걸 볼 수 없다. 이 아이는 우주 탄생의 비밀을 풀려는 인류의 열망으로 태어난 아이다. 138억 살의 이 아이는 "시간이 차곡차곡 채워져서 폭탄에 이른" 대폭발(빅뱅)의 아이다.

이 위험한 아이를 누가 낳은 것인지 거울에 나타나지 않는다. 아직도 실체가 다 보이지 않은 이 아이를 바라보는 거울이 사뭇 다르다. 거울을 버린 사람도 부정하는 사람도 나온다. 깨진 거울로 파편을 들여다 볼 수 있다. 이 아이의 심각성을 모르든 알든 김언은 병원의 산부인과에서 아이가 태어나듯 담담한 어조로, 차원을 거스르는 얘기를 내뱉는다. "아이 혼자 담겨서 운다/ 무덤은 멀었고 이미 도착한 요람에서" 138억 년 동안 아이는 운다. 세상에서 가장 긴 울음이다. 이 울음은 "요람"과 "무덤"에서 동시에 우는 울음이다. "요람"과 "무덤"은 하나이면서 다르고, 다르면서

---

46) 김경주, 「외계(外界)」, 12쪽.
47) 보르헤스, 황병하 옮김, 『보르헤스 전집 3 알렙』, 민음사, 1996, 230면. 또한 <보르헤스>, ≪현대시사상≫, 고려원, 1995. 여름호, 74쪽 참조.

도 하나다. "요람=무덤"이란 공식이 성립되고, "대폭발=대붕괴"란 공식도 성립된다. 우주 대폭발은 이미 우주 대붕괴를 예견하고, 한 번 더 달리 말하면 "요람"은 '이미 도착한 무덤'이기도 하다. 그래서 아이는 "거꾸로 매달린 세계를 고통스럽게 입에 담고 운다."

그런데 "죽음으로 대변되는 이 검은 색조"가 있다. "검은"이라고밖에 달리 표현할 수 없는 우리가 알 수 없는 색이다. 암흑물질(dark matter) 암흑에너지(dark energy)의 색인 것이다. 용어자체에서도 알 수 있듯이 검은 물질을 말하는 것이 아니라, 마치 달걀 흰자위가 노른자위를 감싸듯이 은하를 감싸고 있는 물질이거나, 우주를 감싸고 있는 무채색의 색이어서 눈에 보이지 않는 색을 이름이다. 병아리가 알을 깨고 나오는 줄탁처럼, 세상 밖 우주는 "죽음으로 대변되는" 색들이 창궐하는 두려운 곳이지만, 언제까지 "요람(알)"에 있을 수만은 없다. 아이만 있고 어미는 없는데, 여기서 중요한 문제는 '아비 부재'가 아니라 '어미 부재'이다. 달리 말하면 아버지는 우주의 척력처럼 멀리 달아나 버렸고, 어머니는 우주의 중력처럼 가까이 있지만 보이지 않는다. 이 아이를 도와줄 부모는 없다. 이 '우주 아이'는 스스로, 울고 성장해야 한다. 얼굴 이식을 해서라도 '다른 얼굴'로 무장하고 싶겠지만, 우주에는 가면이 없기에, 수없이 알을 깨고 나갈 수밖에 없다. 아이가 우는 우주는 막막하고, 암흑이다. 이 보이지 않는 색들은 자신을 보호해주는 색일지 모르고, "밝은 별을 눈에 담기 위하여" 태어나는 '병아리 아이'를 도와주는 색일지 모른다. 하지만 모르기에 아이는 계속 울 것이고, 제 몸속에서 거듭되는 빅뱅을 겪어야 한다. 동시다발적으로 일어나는 빅뱅을, 아버지 빅뱅을 어머니 빅뱅을, 그 한 통속의 빅뱅인지도 모르는 빅뱅을 거듭 겪으며, 앞의 김경주 「외계(外界)」에 나오는 손 없는 화가처럼 어머니 자궁(어머니 우주)에서 색을 찾아내야 한다. 여기서 비정상아와 정상아는 하나이고, 결국 김언도 색을 찾는 일에 뛰어든 것이다. 서로 아이(시)를 낳는 방법이 달랐어도, 우주의 빅뱅과 시의 빅뱅은 닮아서 새로운 우주 색(色)을 꿈꾼다. 이 색 아닌 색은 '죽음의 색조=생명의 색조'라는 공식을 다시 만들고, '검은 색조로 대변되는' 우주 은하와 은하가 흩어지지 않게 은하단을 하나로 묶는 무채색의 색조인 것이다.48)

샴쌍둥이지구의 백비 ⑧;49)「백비」 (어떤 까닭이 있어 글을 새기지 못한 비석을 일컫는다.) 이 지구에 이름과 빗돌과 동상이 없다면 산소와 물 없는 행성의 사막과 같을 것이라고 그 시인은 말했다. 그는 젖은 모래라, 사막이 돼 가는 몸 어디에 물이 나와, 젖은 모래라, 그리 명명하고픈 그 시인이 죽기 전의 기록이 백비이다. 죽음의 기록은 죽음의 기록이 아니라 삶의 기록이어서 조심스레 생의 시간을 죽이지 않으면 안 된다.

이 지구에 큰 빗돌 하나 세우면 지구는 무덤이 된다. 지구인은 많은 기록을 남기려 하지만 몇 평 서책이 평생 공부인 까닭에 그리 쓸 말이 없음을 알리라. 언제부터 화장이 는 것도 그 때문이다. 도대체 인간의 기록이란 생졸이 바뀔 때가 많아 죽음이 생을 새기는 것이리라, 헷갈리지 마라.

이 지구에서 죽은 자와 소통은 산 사람이 많은 기록을 남기려 하면 할수록 어려워진다. 그가 모래처럼 말했다. 내 빈 빗돌 위에 기억 남기려는 자들과 지우려는 자들이 충돌할 때가 있다고. 나를 넘어뜨린 것도 그들이야. 나는 그들의 경계에서 비문 쓴다. 언젠가 나를 일으켜다오.

---

48) 브라이언 그린, 박병철 옮김, 『우주의 구조』, 승산, 2005, 409~412쪽.
49) 필자의 졸시 「백비(白碑)」 전문을 텍스트로 인용하여 글씨 포인트를 그대로 함. 일부 한자를 한글로 바꾸고 「백비」의 사진을 뒤로 함. 김영산, 『詩魔』, 천년의 시작, 2009, 33~39쪽.

이 지구의 빗돌 위에 큰 전쟁이 일어나 쪼개져 버렸다. 보기 좋게 누운 빗돌 하나가 마치 상석 같아 제를 지내도 좋을 성싶었다. 하지만 기록을 남기려는 자와 지우려는 자가 있는 한 그리 못 된다고, 너무 할 말이 많아 백지같이 남겨두어도 기억이 살아나고 기록을 하여도 지워져 가는, 허옇게 억새밭이나 되자고 그 시인이 어디 묻혀서 자빠져 자는지 모른다. 그는 지구인이었던 기억을 지우려 하지 않아도 된다. 모든 비명은 침묵한다.

이 지구는 우주에서 무덤이다. 생명체가 그걸 증명하니까. 외계에서 보면 전쟁의 핵폭발도 축포를 터뜨리는 일로 보인다. 시체들은 확 성냥개비 태우는 것이리. 떼죽음보다 한 죽음이 크게 클로즈업된다. 죽음도 욕망이라 빗돌이 두 개로 쪼개져 버렸다.

이 지구에 시도 역사도 종교도 빗돌을 많이 세웠다. 나무의 기억은 나이테이고 시인의 기억이 시라면 지구의 기억은 무엇인가. 산 자들의 몸에 새겨진 죽음의 기억이다. 새기는 것, 지우는 것이 팽팽히 맞서라! 서 있거나 눕고 싶은 **우리는 모두 빗돌이다!**

그러니 지구여, 모든 글자는 유서인지 모른다. 개인, 나라, 전 지구적으로 이젠 전 우주적으로 지구의 죽음을 알릴 때가 되었다. 지구인이 벌이는 스포츠, 터뜨리는 불꽃놀이, 올림픽, 중국 **사해동포(四海同胞)**까지도 죽음의 축제인지 모른다. 어디 그만한 장례행렬이 있는가.

지구의 국경은 공동묘지 구획일 뿐이다. 국경예찬론자들은 제 무덤을 지키려는 것이다. 내겐 지킬 무덤이 없다오. 비는 있는데 무덤이 없다오. 비를 일으키려 마시오. 비도 사라질 것이오. 그런데 당신, 나를 찾아다니니 우습지 않소! 지구의 국경은 공동묘지 구획일 뿐 더 이상 의미가 없다. 국경예찬론자들은 제 무덤을 지키려는 것이다. 내겐 지킬 무덤이 없다오.

비는 있는데 무덤이 없다오. 비를 일으키려 마시오. 비도 사라질 것이오. 그런데 당신, 나를 찾아다니니 우습지 않소!

지구의 무더위에 지쳐 그날 나는 친구를 찾고 있었소. 무덤 위에 또 무덤들―이십 년 세월 동안―무덤이 늘고 늘어 한 무덤을 찾을 수 없으니, 억새가 우거지고 억새 무덤이 되었더군. 인생은 짧아도 하루는 길던가, 기독교 묘지는 영 맘에 들지 않아. 무덤도 비슷비슷 찬송할지어다! 겨우, 무덤에 소주 시집 과일 올리고 제 지냈다. 비를 더듬었다.

24세 졸. 양진규―살아서 내가 할 일이 있다 그것은 무엇인가 민중의 힘을 믿고 민중과 더불어 세계를 변혁하는 것이다―묘비명! 죽기 하루 전 일기를 새겼다. 당시 반쯤 88올림픽 반대하여 투신한 친구, 역사는 믿을 게 못 돼, 기록이 없다. 아마 이번 중국도 반대했을걸. 욕망에는 좌도 우도 없다, 우연히 스친다! 죽은 친구 음성이

오 가엾은 연민이여, 비명은 쓰지 마라
욕망에는 좌도 우도 없다!

지구 작은 나라 작은 섬에도 기록 남았지만 쓸쓸하오! 백비는 할 말 너무 많아 쓰지 못해 남겨두었더니 어느 나그네 많은 걸 읽고 가오! 비를 기록했지만 읽는 자 누구? 발길 끊긴 지 오래오. 비는 산 자가 남긴다! 비는 죽은 자가 남기느냐? 비는 먼지인지 모르오. 지구의 이사는 먼지, 비를 남기는 것이오. 침대 모서리 보시오?

침대를 들어내니 모서리마다

수북이 먼지가 쌓여, 쌓여

먼지여 내가 잠들 때 머리카락 비듬 쌓여

사람이 먼지다! 이사

갈 때야 나를 만난다, 나는

나를 묻히며 이사 간다

나는 죽고 싶을 때마다 이사를 다녀. 죽기 전엔 지구에서 지구로 이사 가는 것에 불과하지만, 내가 잠들 때 잠들지 않고 쌓인 먼지가 한 됫박은 돼 햇볕에 말리고 싶어져 이사를 다녀. 비 오는 날 이사하는 영혼은 젖은 구두를 좋아하는 자들이지! 지구의 무국적 그 시인은 담배 연기를 풀풀 날린다.

지구에도 바람 없는 곳이 존재해. 바람과 바람이 거세게 불수록 바람이 없는 지대가 생겨. 점, 입체, 여러 모양으로 순간 나타났다 곧 사라져 버려. 흐르고 흐르던 바람이 서로 절벽처럼, 겹쳐지지 않고 통과하는 빈자리. 아무도 없는 무풍지대 그 곳이 내 무덤이야. 거기에 내가 담뱃불을 붙여!

지구의 정치도 역사도 바람 없는 곳 있지. 담뱃불을 붙이는 곳, 하여간 평화지대 같은. 찰칵! 찰칵! 라이터를 켜도 가스가 폭발하지 않는! 천둥 번개 쳐도 놀라지 않는, 끽! 차사고가 나지 않는, 화, 화, 불타도 뜨겁지 않는!

지구에도 외계가 있어. 빗방울 속을 들여다봐. 바람이 불지 않는 바람

불면 사라지는 영롱한 묘비 같은 큰 침묵이 사는 허공 담은 눈을 봐. 눈보라 속에 음악이 울리면 누가 박수를 치는 걸까, 젖은 바람 속에 눕고 싶어. 물풀 속을 막 헤치고 나온 물고기 모양 얼음을 봐.

지구의 바람은 날마다 이사 다닌다, 젖은 구두를 신으려! 바람은 죽음의 음악 소리 낸다. 먹구름 속 천둥을 부른다. 비가 오기 전 번개 친다! 모든 찬연한 것이 먼저 온다. 우주의 눈, 태풍의 눈이여. 바람 속에서 생기지 않는 것이 있으랴. 그 바람을 누가 만들었나? 바람 없는 곳에서!

바람의 색은 모든 색, 저를 보여주지 않고 보여준다. 죽음의 색깔만 진한 게 아니다. 나는 관에게 부탁해서라도 바람을 가두고 싶었다. 썩는 냄새가 날까? 바람의 시취는 역겹다! 인간은 바람이 하는 일의 일부만 본다. 죽음을 얼른 덮어다오. 바람아 어느 계를 다녀왔느냐?

지구의 바람은 지구의 바람만이 아니라오. 천상에서 지하까지 종횡무진 쏘다니는 무뢰한이오. 우주의 비밀을 가장 많이 아는 건 당연하오. 남의 무덤 속까지 들여다 볼 수 있는 눈! 그는 가혹하지 않아 죽은 자의 비를 어루만지는 손길이기도 하오. 비는 어둠의 편도 빛의 편도 아니라오, 나는 비 속의 비라고 그 시인은 말했다. 거대한 비 속의 또 하나, 하나의 비가 사람이라 했다. 비 또한 먼지여서 먼지들의 집합이 거대한 비라 했다. 그러고 보니, 내가 백비였구나. 나는 나에게 나직이 속삭였다. 비가 먼지라면 오오 현란한 빛도 먼지였다! 나는 나직이 외쳤다.

지구의 현란한 먼지, 소용돌이치는, 활활 타오르는, 춤추는, 가라앉아 심연에서 턱을 괴고 생각하는 먼지는 빛이다. **빛먼지여!** 어느 사람도 죽지 않았노라, 꿈꾸는 먼지여 또 어디로 가는가. 광휘에 싸인 빛먼지여. 황금부스러기보다 이름 없는 비가 값지다, 죽음의 교과서를 펼쳐라! 인간의 역사와 철학, 모든 과학과 음악이 여기 있다. 환희의 노래는 죽지 않는 죽음의 노래! 신도 먼지다! 사람도 먼지다! 비도 먼지다! 빛도 먼지다! 다만?

인간의 마을에 혼불을 달다,
꺼지지 않는 바람의 손이!

— 바람의 빛은 어디서 왔나 모든 빛을 일렁이며—결국 바람도 아니고 물도 아니고 섬광도 아니고 반딧불도 아니고 더 가느다란 미세한 빛이어서, 희미하진 않지만 희미한 빛이다! 보여주진 않지만 보여준다. 나는 내 안의 나에게 말한다. 비에게 말한다. 한 점 빛이 인간의 시작이었다!

먼지여 먼지여 비여 빛이여 비가 활활 타오르다, 불티가 재티가 날린다. 오 먼지여 비여 생의 빛이여 빛 먼지여. 빛과 비와 먼지는 하나였구나. 먼지의 광채를 보는 자는 죽으리라. 관 뚜껑을 열지 마라, 이미 관도 없으니! 날렵히 빠져나오는 바람의 허리를 붙잡아도 소용없다! 네 먼지를 보지 못한다면!

지구의 백비마저도 언젠가 먼지처럼 사라진다. 나를 누워있게 이대로 두어라. 역사여 나를 일으키지 마오! 아무것도 쓰지 마오. 나도 몰래 내뿜는 흰 빛만 보아다오. 그것은 내가 내는 빛만이 아니다, 네 비를 비춰다오. 모든 비를 비춰다오. 명암을 비춰다오. 격정의 시는 아직 무덤에 이르지 않았다! 내 비에 기록을 남기지 마라. 기록하는 순간 먼지 되리라.

4부

시의 비석 우주의 비석

우주문학의 선언
샴쌍둥이지구의 비석

1. 샴쌍둥이지구의 초현실주의/광기의 시

지구의 비석/시의 비석은 두 개의 비석이 아니라 하나의 비석일 수 있다. 초현실주의 자들의 (모든 감각의 조직적 착란, 랭보가 추천하고 초현실주의가 끊임없이 일일 명령으로 삼는 착란을 돕기 위해, **감각을 낯설게 하기**에 주저하지 말아야 한다)[1] 주장과 달리 무덤 앞의 비석은 이미 중간지대의 경계에 서 있는 것이다. 이 비석은 무덤 앞에 서 있는 사람(**어느 무덤인들 서 있으면 우리가 비였구나**)[2]이고 **지구비석** 우주비석인데, 우주의 숱한 푸른 해들의 비석이기도 하다. 그 숱한 푸른 블랙홀은 중간지대이고 청산도 비석이고 우리에게는 우리의 푸른 비석이 있는 것이다. 광인 주체(『백수광부가』) ⇒ 망자 주체(『제망매가』) ⇒ 청산 주체(『청산별곡』)의 유전된 풍경에 따라 광기도 달라진다는 것, **우리는 우리의 유전된 광기가 있다는 것이다. 그 나라 광녀 광인들의 비석이 있다.**

우리는 걸어 다니는 비석이다. 서 있는 비석이다. 누워있는 비석, 앉아 있는 무덤이다. 초현실주의 비석이요, 현실주의 비석이요, 중간지대 비석이다. 그 숱한 비석들이 검은 비석들이 검은 해들이요, 숱한 푸른 해들이다. 그 숱한 푸른 무덤들이 푸른 해들이다. 이 원시의 감각은 조직화 되기 이

---

1) 앙드레 브르통, 앞의 책, 244쪽.
2) 김영산, 『詩魔』, 41쪽.

전의 감각이다. 착란이 되기 이전의 우주 원시의 감각인 것이다. 우주 청산의 감각인 것이다. 우주 청산의 비석들이다. 우주 어머니 비석들이다. 저마다 살아있는 위대한 비(碑)다.

샴쌍둥이우주의 비석 ⑨; 사라진 우주 현존 우주 숨겨진 우주 모두 하나라오. 어머니 生碑는 살아있는 비이면서 죽어있는 비 아니겠소. 우주 거푸집 같은 것을 떼 내어 우주가 생길 리 없고, 우주는 건축이 아니잖소. 모든 원소들의 춤! 춤! 춤! 빛 춤 이를테면 **빛비** 말이오.

우주 속의 우주 원소 極微의 세상이오. 그 시인은 원소에 작은 별들의 은하수 구름처럼 둘러싸고 있다 했다. 원소 하나하나 우주라 했다. 모든 어머니 원소 저마다 빛깔이라 했다. 다 다른 별빛이라 했다. 모든 원소 우주의 빛이오! 어머니 원소 모여서 빛나는 **거대한 비** 된다 했다.3)

우주 광녀는 제 자궁(비석)에서 낳은 자식을 제 자궁(무덤)에 도로 집어넣는다. 변하지 않는 것은 무덤뿐이다. 인간의 비석마저 마모되어도 변하지 않는 것은 먼지의 비석이다. 비석이 먼지가 되어도 변하지 않는 것은 먼지의 시이다. 먼지의 화가, 먼지의 시인, 먼지의 음악가는 먼지의 비석이다. 먼지의 음악은 우주의 상엿소리이다. 죽음의 상엿소리가 음악의 비석 "어

---

3) 위의 책, 46쪽.

허널 어허널 어화리 넘차 넘화넘" 죽음의 홍 상엿소리가 비석의 음악이다. 백비(白碑)이다. 흑비(黑碑)이다. 하얀 해들과 검은 해들, 푸른 블랙홀 푸른 해들이다. 우주의 푸른 청산들, 우주의 홍 우주 음악 우주 비석이다. 저마다 서 있는 사람들 저마다 살아있는 위대한 비다. 저마다 살아있는 우주 비석들 **우주게임**이다.

샴쌍둥이우주의 비석 ⑩; 나날이 시의 주름이 늘어만 간다, 겁도 없이 번쩍이는 화면에서 무덤의 음악을 들으려 했구나. 바람도 없는 그곳이 바람을 일으키는 황금의 풍로임을 진작 알았어야지. 누가 그곳에 숨결을 불어넣는가. 무덤 속을 밝히려, 나는 어정쩡하게 서서 살아가는가. 숨 붙은 무덤이여, 빗돌 속으로 그가 떠난 뒤 시인들은 각자의 길로 떠났다.

봄눈이 희끗희끗하다, 황금의 성도 무덤도 다 과거이네. 순전히 시가 생긴 게 계절 덕분인가. 어둠 때문인가, 별은 무슨 힘으로 빛나는가. **오 머리에 불을 켜고, 꽃상여 같은 빌딩들**― 철거! 불구덩이에서 여섯이 죽었다. 나는 경계에서 그곳을 본다. 누가 지옥의 벽화를 그렸구나. 그림을 그리는 건 인간! 다른 그림은 없나? 그러고 보니 신이여, 우주도 한번 철거해 보시구려! 종이가 찢기듯 우주가 찢겨 지겠지. 아 시를 쓸 종이가 없어 안타깝군. 그러니 시인에게 답을 묻지 마시오, 문맹의 시에게!⁴⁾

샴쌍둥이지구의 시 ⑪; 지구가 샴쌍둥이처럼 등을 맞대고 있는 **샴쌍둥이지구**가 있다.

우리는 죽기 전에 서로를 보지 못한다,

---

4) 위의 책, 51쪽.

보지 못해서 달라붙은 피 묻은 수술실 풍경

나 대신 눈물 흘리는 등짝이라니*

지구의 가을이 분명 가고 있다,[5]

샴쌍둥이지구의 시 ⑫; 그 과학자의 죽음은 놀라울 게 못 된다! 원소와 원소 사이 공간이 찢겨지고, 구멍이 뻥뻥 뚫릴 때가 있지. 그게 내 상처의 표본이야, 과학자는 말한다. 그 때 상처를 감싸 안는 막이 형성되지, 찢겨진 공간에 막이 형성되는 거야. 오늘도 무사히! 우주에 구멍이 뚫려도 무사한 게 그 때문이지, 마지막 블랙홀이 사라질 때 증발한 공간은 어디로 갔는가, 묻지 않아도 돼! 우주는 종종 찢겨진 공간이 생기니까, 낭비되는 건 없어! 마지막 날에야 죽음의 정보를 토해낼 거야, 별들의 관계만큼 인간의 관계도 구멍이 뻥뻥 뚫리는 게 당연한 거야.

"시가 내 상처를 찢고, 깁는다!"

바늘 한 땀 한 땀 깁는다, 우주를! 우주는 **복사시대 물질시대 진공시대**를 지나고 있어. 요즘 우주의 사지가 급격히 커져 버렸어! 공간이 에너지란 걸 알까, 알았지만 과학신은 무섭게 변하고 있어. 시간과 공간은 뒤엉켜 있어! 우주는 범벅이야, 시간 공간 물질의 범벅! 그래서 찢겨지는 거지. 모든 중력은 여자 같은 거야, 시공을 쭈글쭈글하게 해서 다림질도 하고 바

---

5) 『포에트리 ABBA』 창간호, 시담포엠, 2019, 66쪽.

느질도 해! 우리는 주인공이 아냐, 그들과 범벅일 뿐! 우주는 주인공 중심이 아냐, 사건 중심이지! 우주 서사시는 사건의 다발이 그냥 지나가는 거야,

더 이상 **원소주기율표**는 표본이 못 돼. 보이지 않는 암흑물질 우주에 많지만 여전히 알 수 없지, 그래 표본은 인간의 표본실에나 처박아 두라구. 빛의 옷을 벗어버린 순간, 우리는 모르는 암흑물질이 된다. 오 의뭉스런 암흑물질! 인간이 암흑물질인가, 우리는 무엇이나 될 수 있다. 우주게임은 빛이 우주 공간으로 달아나며 시작되었다, 빛의 독립처럼!

뭐든지 블랙홀이 될 수 있다, 태양 지구 원자 공기…… 그러나 무엇이 블랙홀이 된지 알 수 없다, 그것은 머리카락 없는 대머리라고 과학자는 말했다. 아기블랙홀 거대블랙홀 죽은블랙홀 그들이 있어 찢겨진 우주를 깁고 꿰매고 붙여준다, 원자 사이에 말려들어간 공간이 다치면 어루만져주는 손, 가장 거칠고 부드러운 손—그 말려들어감이 우주 결정하기에—언제나 분주하다. 블랙홀은 우주론 한가운데 있다, 먼 빛처럼 사라지려다 과학자는 말했다.

"오 공간은 별들의 집이구나." 공간이 거미줄 망처럼 얽혀있다고 그가 공간의 비에서 말했다.

"언제 비에 들어갔나?"

"공간은 텅 빈 게 아니야, 살아있는 영역이지! 공간과 공간 사이를 우리는 공간으로 알고 있지. 공간이 구멍 뚫려서 깁고 있는 중이야."

"공간은 바쁘군?"

"나는 증발해야 갈 수 있어, 다른 공간 찢겨지면 그리 갈 거야. 공간 넓어질수록 상처가 생겨."

"내 벗 과학자여, 설마?"

"공간은 상처야!"

"헛소리?"

"과학은 시고, 철학이고, 종교지?"

"과학신이여, 공간은 또 다른 물질?"

시간이 공간이던 시절부터 공간은 찢겨지기 시작했다, 그 과학자는 찢겨진 공간 속에 들어가 버렸네. 그때부터 시가 나를 괴롭히는구나, 시여! 상처를 덧나게 하지 마라, 너를 기워줄 황금의 바늘 찾을 때까지! 나는 약국에서 두통약을 샀다. 시를 물약처럼 마시지 말고, 알약처럼 씹어 드시오. 시를 스테이크처럼 썰어서 들지 말고, 국밥처럼 말아 드시오. 나는 시의 찢겨진 공간을 깁고 있는 시인! 헛소리, 헛소리, 헛소리, 헛소리처럼 좋은 시는 없군.6)

---

6) 김영산, 『詩魔』, 56~58쪽.

2. 우주시의 비석/우주문학 비석

초현실주의는 비석이 되었다. 비석들에 새겨진 비문(碑文)도 알아보기 힘든 비문(非文)이 되었다. 몇몇 시인들만이 정신의 착란을 견디고 그 묘비에서 살아남았다. 광기 주체와 이성 주체가 싸우는 경계, 중간지대에서 비문(祕文)은 쉬운 일이 아니다.

우리가 로트레아몽과 더불어 **시는 만인에 의해서 만들어져야 한다**고 주장하기를 그치지 않을지라도, 이 아포리즘이 모든 아포리즘 가운데서도 우리가 초현실주의 도량의 정면에서 새기고 싶어 했던 바로 그 아포리즘이라 하더라도, 우리로서는 거기에 **시는 만인에 의해 이해되어야 한다**는 그 필요 불가결한 대구가 포함되어 있다는 점은 말할 나위도 없습니다. 제발 언어의 장벽을 더 높이 세우려고 애쓰지 맙시다. 헤겔은 또한 이렇게 썼습니다. <따라서 시 작품이 읽히거나 낭송되거나, 말의 엄밀한 의미로 시에는, 중요한 일이 아니다. 마찬가지로 시 작품은 근본적인 변질이 없이 외국어로 번역될 수 있으며, 심지어는 운문이 산문으로 번역될 수 있다. 소리의 연계가 완전히 변할 수도 있다.>[7]

헤겔에 따르면 넓은 의미의 시는 산문(Prosa)에 대립하고 문예 전반과 대응한다. 시는 이중의 의미에서 예술들의 최고위에 있으며 그것들을 통합한다. 첫째로, 그것은 건축, 조각, 회화 등의 조형예술들과 음악의 양극을 좀더 고차적인 단계에서, 즉 정신적 내면성 그 자체의 영역에서 통합한다. 둘째로 그것은 상징예술(건축), 고전적 예술(조각)보다 고차적인 단계의 예술 장르로서 회화, 음악과 더불어, 그리고 동시에 이 양자를 통합하면서 낭만적 예술의 최후의 부분을 형성한다.

---

7) 앙드레 브르통, 앞의 책, 242~243쪽.

(…) 시는 본래 반드시 운문일 필요가 없다. 고대의 언어들에는 리듬이 자연스럽게 속해 있었다. 그것은 음절의 자연스러운 장단에 기초하며, 그리하여 시는 어의 또는 의미 내포가 다름에 따라 동요함이 없었다. 그러나 근대의 언어들은 자연적인 리듬을 잃고 의의를 중시한다. 그것을 명시하기 위해 악센트가 우위를 차지하게 되고 산문화로 향한다. 각운과 두운 등의 압운은 낭만적 문예 형식에 고유한 것이다. 주관적 정신이 소리의 물질성에서 자기 자신을 청취하고자 할 때 각자가 형성하는 외적 음향을 각운에 의해서 한층 더 강하게 제어하는 것이 요구되는 것이다.[8]

현대시는 우주선에 비유해볼 수도 있을 것이다. 랭보가 "마음이여 저녁이면 점화를 하라"[9]던 광기 시인의 시대도 저물고, 서정시도 저물었지만, **샴쌍둥이해**가 내일 떠오르고, **샴쌍둥이지구**는 **지금** 떠오르는 것이다. 하얀 해와, 숱한 푸른 해들은 떠오르고, 숱한 푸른 청산은 떠오르고, 떠오르고 시는 우주로 가는 우주선이고, 우주선을 조립하듯 시 한 편, 한 구절을 하나의 부속품이라 할 수 없지만 **시는 우주로 가는 우주선이다. 우주문학**의 우주선은 이미 점화가 시작된 것이다.

기욤 아폴리네르의 "태양 잘린 목"은 절망이 정말이 되어 태양은 잘린 목이 되어 버렸다. 그 잘린 목을 보게 된 것은 "마침내 너는 옛 세계에 싫증이 났"기 때문이다. 자본의 전쟁 같은 현실과 초현실의 뒷골목에서 한 사생아 시인의 시는 태어난 것이다. 그는 자신과 처지가 비슷한 여자들을 만난다. "나는 그녀의 배에 난 상처 자국에 엄청난 연민을 느끼네" "너는 마

---

[8] 엮은이 가토 히사타케＋구보 요이치＋고즈 구니오＋다카야마 마모루＋다키구치 기요에이＋야마구치 세이이치, 옮긴이 이신철, 『헤겔사전』, 도서출판 b, 2009, 220쪽.
[9] 아르투르 랭보, 최완길 옮김, 『지옥에서 보낸 한철』, 북피아, 2006, 143～144쪽.

신다 타는 듯한 알코올을 네 삶인 양하여/ 너는 들이켠다 네 삶을 마치 화주(火酒)인 듯이". 10) 1917년 그에 의해 자신의 희곡『티레시아스의 유방』에서 초현실주의라는 말을 처음 쓴 이래, '누항(Zone)'의 비무장지대 빈민지대 지진지대 등의 공간이 몰라보게 달라져 버렸다.

유럽의 사라진 공간이 뉴욕에서 동경에서 생겨나고 베이징에서 생기고, 멀리 하노이에서도 생겨난다. 한국 서울만 보더라도 잠실 제2롯데월드 빌딩을 멀리서 보면 우주선처럼 보인다. 그 옆에서 빌딩, 건물들이 우후죽순으로 자란다. 철거되는 콘크리트, 철근을 먹고 먼지를 먹고 먼지의 우주선이 생겨난다. **우주선과 우주선의 점화는 중간지대의 연료를 필요로 한다.** 지구의 중간지대에는 등을 돌리고 달라붙은 샴쌍둥이처럼, 마치 **샴쌍둥이지구**처럼 등에서 배, 목줄기로 8번을 그은 수술 자국이 나 있다. 도시의 눈에 보이는 골목골목과 보이지 않는 중간지대, 등과 등을 맞댄 중간지대가 있는 것이다. 중간지대가 피를 흘리면 중간지대에서 일으킨 세계전쟁과 같은 살해이다.

우주시의 비석/우주문학 비석은 중간지대에 세워진 비석이다. 먼지의 비석이어서 눈에 보이지 않지만, 비문(碑文)을 지워버린 비석이거나 아예 시를 새긴 적 없는 백비(白碑)이다. 누구를 위하여 비석은 세우는 게 아니다. 샴쌍둥이지구의 중간지대에 세워진 비석은 누구를 위한 비석이 아니다. 지구를 위한 비석도 아니다. 지구가 비석이라면 원래 있었던 비석이다. 비문이 없기에 탁본도 안 되고 시를 새겨서도 안 되지만 그 자체가 시비(詩碑)일 수는 있다. 시는 우주의 비석이다.

---

10) 기욤 아폴리네르, 이규현 옮김, 「누항(陋巷)」,『알코올』, 문학과지성사, 2001, 11~18쪽.

우주문학의 선언

세 겹의 꽃잎, 네 겹의 텍스트

1. 정과리의 우주문학 텍스트

> 오늘날 우리에게 가장 필요한 것은 새것 콤플렉스로 인한 성급한
> 이념형의 성질이 아니라, 이념형의 설정이 얼마나 어려운가, 왜 어려
> 운가 하는 것을 깨닫고, 그 속에서 새로운 이념형을 추출해내려는 노
> 력이다. 그것이 없다면 한국 문학은 계속 새것 콤플렉스의 질환에서
> 못 벗어나게 될 것이다.[11]

김현의 「한국문학의 가능성」은 오늘날에도 주요한 것이다. 그것은 한국
문학이 아직 진행 중이라는 것과, 특히 지구상에서 거의 유일하게 현대시
의 역동적 힘이 느껴지는 나라는 한국밖에 없다는 맥락과 궤를 같이 한다.
그의 '서정주론'이나 '최인훈론'에 동의하며 마침표를 찍을 수 없는 이유
는, 동전의 양면 같은 그의 글의 비의와도 관련이 있다. "(서정주가) 불교
적 인생관에서, 개인의 초월성을 얻을 수 있는 이념형을 발견한 셈이다"[12]
라는 것과, "(최인훈이) 불교의 샤머니즘적 측면과 대승적 측면을 문제로
서 제기하는 선에서 계속 모색하고 있다"[13]는 것이 그것이다. "한국 문학
의 가능성은 이 의식인의 윤리에서 어떠한 이념형을 추출해낼 수 있느냐

---

11) 김형중 우찬제 이광호 엮음, 『한국 문학의 가능성』, 2015, 39쪽.
12) 위의 책, 36쪽.
13) 위의 책, 38쪽.

에 매달려 있다"[14]는 그의 말이 맞다면, 그 시대 '윤리의식'과 맞닿아 있을 것이다. 어쩌면 당연히도 그(시대)는 윤리의 '이념형 지반'을 만들려 했을 것이고, 그 이성의 주체들이 주인공이 될 수밖에 없다. 오히려 다른 한 축인, 서정주나 최인훈에게서 보이는 광기의 주체들은 제거돼 버린다. 이성 주체의 광기 주체의 살해가 일어나는 것이다. 동일한 작가의 동일한 작품에서도 일어난다. 이성 주체만의 '윤리'는 '광인 주체'를 죽게 만든다. 너무 이성 주체에 쏠려 광기 주체들의 광역의 장소성을 볼 수 없게 된다.

늪은 빠져나오려고 하면 더 늪에 빠진다. 늪의 지반에 건설하면 한국 문학은 늪에 빠져든다. 한국 문학의 지반이 강화되려면 화랑―불교―유교의 지배적 윤리 지반만으론 안된다. 적어도 세 가지 지반이 필요한데 첫째, 「백수광부가」로 대표되는 광기의 지반, 둘째, 「제망매가」로 대표되는 불교의 지반이다. 나머지 하나는, 셋째, 천체우주론의 과학의 광기가 만들어낸 **우주문명의 지반**이다. 그것은 과거―현재―미래를 통과하여 항시 현재에 있기 때문이다. 예를 들면 장례문화가 바뀐 '현재'에 조차 과학의 광기와 죽음의 광기가 만난 상엿소리는 새로운 주체를 불러낸다. 세 축이 한 곳에만 쏠릴 때, 문학의 우주 시의 우주는 심한 뒤틀림이 일어난다. 뒤틀림조차 시가 되지만 오래 견디지는 못할 것이다.

샴쌍둥이달 ⑬ ; 한국시는 한 축이, 한 축이 모여서 다양한 축을 형성해왔다. 그 축에서 한 축을 받아들이는 게 그전의 문학이고, 한 축의 세계마저 세목화해서 쪼개어 버리는 게 오늘날의 문학이라면, 앞으로의 문학은 어떤가? 정과리가 말한 "지금의 현실은 모든 문학들이 자국문학의 단계를 지나 세계문학으로, 다시 말해 지구문학으로 재편되고 있는 중이다.

---

14) 위의 책, 32쪽.

그런 사정을 아는 듯 모르는 듯, 김영산은 대뜸 '우주문학'을 선언하고 나왔다"[15]에 동의하든 안 하든, 지구의 불구성이 **샴쌍둥이지구문학**이라는 두 축을 만들어버렸다. 하나는 '나'이고 하나는 '당신'일지는 모르지만, 또 다른 '나'인 '당신'은 청산이고 숱한 푸른 블랙홀 푸른 해들로서의 시이다.

지구의 불구성과 찬연함은 오롯이 닮은 샴쌍둥이지구인 사람의 모양이다. 사람만이 아니라 **사람동물식물광물샴쌈둥이지구**도 있을 것이다. 우리 시인은 샴쌍둥이시인인 것이다. 지구 위로 **샴쌍둥이달**은 떠오르지만 낯설 게 느껴진다. 그 달은 예전의 달이 아니다. 시인들의 상상력이 먼저 달 뒤편으로 돌아가 시를 썼지만 중국 우주인은 실재로 뒤편을 돌아가 보았다. 중국인은 달 뒤편에서 무엇을 보았는가? 인류의 쓸쓸한 뒷모습, 달에 국경이 있는가? 검고 딱딱한 달, 검고 딱딱한 지구의 논문집 같다.

우주문학은 누구의 것도 아니다. 개인의 것도 각 나라의 것도 아니다. 지구의 불구성에서 샴쌍둥이를 보든 안 보든 그것도 자유다. 김수영의 말 대로라면 시는 영원히 미답이고, 정현종의 말 대로라면 사랑할 시간이 많지 않다. 사랑의 중간지대가 존재한다면 그것이 우주문학이다. 시의 중간지대가 없다면 만들어 갈 것이다. 오규원은 시는 극단이라고 했는데 어쩌면 시는 극단의 극단인지 모른다.[16] 우주문학이 극단인 것은 **어떤** 절박함에서 비롯되었다. '어떤'은 지구 현실과 시의 현실을 가리킨다. 시의 초침과 분침이 멈추지 않겠지만 시침이 멈춘다면 문제는 달라진다. 아니다, 초침 분침 시침은 하나로 작동되는 시다. 지금 한국시의 시침은 몇 시인가?

---

15) 정과리, 『현대시』 1월호, 133~134쪽.
16) 오규원의 시론 '날이미지론'에 대해서는 필자의 졸저에서 다루었다. 김영산, 「우주문학론」, 『우주문학의 카오스모스』, 81~95쪽 참조.

정과리의 〈제안, 순수한〉 (1)

이름	초현실주의	우주문학
기치	초현실	우주
상황	서양중심주의 붕괴, 1차 세계대전	문학의 사담화, SNS의 창궐, 한국문학의 몰락, 문학의 존재이유의 상실, 세계문학의 확산(서양중심의 세계문학의 실종)
주제	이성중심주의로부터의 해방, 감성의 해방, 세계 전복	명명되지 않는 것들을 언어화하기 소외된 자들, 문학적 경계 바깥에 있는 존재들, 사물들, 우주 생명
형식	문법의 파괴와 새로운 감성과 새로운 인식의 분출(가령, '여자는 남자의 미래다')	새로운 어법과 생각의 창출 주술「민간환상담론」의 문학화(김영산) 성의 해방(박정이): 기존의 관념과는 다른 해방 일상어가 어떻게 그 자체로서 시일 수 있을까(이현정) 어불성설의 언어(조연호)……
방법론	자유연상법	주술, 육체/관념의 전도, 직설의 시성……
매체	초현실주의를 표방한 다양한 활자 및 영상 매체	『포에트리 슬램』, 『우주문학: 새로운 대항해시대』, 기타 등등
보충		고금과 세계의 여러 동반자적 문학의 발굴과 소개 예: 세계의 성해방 시들 모음, 비유를 거부하는 시들,
확장	공산주의와의 연대, 지식인들의 공감	동지 모으기와 대중의 아래로 들어가기(?)
연대	문인 & 예술가	예술, 자연과학자들과의 연대
소멸의 위험	끝없는 노선 투쟁과 앙드레 브르통의 독점. 동지들의 배제	다양한 방향으로의 확산 속에 여하히 융합할 것인가. 인정과 토론

정과리의 〈우주문학(가칭) 시도〉 (2)

1. 동료 모으기

2. 참조할 작가, 시인들:
A. 잘 알려져 있는 사람들: 랭보, 초현실주의자들, 말라르메, 보들레르, 조이스, 베케트
B. 비교적 새로운 사람들: 페소아, 파바로티, 카바피, 나보코프, 헨리 미러, 아나이스 닌
C. 문화, 영화: 데이비드 린치, 스탠리 큐브릭,

3. 기법적 실험: 자동기술법을 넘어서
A. 주술과 직언의 혼합
B. 일상과 초현실의 혼합
C. 성의 자유와 책임의 혼합

4. 이념의 구성
A. 『초현실주의 선언』: 잠재된 것의 폭발
B. 이성복: 입이 없는 것들의 발화
C. 새로운 전망: 있는 것과 없는 것의 새로운 방식의 결합
D. 새로운 대항해시대 (모든 인류, 모든 생명들과의 교융)

샴쌍둥이지구의 날예술 ⑭; 정과리(불문학자)에 의하면 최근 프랑스에선 날예술 운동이 일어나고 있다고 한다. 장 미셸셸 바스키아, 파울 클레 등 많은 미술가들이 여기에 동참하며, 이 예술운동이 문학에도 영향을 미친다고 한다. 순수성 의도적 미숙함, 단순성, 우아미, 낙서 같은 그림, 새로운 시각 권위 철폐, 의도적인 바보 같은 맘 등이 그것이다. 전쟁이나 현대에 지친 사람들이 얻고 싶은 것, 초현실주의하고는 조금 다르고, 논리적이고 멋진 영국의 데이비드 호크니의 그림하고도 다르다.

한국에서는 오규원의 『날이미지와 시』가 있는데, 「은유적 체계와 환유적 체계」의 맨 마지막 문단을 보면 **우주문학**의 실마리를 엿볼 수 있다. "우리는 곧잘 언어가 의미하기보다 인간이 언어를 통해 의미로 사고하기

때문이라는 점을 잊는다. 마찬가지로 언어가 의미를 결정하기보다 언어체계가 의미를 형성한다는 점도 잊는다. 이런 망각이 의미와 언어체계에 대한 반성을 밀어내고, 지금도 지배적인 언어체계인 은유의 축을 편애한다. 진리는 명사로 명명되고 대치된다. 그러나 진리는 그것만은 아니다. 진리는 동사로 발견되고 서술되기도 한다. 진리를 사랑하는 사람들은 이 점 또한 한번 생각해볼 일이다."[17] 오규원은 어떻게 알았을까? 움직이지 않는 언어(명사)와 움직이는 언어(동사·서술어)가 어떻게 작동되는가를, 마치 움직이지 않는 '정상우주론'과 급팽창하는 '빅뱅우주론'의 한 극단을 보는 것 같다. 움직이는 언어체계의 사유와 움직이지 않는 언어체계의 사유는 다르다. 그는 언어의 우주와 대우주가 다르지 않음을 알아버린 것이다. 언어의 우주 시인은 언어로 살 수밖에 없고, 그래서 언어를 사용하는 인류는 모두 **시**인 것이다.

2. 김영산의 우주문학 텍스트

샴쌍둥이지구의 불구성 ⑮; 지구의 불구성/시의 불구성은 다르지 않다. 지구가 아프면 시도 아프고, 지구가 전쟁을 하면 시도 전쟁을 한다. "초현실주의가 제1차 세계대전의 파괴를 짚고, 전장에서 나온 예술운동이라면 우주문학은 지구 전체의 파괴를 짚고, 지구 전장에서 나온 예술운동 이상의 그 무엇이다."[18] 제2차 세계대전의 희생양이기도 한 발터 벤야민도 마찬가지인데, "1930년대 망명시절 대부분을 <파사주 Passagenwerk> 프로젝트에 몰두하면서 지낸다. 이 작업은 파시즘에 점령당한 유럽 대륙에

---

17) 오규원, 『날이미지와 시』, 문학과지성사, 2005, 25쪽.
18) 본고의 서론 1 참조.

체류한다는 것 자체가 생사를 건 모험이 되는데도 그가 유럽을 떠나지 못하게 만든 근본적인 이유가 되었다. (…) <파사주> 프로젝트의 중심에 놓이게 될 개념은 '상품의 물신성'이었다(Walter Benjamin/Gershom Scholem, 1980: 195)."[19] "벤야민은 부르주아지의 폐허에 대해 최초로 언급한 사람은 발자크이지만 이 폐허에 대한 시야를 활짝 열어 보인 것은 초현실주의자라고 평가한다. (…) 그리고 이를 위해 요청되는 것은 바로 벤야민 스스로 "비관주의를 조직하기"(BGS Vol. II/1, 308)라고 명명했던 구성적 몽타주이다."[20]

이 파사주에 대한 관음증적인 '거리산보자'는 그 장소(주체)의 광인 주체이기도 한 것이다. 광기의 장소성이 광기 주체들을 불러 모으고, 광기의 장소로 만들어 버린다. 광인 주체들은 광인 장소 어디나, 과거 현재 미래 어디나 지구의 광기의 장소로 생겨나고 증발하고, 지구의 광기의 주체로 되돌아오는 것이다. 지구의 "백화점은 이러한 산책까지도 매출에 이용하고 있다. 아무튼 백화점은 산책에 마지막으로 남겨진 장소이다."[21] 그 장소는 시의 산보자(광인) 주체가 돌아오는 장소이기도 한데, **시의 백화점**은 저마다 다른 새로운 시로 채워지며 그 광기조차 팔고 있는 것이다. 여기서 필자가 보기엔, 보들레르처럼 광기의 장소—주체가 몸이 바뀌는 **시삼쌍둥이**가 태어나는 것이다. 보들레르의 현대성도 불구성이었지만 지금 지구의 불구성과는 다르다. 그가 19세기 불모성—불구성이었다면 21세기 불구성은 불구성—불구성이다. 즉 **샴쌍둥이지구**처럼 지구의 불구성이 생겨난다. 지구의 불구성—사람의 불구성이 하나로 붙어버린 것이다.

---

19) 『발터 벤야민:모더니티와 도시』, 홍준기 엮음, 라움, 2010, 302쪽.
20) 위의 책, 304~305쪽.
21) 발터 벤야민, 조형준 옮김, 『아케이드 프로젝트 Ⅰ』, 새물결, 2005, 127쪽.

인류는 서 있는 게 아니라 등을 붙이고 돌고 돈다(걸어간다). 죽어서야 등을 떼어낼 수 있는데 그것은 누가 등을 떠밀어서이다. 그가 누구인지 우리는 모른다. 지구의 등을 업고 걸어가야 하고 누구나 등을 떼어내면 죽는다. 등의 장소는 지구의 등의 장소이다. 지구가 등을 돌린다는 건 사람이 등을 돌린다는 것이다. "결국 새롭다는 것은 영겁의 벌을 받아야 할 속성처럼 보인다."[22]

샴쌍둥이지구의 우주군 ⑯;

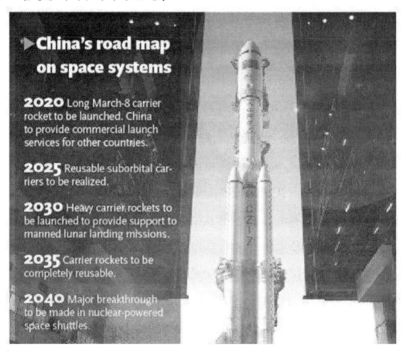

우리가 믿었던 현실이 지구의 대지였다면 실재하는 **우주대지**가 생겨난다. 하늘이라고만 믿었던 게 땅이었다니, 부동산이 생겨난다. 우

---

22) 위의 책, 138쪽.

리 예감은 슬프다. 우리 시의 물음은 계속된다. ― **우주제국주의는 가능한가.** 미국 대통령 트럼프는 자신의 SNS에 2020년까지 미국이 **우주군**을 창설한다고 한다. *김영산, 「우주문학은 가능한가」, 『우주문학의 카오스모스』, 국학자료원, 2018, 35쪽.)

필자의 **우주군**이란 시를 텍스트로 쓴다. 우주 **중력문명 시대**는 중력이 허공이 아니라, 땅이라는 사실을 감지한 나라들의 **새로운 우주전쟁** 시대라는 걸 밝히기 위해서이다. 그 나라 과학자와 인문학자와 금융가와 정치가가 군대를 먼저 파견하는 것이다. 중력은 허공이면서 동시에 땅이기에, 땅이면서 허공이기에 무궁무진한가? 아니다 **땅의 사유라면 무궁무진하지 않다.** '움직이는 땅'이기에 움직이는 주체들을 유인한다. 이성의 주체들과 광기의 주체들을 호명하며 호출한다. 이성의 광기가 가장 강한 군대는 미국과 중국 일본 러시아 등이다. 지구의 광기가, 미국으로 중국으로 번져나간다. 강대국들의 인류지배 야욕은 우주 지배야욕으로 드러나고, 우주 지배야욕은 지구지배 야욕으로 다시 되돌아온다. 카오스모스처럼 평화세력과 전쟁세력은 맞물려있다. 사피엔스의 평화 속에는 반드시 전쟁이 숨어있고, 전쟁 속에는 평화가 숨어있다. 우주에는 중력만 있는 게 아니라 척력이 있고, 암흑물질 암흑에너지가 있고 **인간이 암흑물질인지모른다.** 호모 사피엔스의 광기의 주체는 우주의 광기의 주체이다. 이 광기 주체들은 어디에도 머무를 수 없어 끝없는 미답의 영역으로 나가야 한다. 이상의 어투를 빌리면 '절벽이 움직인다는 것일 게다.' 사피엔스는 절벽이 움직인다는 것을 알고 본능적으로 움직인다. 절벽을 오르고 올라도 절벽인, 흐르는 절벽, 시공 사이의 절벽에 산다. 우주가 '움직이는 영토'라는 게 밝혀지고, 우주의 장소성은 중력파의 발견으로, 초현실이 아니라 현실이 된다. 사피엔스의 뇌의 영토는 더 이상 지구만의 영토를 견디지 못한다. 우주는 땅이고, 우주군은 지상군이다. 사피엔스 뇌의 광기와 이성의 싸움, 그 푸른 해를 보면 (그 우주 눈을 보라!) 트럼프가 말하는 우주군은 빙산의 일각일 것이다.

지구의 문법은 핵분열의 문법이고 우주의 문법은 핵융합의 문법이기에 조금만 **우주눈**으로 지구별을 바라보면, **지구의 국경은 공동묘지 구획에 지나지 않겠지만** 지구의 국가주의는 우주 국가주의로 증식된다. 이성의 권력은 광기화 되어 광기 주체들의 군대를 만든다. 이 광기의 군대의 증식은 증발로 이어지고 증발의 증식으로 이어지며 계속될 것이다. 광기주체들의 쿼크들은 계속 생산되어 매혹과 하층의 쿼크들을 증식하고, 반쿼크들과도 광기를 결합한다. 즉 광기의 주체들은 원소 핵의 '내부 구조가 없는 쿼크'처럼 내부 구조가 없이 요동치는 무(無)의 주체들이다. 이 무는 완전한 무가 아니라, 디랙방정식[23]에서도 알 수 있듯이 "'무'의 상태와 '유'의 상태 사이에서 요동치고 있다."[24] 더 이상 쪼갤 수 없는 근원이 광기이고 그 구조도 없는 지대에서 증식하는 광기의 군대들을 광기의 국가가 우주제국을 건설하기 위해 우주군으로 입영시킨다.

샴쌍둥이지구의 우주목(宇宙木) (1) ⑰; 지구의 불구성은 시의 불구성으로 이어지지만, 시의 나무는 모여 지구의 숲을 이룬다. 우주문학은 각 나라 각각의 나무이다. 그 나무들의 고유한 품종과 특성이 있어야 우주문학의 숲을 이룬다. 오히려 자본에 훼손되지 않는, 미 대륙이나 유럽의 문

---

23) 앤드루 포퍼, 앞의 책, 94쪽 참조.
24) 와다 스미오, 앞의 책, 110쪽.

화만이 아니라 우리 「백수광부가」 등의 고대 시가의 원시성, 순수—광기 주체들을 불러낼 필요가 있다. 시는 극단만이 아니라 극단의 극단이듯이 시의 중도적 가치를 지향하는 게 우주문학이다. 하얀 해와 숱한 푸른 블랙홀 숱한 푸른 해들의 중심의 중심 그 중간지대, 그 중도적 화쟁의 광기가 우주문학의 에너지이다. 우주의 움직이는 대지는 좌표도 없고 우주 국경도 없고 각 나라만의 청산 「청산별곡」도 없다. 그러니, 우주문학의 숲은 폐쇄적인 게 아니라 모두에게 공평하게 산소를 공급하는 숲이 되어야 한다. 우주로 점화하여 쏘아 올려진 우주선이기 전에—**우주문학은 신화와 천체우주론의 두 레일에서 달리는 설국열차[25]와 같다.**

샴쌍둥이지구의 우주목(宇宙木) (2) ⑱;[26] 스테파노 만쿠소(S. Mancuso)·알레산드라 비올라(A. Viola)는 『매혹하는 식물의 뇌』에서 인도 최초의 현대적 과학자 자가디시 찬드라 보즈(1858－1937)의 말을 빌려 "나무들에게도 우리와 같은 삶이 있다. 그들도 먹고 성장하며, 가난과 슬픔과 고통에 직면한다. 그들도 굶주리면 도둑질과 강도짓을 하지만, 서로 돕고 친구를 사귀며 자손을 위해 자신의 삶을 희생할 줄도 안다."[27]라고 했다.

이승우의 『식물들의 사생활』[28]도 이와 유사한 생물학적 사유와 신화적 사유가 동시에 공존하며 갈등하는 기법을 쓴 소설이다. 우주 진화론 속에 중요하게 대두되는 '인간의 뇌'보다는, 자크 브로스(J. Brosse)의 『나무의 신화』[29]

---

25) 지구의 위기와 지구의 불구성을 다룬 2013년에 상영된 송강호·크리스 에반스 주연, 봉준호 감독의 영화.
26) 수정하여 부분 재인용 함. 김영산, 「우주의 장례를 치르는 세 가지 방법」, 『우주문학의 카오스모스』, 59~79쪽 참조.
27) 스테파노 만쿠소·알레산드라 비올라, 양병찬 옮김, 『매혹하는 식물의 뇌』, 행성B이오스, 2016, 232쪽.
28) 이승우, 『식물들의 사생활』, 문학동네, 2014.

에 나오는 '우주 신화론'에 가깝지만 겹겹이 진화론의 과학적 관점도 발견된다.

"식물들"도 "사생활"이 있다. 그것은 단순한 의인화가 아니라, 실재 "식물들의 사생활"이고, '인간 = 식물'이란 공식을 낳는다. '인간 = 동물'이라는 공식을 폐기처분하는 게 아니라, '식물 = 동물 = 인간'으로 승화시킨 것이다. 인간을 산소(O2)라 하면 어떤가? '기체의 사생활'이나 '광물성의 사생활'이라 해도 무방한 공식이 생겨난다. 모든 일은 우주목에서 비롯된다. 실제로 '인간=우주나무'라는 신화성에 자연과학적 현실의 공식을 촉매제로 해서 '우주 수목장'이라는 우주 장례식을 치른다. 우주 장례는 우주 혼례라는 것을 염두에 두면, **두 남녀 1**(우현의 친아빠와 어머니)과 **두 남녀 2**(우현과 순미)의 우주 혼례식을 치르는 것이다.

> 그녀는 평상에서 몸을 일으키더니 야자나무 뒤로 돌아갔다. 야자나무가 그녀의 몸을 가렸다. 내 눈에는 그녀의 몸이 야자나무의 반듯하고 늘씬한 몸통 속으로 들어간 것처럼 보였다. 그러나 그녀는 오래 기다리게 하지 않았다. 그녀가 야자나무 뒤에서 모습을 드러냈을 때(내 눈에는 그녀의 몸이 야자나무 줄기 속에서 빠져나온 것처럼 보였다), 그녀는 아무것도 걸치지 않은 알몸이었다. 마치 야자나무에서 막 태어난 것 같은 알몸이었다. 에덴동산의 최초의 사람이 그랬던 것처럼 그녀의 몸을 가린 것은 아무것도 없었다.
>
> (…)
>
> 그녀의 입술이 그의 입술 위에 놓였다. 그들의 몸은 대칭을 이루며 한 몸을 만들었다. 그들의 몸은 대칭을 이루며 한 그루의 나무가 되었다. 마치 이제야 완전한 한 몸을 찾은 것처럼 그들의 몸은 자연스럽고 아름답고 신성해 보이기까지 했다. 하늘과 땅, 그리고 바다, 어쩌면 지하

---

29) 자크 브로스, 주향은 옮김, 『나무의 신화』, 이학사, 1998.

세계까지 관통하고 있을 한 그루의 야생의 나무가 감정과 감각의 체
계를 헝클어놓았기 때문일까.(128~129면)

　　남천이 무대다. 바닷물은 쉼없이 벼랑을 핥았다. 벼랑 위에는 하늘
을 떠받치고 있는, 하늘만 아니라 시간까지도 떠받치고 있는, 태초부
터 그 자리에 서 있었던 것 같은 야자나무가 한 그루 있다. 야자나무
아래 한 여자가 서 있다. 여자는 옷을 입지 않았다. 옷을 벗은 순수, 그
녀의 이름은 순미다. 그리고 형이 그 앞에 있다. 형은 내가 사준 사진
기를 들고 있다. 내가 형에게 카메라를 사준 것은 형의 카메라를 팔아
치운 사람이 나이기 때문이고, 형의 손에서 카메라를 빼앗은 사람이
나이기 때문이고, 형으로 하여금 다시는 카메라를 들지 않겠다고 결
심하게 한 사람이 나이기 때문이다.(268~269면)

　우현과 기현은 형제이고, 동생 기현은 이 소설을 끌어가는 유일한 주체이다.
그는 형의 카메라를 훔치고, 그 카메라를 전당포에 팔게 되는데 그로 인해
형은 군대에 끌려가 사고를 당해 두 다리를 잃는다. 카메라 속 필름 때문인
데, 형이 수많은 시위 현장을 찍은 게 당시 보안당국에 의해 발각된 것이다.
동생 기현이 카메라를 훔친, 보다 근본적인 이유는 형의 애인 순미를 사랑
해서이지만, 그렇더라도 그가 형의 비극을 다 만들었다고는 볼 수 없다.

　가족의 비극은 두 세대에 걸쳐 있다. 어머니가 사랑한, 당시 정권의 실
세인 사위(우현의 친아빠)와, 어머니의 이루지 못한 사랑의 비극이 그 뿌
리인 것이다. 개인만의 비극이 아니라, 배후에 사회의 비극이 있는 이중,
삼중의 비극이다. 그중 하나가, 큰아들 우현의 비극이다. 큰아들이 "훈련
도중 터진 폭발물에 다리를 잃고 집으로 돌아"(38면)온다. 그런데 그가
"손으로 자위를 하고, 아무데나 정액을 묻혀놓고"(39면), 어머니가 그런
아들을 업고 사창가를 떠돌며 욕구를 해결해주는 장면을 작은아들에게

들키게 된다. "어머니는 며칠 전의 그 연꽃시장 일을 나에게 해명"(39면)하고, 대신 기현이 형을 데리고 모텔에 다니는 비극적 장면은 '나무가 되는 신성한 성행위의식'과는 반대편에서 이루어진다고 볼 수 있다. 그 장소는 성소가 아니라 세속의 연꽃시장 저잣거리의 장소이고, '사창가의 성소'이다. 왜냐하면, 기현의 입을 빌려 절정의 한 대목에서 나오는(해설의 한 대목에서도 나오는), 신성한 나무는 "그 숲속 어딘가에 심어져 있는 것이 아니라 사람의 마음에 심어져 있는 것이라는 생각"(285면) 때문이다.

"여기서 내 첫아이를 낳았다."(169면)고 어머니가 선언한 장소가 바로 남천이다. 평론가 신형철이 해설에서 언급한 대로 남천은 "성소(聖所)"이다.(271면) 남천에 야자나무를 심은 사람이 우현의 친아빠인데, 우현 엄마와 삼십 년간의 별리 속에서도 무럭무럭 자란다. 두 사람이 삼십 년 만에 해후 한 곳도 야자나무가 있는 남천이다. 위 인용문의 내용은 우현의 친아빠가 어머니와 만나 숨을 거두기 전에, 마지막 성행위를 하는 상황을 보여준다. 이 장면이 오히려 거룩하게 느껴지는 것은 "남천"은 '성소'이고, "야자나무"가 자라고 있기 때문이다. "야자나무에서 막 태어난 것 같은 알몸"의 어머니를 기현은 지켜보면서, "완전한 한 몸을 찾은 것처럼 그들의 몸은 자연스럽고 아름답고 신성해 보"인다고 생각한다. 그것은 "하늘과 땅, 그리고 바다, 어쩌면 지하세계까지 관통하고 있을 한 그루의 야생의 나무"를 보아서이다.

우주목(宇宙木)은 자연적인 동시에 초자연적이며, 물질적인 동시에 추상적인 우주를 지배하고 있는 축으로 세계의 중심 기둥이다. 일반적으로 알려져 있는 신화들을 보면 우리는 매우 오래된 하나의 사실을 발

견할 수 있는데, 그것은 나무들이 삼세계, 즉 땅 속 깊은 곳과 땅의 표
면과 하늘을 서로 연결하는 통로로서의 특권을 부여 받았고, 그래서 특
히 신의 현존을 드러내는 존재로 여겨지고 있었다는 것이다.[30)

자크 브로스의 『나무의 신화』를 보면 우주목이 여러 대륙의 신화를 떠
받치는 나무임을 알 수 있다. 즉 이 우주나무는 "북유럽의 경우에는 이그
드라실 물푸레나무로, 북아시아의 경우는 전나무로, 시베리아 지방의 경
우는 자작나무, 그리고 인도의 경우는 거꾸로 선 아슈밧타 나무로 각각
나타"난다. 천상과 지상과 지하를 관통하는 우주목, "이처럼 강력한 힘을
가진 우주목도 끊임없이 위협을 받"는데, "전 우주에 걸친 화재에도 불타
지 않은 물푸레나무 숲에서 한 쌍의 남녀가 기적적으로 살아남았으니, 그
들이 바로 리프와 리프트라지르이다. 이들은 아침에 핀 장미를 양식으로
하여 새로운 인류의 조상이 된다."[31)

우주목에 대한 우현의 "혼잣말"에서 신화는 되살아나 작동된다. "저 속
으로 들어가서 하늘만 아니라 시간까지도 떠받치고 있는 그 거대한 물푸
레나무를 만져보고 싶다는 꿈을 꾸곤 해."(45면) 모든 사랑의 행위는 물푸
레나무와 연관이 있다. 기현이 자신 때문에 불구가 된 우현에 대한 죄책
감으로 형을 돕고, 이 소설에서 성자처럼 등장하는 아버지(기현의 친아
빠, 우현의 의붓아빠)가 어머니의 옛 사랑을 돕고, 다시 기현이 자신 때문
에 형과 헤어진 순미를 찾고, 형부에게서 성폭력과 "폭력"을 당하고도
"저항을 하지 않"(202면)는 순미를 탈출시킨다. 기현이나 기현이 친아빠

---

30) 위의 책, 6쪽.
31) 위의 책, 16, 20, 371쪽.

가 옛사랑을 돕는 장면은, 화재의 전쟁 속에서도 '우주의 사랑'을 살려내는 우주의 물푸레나무의 신화와 닮았다.

　신화의 물푸레나무는 남천의 야자나무가 된다. 하지만 아직 꿈이다. "내 꿈은 다음날 있을 일에 대한 예고편과도 같은 것이다."(268면)라고 하지만, "어떤 경우에도 완전한 자유란 없다는 사실을 나는 또한 뼈저리게 절감하고 있다."(269면) 그래서 아직 꿈이지만 "야자나무 아래 한 여자가 서 있"고, "여자는 옷을 입지 않"고 있고, "옷을 벗은 순수, 그녀의 이름은 순미"로 늘 존재한다. 물론 형과 '나' 사이에서 우주나무로 존재하는 것이다. "순미의 몸이 형의 카메라 안에 담"기고, "형은 다시 카메라를 통해 세상을"(269면) 볼 때, 우주나무는 살아 있는 나무가 된다. 그것은 두 나무로 표상되는 '어머니 우주목'과 '아들의 우주목'이 하나일 때 가능하다. 그래서 어머니 우주목은 결국 정사를 치르고, '아비의 우주목'이 죽지만, '아들의 우주목'이 생겨난 것이다.

　"하늘만 아니라 시간까지도 떠받치고 있는, 태초부터 그 자리에 서 있었던 것 같은 야자나무 한 그루"에게는 "삼십 년"이란 세월도 "형이 셔터를 누를 때마다 내 심장이 찰칵 소리를"(269면) 내는 짧은 순간일 뿐이다. 어머니와 아버지의 우주목 장례는 자연스레 우주 혼례로 우주목이 자라나는 데 역설이 있다. 기현의 친아빠 장례식에 "조문객"으로 온, "그때는 사정이 워낙 나빴"(172면)다고 변명하는 '가해자이면서 피해자'인 노인에게서 70—80년대 그 시대의 장례식을 읽을 수 있다. 그렇지만,『식물들의 사생활』의 장례식은 자연의 장례인 수목장이고, '나무의 장례'로 우주의 장례로 확장된다. 당연히 장례식은 '나무의 혼례'로 이어져, 불구가 된 우현과 순미를 남천으로 데리고 가서, 살아있는 우주목인 '나무인간'으로,

야자나무의 혼례식을 치른다는 공식이 성립되는 것이다.

우주목은 살아 있는 **우주비석**인 것이다. "미시 입자가 '거시적인 혼적'을 만들어 내는 것"[32]과 같은 비석이다. 즉 김소월의 시를 통해 보면 "불귀(不歸), 불귀, 다시 불귀"(산)는 돌아올 수 없다는 것만이 아니라, 우리가 청산에 돌아갈 수 없다는 의미이기도 **한 것이다.** 우리의 광기 주체 역시, "반은 죽고 반은 살아 있는 고양이"[33]처럼 **광기의 비석**은 생사가 공존할 수 **있다는 것이다.** 우주목은 살아 있는 우주 비목(碑木)이고 비석이다. 이말은 나무만이 아니라, 들뢰즈의 그 식물성 나무나 리좀의 뿌리들이, (비)광물성, 동물성, 식물성, 물질/반물질 구분 없이, 암흑물질 암흑에너지, 중력 척력 구분 없이 뻗어가는 거대한 우주목처럼 무슨 나무, 무슨 뿌리, 무슨 얼굴인지 **모른다는 것이다.** 우리가 모르는 얼굴은 짓뭉갤 수도, 어떤 나무인지 모르는, 어떤 뿌리인지 모르는 나무는 (n × 2)로 광기로 증폭되어, 우주 광기로 증폭 되어, 얼굴(주체)이 부풀어 올라, 등을 구부리고 웅크린 **샴쌍둥이우주목**이 되고, **샴쌍둥이우주비석**이 되어 그 새로운 얼굴을 우리에게 보여준다. 얼굴이 얼굴이 아니고 비석인 것은 비석의 얼굴이고 얼굴의 비석이고, 인류의 피라미드가 아니라 우주의 **역피라미드인 것이다.** 우주비석+우주목⇒역피라미드이고 피라미드가 거꾸로 박히는 역피라미드 같은 것, 지구의 우주로 점화할 게 아니라 우주의 지구로 점화하여 바라보는 시선, 그 **우주눈**은 빅뱅—우주의 역피라미드로 **눈을 뜨는 것이다.** 우리는 우주눈에서 '광기의 눈'을 보고 광기의 눈에서 우주눈을 본다.

---

32) "관측에 대해 합의된 정의는 없지만, 미시 입자의 관측이란 미시 입자가 '거시적인 혼적'을 만들어 내는 것이라고 생각해도 좋습니다." 와다 스미오 감수, 앞의 책, 74쪽.
33) 위의 책, 75쪽.

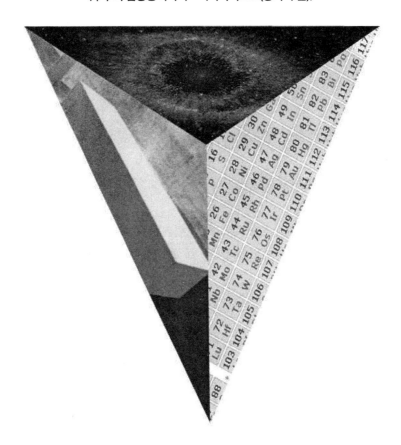

3. 이현정의 우주문학 텍스트

샴쌍둥이지구의 하얀 별의 여성성⑲—1;[35] 우주문학이 궁극의 목표라

고 생각했던 본고의 시작을 수정하게 만든 계기가 되었다. '우주문학'은

---

34) 김영산 『詩魔』 표지 사진.

35) '김영산론'을 쓴 이현정의 '『하얀 별』 시집 분석 논문' 부분 재인용함. 『포에트리 슬램』 창
    간호(2017) 발표 필자의 졸저에 재수록함. 김영산, 『우주문학의 카오스모스』, 191~196쪽.

김영산 시인이 이루고자 하는 문학의 첫 발걸음이며, 가장 마지막에 닿고 싶은 곳은 다른 곳에 있다는 것을 알게 된다. 그곳은 어디인가. 김영산의 우주문학은 가능성이 있는가. 필자는 김영산의 문학이 불가능성을 향해 돌진하는 '불가능한 불화'라고 말하고 싶다. 김영산의 '시설'의 인물은 다음과 같이 새로운 길을 창조하고 있다. 시적 인물의 관계는 반복되고 변모하며, 소멸해버리거나 물려준다. 그 세부적인 내용은 다음과 같으며 시론의 가장 높은 도착지는 어디인지 알게 된다.

Ⓐ
그 상복 입은 여자는 평생 상복만 입다 죽을 것 같다고 내게 고백한다. "당신은 무덤을 껴안고 살고 나는 시를 껴안고 살았군요." 나는 격정의 시 앞에서 참을 수 없을 때면 자해를 한다고 고백했다. 내 시는 자해를 한다! 고백은 끈적끈적한 울음과 닮았다. 자해는 자위와 닮았다. 모든 쾌락은 닮았다! 생의 쾌락은 죽음의 쾌락인지 모른다?

Ⓑ
고백은 어디까지나 고백일 뿐이다. 고백은 고백을 낳지만 자해와 자위만큼 다르다. 모든 쾌락이 닮았다는 것 외엔 아주 다르다. 그녀와 나는 서로 다른 별을 바라보며 산 것이다. 그녀의 별은 이미 사라져서 그 흔적만 흘러 다니고 나는 곧 사라질 별의 흔적을 미리 지우는 것이다.

Ⓒ
나는 내 시를 애무하며 살았다고 그녀에게 고백했다. 모든 육신의 쾌락은 죽음의 쾌락인지 모른다? 그녀의 별을 어루만지는 일은 가능할까. 이미 없어진 별의 빛이 몇 억 광년을 흘러와 사랑이 되었다면 사랑은 죽음이라는 공식이 성립된다. 곧 사라질 별의 흔적을 미리 지웠다면 내 시는 자해라는 공식이 성립된다.

Ⓓ

별의 각질을 벗기는 시인이 있지만 별의 외투를 벗겨내는 시인도 있다. 붉은 옷 파란 옷을 입고 사는 별도 있지만 하얀 옷을 입고 사는 별은 죽음을 기다리는 것이다. 그 죽음의 검은 옷조차 생이 된 블랙홀이란 별도 있다. 마지막 붕괴되기 직전에야 별은 외투를 다른 별에게 건네준다.

Ⓔ

그녀는 하얀 별, 아름다운 옷이 발목을 잡는다. 아름다움에 발목 잡혀본 자는 안다. 왜 아름다운 것은 불편한가, 아름다움은 죽음이라는 걸, 별이여, 하얀 별이여! 그녀는 하얀 별인 것이다. 죽지도 못하고 우주에 떠 있는 미이라 같은 별, 그녀는 우주에서 자신을 다 태우고 떠 있는 하얀 별

―중략―

Ⓕ

서로의 고백이 우주가 되고 별이 될 줄 몰랐다 그녀와 나는 우리 근원을 이야기했던 것이다.

―중략―

Ⓖ

우주의 골목 수공업 지대에 재봉틀이 옷을 깁는다. 하얀 별에는 하얀 실밥 날린다. 그 재봉틀 재단대 옆에는 재단한 하얀 천 조각 쌓인다. 별의 흔적에는 실밥이 묻어 있다. 수술 자국 아물 겨를 없이! 무덤의 뚜껑을 열면 관 속에 얼룩으로 남았다. 수의에 배인 얼룩 환하다! 하얀 별은 자신을 다 태워 해쓱해진 별.

― 「詩魔―십우도(여덟)」부분, 『하얀 별』, 50~55쪽

<〈『詩魔─십우도(여덟)』을 블랙홀의 생성 과정에 비추어 고찰한 모형〉

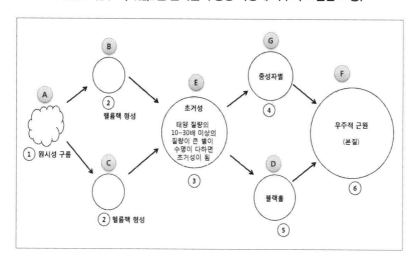

위 시를 블랙홀이 탄생하는 생성과정에 맞추어 분석해 보았다. 과학적인 설명과 근거와 시적 해설은 아래와 같다.

① 먼지와 가스로 어우러진 원시성 구름이 중력에 의해서 붕괴하면서 별이 형성된다.

② 수소 연료가 소진되면서 헬륨 핵이 형성된다. 가스 덮개가 팽창하기 시작한다.

③ 태양 질량의 10배~30배 이상에 달하는 질량이 큰 별이 수명을 다하면 초거성이 된다.

④ 태양 질량의 10배에 해당하는 별이 중력붕괴하면 중성자별이 된다.

⑤ 태양 질량의 30배 이상인 별이 중력붕괴를 일으키면 블랙홀이 된다.36)

⑥ 김영산의 시와 우주의 像이 합일되는 지점이다. 우주적 근원은 문학

---

36)스티븐 호킹,『시간의 역사』, 102~107쪽.

의 근원과 그 길을 같이 한다. 아무도 알 수 없는 지점을 향해 과학자와 시인이 나아간다. 예를 들면, 위의 시구 중에서 Ⓕ가 이 부분에 해당한다.

Ⓐ— '상복 입은 여자'와 '나' : 여기서 상복 입은 여자는 죽음에 쾌락을 느끼지만 '나'는 자해하고 자위한다. 시를 경이로운 층위에 두고 싶지만 자해와 자위의 도구일 뿐이다. 즉 상복 입은 여자를 하위에 둔다.

Ⓑ— '그녀와 나' : 서로 다른 별을 보며 살아온 존재들, 흔적이라는 것은 삶이고 별은 이상이다. 둘은 동등한 위치에 있다. 이 두 인물을 동등하게 만드는 것은 '고백'의 형식이다. 고백은 모든 이유를 평행하게 만든다.

Ⓒ— 여기서 시적 인물은 '시' : 시라는 중심은 나를 애무하게 만들고 그녀의 별을 어루만지게 한다. 시는 드러나지만 '그녀와 나'는 시 밖에서 서로를 접촉하고 싶어 한다. 시는 이 둘의 관계와 멀어진다. 시는 혼자서 자해한다.

Ⓓ— '시인인 나'는 예술의 자리로 돌아온다 : 각질은 순수한 육체의 표면이고 외투는 현실의 표면이다. 시인은 이 모든 것을 벗고 싶어 하는 존재이다. 여기서 '그녀와 나'는 사라지고 '시적 인물'시도 사라진다. 여기서 '하얀 별'이 등장한다. '하얀 별'은 인간들이 경험했던 죽음을 경험하고 싶어 한다. '하얀 별'은 다른 인물의 등장이다. 그전의 인물들은 모두 사라진다. 외투를 다른 별에게 건네준다는 것은 '내면의 위선을 버리지는 못하고 다른 존재에게 물려준다'는 것이다. '시인인 나'는 참담하다.

ⓔ– '하얀 별' : 하얀 별은 발견했을 때의 새롭고 긴장되는 별이 아니다. 하얀 별은 벌써 자신을 다 태운다. 우주의 시간은 차원의 문제라서 어떻게 끝나는지 체험할 수 없다. 그러나 인간이 지구에서 겪는 죽음처럼 별이 우주에서 죽는 경험은 일치한다. 죽거나 살아있는 별의 모습을 그 거리로 인해 아름답다. "왜 아름다운 것은 불편한가"

ⓕ–'근원' 여기서 시적 인물은 근원이다. : '그녀와 나'는 상상으로 만난다. "서로의 고백이 우주가 되고 별이 될 줄 몰랐다"고, 근원은 고백처럼 처음으로 돌아오는 것이다. 우주의 별도 지구의 인간도 근원에 대해 알고 있다. "그녀와 나는 우리 근원을 이야기했던 것이다."이 부분에서 김영산의 주제의식이 나타난다. 우주시를 통해 우리에게 전달하고자 했던 것은 '근원'임이 밝혀진다.

ⓖ– 여기서 시적 인물은 '하얀 옷'이다 : ⓓ에서 별은 외투를 다른 별에게 넘겨주었다. 하얀 별은 하얀 옷이 필요하다. 재봉틀로 하얀 옷을 만든다. 무엇인가를 만드는 행위는 인간이 노동을 하거나 발명하는 행위이다. 지구에서 별이 생성되는 일도 우주의 노동이며 우주가 발명하는 행위이다. 두 가지를 대치시키기 위해 김영산 시인은 하얀 별에게 하얀 옷을 입힐 것이다. 여기서 '하얀'색은 죽음을 상징한다고 하였다. 하지만 '하얀 별'은 영원한 삶을 의미한다. 영원히 눈부신 생을 살라고 우리는 죽은 이에게 수의를 입힌다. 수의를 입고 인간은 다른 세계로 간다. 죽음은 끝나지 않는다.

샴쌍둥이지구의 하얀 별의 '우주모성(宇宙母性)'⑲—2;[37] "조지 스무트와 키 데이비슨이 쓴『우주의 역사』를 보면 스티븐 호킹의 찬사로부터 시작된다. 우주 탄생의 비밀을 여는 열쇠가 될 '시간의 주름'은 금세기의 과학적 발견이다. 우주는 빅뱅 이후 어둠과 빛이 한 몸으로 뒹굴고 있었다. 38만 년이 지나 비로소 암흑에서 빛이 탈출하였고 우주 중력에서 빛이 탄생하였다." 여자의 임신주기 38주와 우주의 출산 38만 년이 비슷해서 시인은 그 시간을 구조화하여 아래의 시를 창작한다. 이 시집에서 '시간'은 사람의 경험 속에 주어진 것이 그 외부들과 관계한다. "여기서 나는 경험적 시간과 자연적 시간 간의 구별에 대해 몇 가지 예비적인 논급을 하고 싶다. 문학 속의 시간은 인간적 시간, 경험의 희미한 배경의 일부를 이루고 있거나 혹은 인간적 삶의 조직 속에 들어와 있는 바로서의 시간의식이다. 경험의 총체로서의 인간적 삶의 맥락 속에서만 찾아져야 한다. 이렇게 규정된 시간은 사적이고 개인적이고 주관적인 시간, 심리적인 시간이다."[38] 여자의 임신주기와 우주 탄생의 시기는 비슷한 숫자로 표현된다. 그러나 이 둘의 경험적 시간과 자연적 시간을 나눈 한스 마이어호프의 견해에 의의를 제기한다. 왜냐하면, 아래의 표에 드러난 여자의 임신주기, 경험적 시간은 자연적 시간도 될 수 있기 때문이다. 우주의 탄생 주기도 이미 빅뱅 이후 우주가 생겨난 시간을 38만 년으로 짐작한 것이므로 자연적 시간이자 경험적 시간이 되기 때문이다. 필자는 이 시집에 나온 시간을 경험적 시간과 자연적 시간으로 나누는 것보다는 '인간의 시간'과 '우주의 시간'으로 나누는 것이 합리적이라고 생각한다.

---

37) 김영산, 앞의 책, 167~169쪽.
38) 한스 마이어호프, 이종철 옮김, 『문학속의 시간』, 문예출판사, 2003, 17쪽.

```
     *여자 임신주기 : 38주 => 경험적 시간
     *우주 탄생주기 : 38만 년 => 자연적 시간

     위의 분리가 완벽하지 않은 이유는 아래와 같다.

1)경험적 시간은 자연적 시간이 될 수 있고, 자연적 시간은 경험적 시간이 될 수 있다.
2)시인은 시 속의 시간을 논리적으로 구별하지 못한다. 시인의 재능은 시간조차
   은유적으로 만들고, 그 시간 전부를 처음으로 되돌리기도 하기 때문이다.
```

제3과정

이미 나는 죽은 자인 것이다. 상복 입은 여자는 내 여자인

것이다. 광녀여, 우주의 광녀여! 별이여 하얀 별이여

내 시즙(詩汁)을 받아 마셔라! 오 사람 여자 38주 임신 기간—

우주 여자 38만 년 임신 기간 오오 사태(死胎)도 있다지—

다행히 낙태하지 않고 어머니가 되었군.

　　　　　　　—「詩魔—십우도(아홉)」부분, 『하얀 별』, 60쪽

　지금까지 김영산 시인의 '시간을 통한 시적 형상'을 살펴보았다. 제1과정에서 제3과정의 '시간의 모습'은 시인이 시를 이끌어가는 열정과 다른 세계를 쉽게 넘어버리는 용기를 통한 것이었다. 시대를 냉정하게 비판하거나 사랑의 시간을 노래하거나 미래를 기원하는 시간도 있었다. 궁극적으로 시인은 '우주의 시간'과 '인간의 시간'을 연결시키려 했다는 업적을 남긴다. 시간의 방식 또한 공간의 방식처럼 제1과정과 제2과정의 시들은 시간을 통해 지금 현재의 삶 속에서 과거의 시간을 찾아보려는 리얼리즘

적 태도를 보인다. 『게임광』에서는 현실의 시간과 게임 속에서의 시간을 넘나드는 태도를 보인다. 시간을 멈추거나 아예 삭제해 버리고 현실의 시간을 잃어버린 고독한 화자의 모습도 있다. 제3과정 『詩魔』, 『하얀 별』의 문학 속의 시간은 상처받은 인간의 모습을 치유한다. 현실의 시간과 우주의 시간을 짚어보면서 우주의 신비로운 과학에 감동받는다. 시인은 문학의 시간으로 도착한다. 새로운 형식이나 새로운 내용을 통해 새로운 시를 창조한다. 시인만의 고유한 시간, 즉 상상력의 시간은 인간의 깊은 상처를 초월해서, 깊은 사유를 만들어내는 문학 밖의 시간을 꼭 지닌다. 그 내용을 아래의 그림으로 정리했다.39)40)

---

39) 이현정은 "'하얀 별'의 *여자 임신주기:38주⟹ 경험적 시간 *우주 탄생 주기:38만 년 ⟹ 자연적 시간"을 주요하게 다룬다. '우주여성성' '우주모성(宇宙母性)'은 여성 우주 남성 우주 중성 우주를 다룬 『하얀 별』 시집에 나오는 '하얀 별' 여자의 '핵(核)'의 시학이다.

40) 김지하 역시 '우주 생명학'에서 주요하게 다루는 내용이다. "즉 <실오라기도 걸치지 않은 벌거벗은 몸에 그 근본을 알 수 없는 '살도드락' 즉 일궁의 '옴'이 솟는 것> 바로 이것이다. 이 '옴'이 바로 <복승>인 것이다. 누가 말인가? 어미의 몸인가? 아니다 '아기의 몸'에서다. 기이하다. 이것이 무엇일까? 이것을 한번 따져보자. 이른바 'masishcciaha핵'이라 부르는 희귀한 산소정류등酸素靜流燈이라는 하나의 필연 채소수술必然彩素手術형식이다. 어렵다. 어렵지만 창조 방향으로 돌파해나가는 것, <복승複勝>을 엄연한 우주적인 생명현상으로 실현하는 것이 곧 새 문명文明의 창조다. (우리는 바로 우리가 선 이땅에 새로운 시대의 <우주생명의 문명>을 창조해야 한다.) '이 땅이 구체적으로 어디를 말하는지 잘 판단해야 한다.' 왜? 그 땅은 곧 '어미의 몸'처럼 구체적인 복승이 일어나는 특수한 땅일 것이기 때문이다. (물론 그럼에도 '대중적'인 그러한 땅이겠지만……) 나에게 있어 오늘날 가장 소중한 복승형태는 물론 <우주적 복승>이다. 그러므로 우주생명학에서 참으로 소중한 영역이 되는 것이다." 김지하, 『우주생명학』, 132~133쪽.

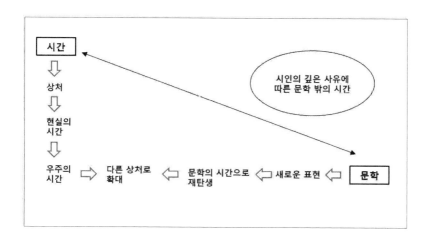

4. 김지하/조대한/최원식/김영산의 우주문학 텍스트

우주의 역사성 혹은 진화성이란 꽃잎이 피어나려면 우주의 빅히스토리[41]를 알아야 할 것이다. 우주 생명[42]의 꽃[43][44]과 우주 죽음의 꽃은 하

---

41) 우주는 빅뱅(대폭발)을 일으킨 후 일정 기간 동안 상상할 수 없을 정도의 높은 온도에서 물질과 복사가 마치 수프처럼 한데 섞여 있었다. 약 30만 년이 지나자 우주의 팽창으로 점차 온도가 떨어졌고, 우주 공간을 자유롭게 날아다니던 전자는 에너지를 잃고 원자핵과 결합하여 원자를 형성하게 되었다. 따라서 그때까지 플라스마 상태를 이루고 있던 원자핵과 전자구름에 가려 불투명한 상태였던 우주는 화창한 봄날처럼 개게 되었다. 이때 투명해진 우주에서 비로소 복사가 빠져나올 수 있게 되었다. 이 복사는 저자의 표현을 빌리면, 당시(우주 탄생 30만 년 후)의 물질의 상태를 우리에게 알려주는 "스냅 사진"이다. 스무트 교수는 우주 탄생 30만 년 후에 나온 복사에서 미세하지만 분명한 온도 편차를 발견했던 것이다. 그 온도 편차는 당시 밀도 차이에 의해서 나타난 공간의 비틀림이 우주 배경 복사에 각인된 것이다. 그 밀도 차이가 오늘날 우리가 살고 있는 우주의 항성, 은하 등이 만들어질 수 있었던 작은 씨앗이었다. 조지 스무트·키 데이비슨, 과학세대 옮김, 『우주의 역사』, 까치, 1994, 표사.

42) 김지하는 최근에 나온 그의 산문집 『우주 생명학』에서 이렇게 말한다. "북한 공산당은 극좌모험주의에 순 어린애 같은 자들이오. 함께 통일을 말할 상대가 못됩니다. 남한의 박 정권은 우리 역사상 가장 독살스럽고 끈질깁니다. 박 씨가 죽어도 그 힘은 지속됩니다. 문제는 우리가 끊임없이 부딪혀가며 정치역량을 키우는 것뿐, **통**

나일 수 있다. 『백수광부가』『제망매가』『청산별곡』의 청산(靑山)과 천상(天上)과 강(江)은 그것을 보여준다. 죽음의 홍과 삶의 홍을 우리의 상엿

일의 주체를 만들어야 합니다."(강조는 인용자) 또, "수운·해월 두 선생님은 우리 집안의 선생이고 나의 평생의 선생님이다. 특히 내가 정신병 발작으로 청주에서 죽음의 위험에 빠졌을 때, 거듭 거듭 "일어나라! 너는 또 일해야 한다."라고 나를 일으켜 세우신 분들이다."라고 했다. 김지하는 대표적인 **광기의 주체**이다. 아니다, 더 주위를 둘러보면 모든 광기의 주체들은 김지하이다. 그들은 중간지대의 중간지대에 있다. 겹겹이 꽃피는 중간의 **중간의 중간지대,** 우주의 하얀 해와 숱한 푸른 별들, 모두 **우주의 광기의 주체**들이다. 김지하, 『우주생명학』, 15쪽 참조.

43) "내가 이제껏 말해왔던 풍류란 바로 이 사람이 말하고 있는 '문화'를 포함하는 것으로 이른바 동서양 고금古今의 예술 전체를 말한다. 이것이 가진바 어떤 '확산'(나툼), 그리고 어떤 '창조'(시김), 그리고 그것이 어떤 '가치'(모심)를 안고 있음이다. 나는 이 이상의 고급한 담론을 생산해낼 능력도 의사도 기질도 갖고 있지 않다. 그래서 하는 말이겠고 그래서 추진하는 작업이겠거니와 가히 이 시절, 이 나라가 바로 그 일에 맞는 <목호시>의 풍류가 <꽃피고 있음>이리라! "싹이 아니라 꽃이다!" 왜? 범부 선생은 이리 말한다. "너희에게 이 나라가 그냥 흔해빠진 고향이고 조국일 뿐이냐? 아니다! '아니다'라고 나는 말했다. 그러면 무엇이냐? 쉬운 말이 아니다만 한 마디로 이 나라는 너희에게 있어 <성기性器>이다. 다른 할말은 없다. 끝!" (…) 풍류란 바로 그런 것이다. 그래서 '느슨한 놀이'가 아니라 "역"이 된다. <세상과 우주의 중심 원리>인 것이다. 그래서 <성기>란 말이 나온 것이다. (…) 다른 말 아니다! 한국 풍류의 핵 정선아리랑의 핵심처인 '아우라지—여량'의 본디 이름이 곧 <보지—한>이다. 그 '한'은 '—'이 아니라 '우주宇宙'다. <보지 속의 큰 우주생명>이다. 그것이 아리랑, "함께 춤추며 같이 살아보자"인 것이다. 그것이 곧 풍류요 화랑도花郎道요 목호시目虎視인 것이다. 또 그것이 바로 <조선정신>, <시김새요 붉금이요 흰 그늘>이다. (…) <불연기연>을 그저 chaosmos 따위로 얼버무려서 대답이 되는 것은 아니다." 目虎視(한자는 인용자). 위의 책, 159~162쪽 참조.

44) 광기의 꽃(주체=장소)은 순환하는 꽃이다. 광기 주체는 망자 주체로, 사라진 주체 숨은 주체, 순환하는 주체로 돌아오는 것이다. 니체가 말한 주체의 영겁회귀인지, 김지하의 "축적순환의 장기지속"인지 아직 모른다. 다만 이 광기 주체들은 질 들뢰즈/펠릭스 가타리가 말한 카오스, 카오스모스와는 다른 구조가 발견되는데, 김지하는 단순 카오스/코스모스 서양식 구조를 거부하고 있다. 그것은 '우주 생명학' 전편에서 펼쳐지지만 특히 삶과 죽음의 "엉킴"에서 도드라진다. "손자의 삶과 늙은이의 죽음의 세계의 얼크러짐의 새로운 시작? 아하! 모르겠다!" "이미 이루어지기 시작한 솟아남, 복숭을 적극적으로 원용한 촉발적 시김새로서의 모심이 아닐까? 이것이 <엉킴이요> 수운 선생님의 <불연기연>이 아닐까! 그렇다! 단순한 말 장난으로서의 '아니다그렇다'나 'chaosmos'는 결코 아니다." 不然期然(한자는 인용자). 위의 책, 162쪽 참조.

소리는 들려준다. 한국 우주문학은 그 상엿소리와 같이 죽음의 경계에서 비롯되며 하룻밤에 꽃잎을 다물고, 낮엔 꽃잎을 벙그는 노란 나리꽃과 닮았다. 지구를 비추는 하얀 태양만이 아니라 우주의 숱한 검은 태양들과 닮았다. 숱한 푸른 블랙홀 푸른 태양들과 닮았다.

우주문학은 시마(詩魔)도 아니고, 시마 아닌 것도 아니어서 그 경계를 모른다. 남송(南宋)의 엄우가 쓴 『창랑시화(滄浪詩話)』에 나오는 "만약 스스로 움츠러들면, 열등한 시마(詩魔)가 가슴 깊이 들게 되는데, 이는 뜻을 세움이 높지 않기 때문이다"[45] 보다는 이규보의 광기의 '시마'에 더 가깝다. 그것은 광기 주체를 더 중요시하기 때문이다. 이성 주체를 더 중요시하느냐, 광기 주체를 더 중요시하느냐에 따라 시는 달라진다. 광기의 이성 주체, 이성의 광기 주체도 있지만 하늘과 땅 차이만큼 시는 달라진다. 이성 주체는 광기 주체를 죽이려 했고 **끝내 살해까지 했다.** 그러나 시마가 광기 주체를 다시 살렸고, 우주문학의 주체로 불러내었다. 우주는 광기 주체 없이는 증발하고 사라지는 주체로만 남기 때문이다. **카오스모스문학**이 우주문학이고 광기가 시(이성)를 살린다. 시는 이성 주체와 광기 주체가 공존하는 우주의 장소이다.

> 너는 이제 거의 시인처럼 보인다 너는 은유를 쓰지 않는다 너는 이제 거의 시인처럼 보인다 너는 싸늘한 겨울 주머니에 담뱃갑이 든 코트를 부여잡지 않는다 너는 이제 거의 시인처럼 보인다 너는 혼자서 공원을 횡단하지 않는다 너는 이제 거의 시인처럼 보인다 너는 겨울 나무가 얼마나 무심한 물건인지 물건인지 추궁하지 않는다 너는 이제 거의 시인처럼 보인다 너는 무심코 도달한 거리에 경탄하지 않는다

---

45) 원저 엄우, 교석 곽소우, 김해명·이우정 옮김, 『창랑시화』, 소명출판, 2001, 18쪽.

너는 이제 거의 시인처럼 보인다 너는 순진함을 진정성과 구분하지
않는다 (…) 너는 굴러다니는 작은 사물들이야말로 진정 아름다운 것
이라 말하지 않는다 (…) 너는 너의 겨울 은유를 신용하지 않는다 너는
이제 거의 시인처럼 보인다

                — 「너는 이제 시인처럼 보인다」 부분[46]

 "그는 '매뉴얼화'한 전통을 비웃고 어떤 가르침도 부정하지만, 급진적인
아방가르드로 나서려고 하지는 않는다."[47] 그는 광인 주체가 되지 못한다.
그는 그것을 잘 알고 있다. 광인 주체가 안 되는 대신 이성 주체도 되지 않
는다. 반(反)—광인 주체 반(反)—이성 주체의 사이에 '낀겨' 있지도 않다.
그는 싸우지 않고도 싸우는 우주의 암흑물질 같은 "시인"이다. 그의 광인
주체는 어디로 증발한 것일까? 그의 광기의 장소는 어디에도 없고, 있다.
그래서 있다가도 없는 것이 그의 '시'다. 그는 너무 일찍 알아버린, 광인 주
체가 증발한 뒤의 공허함을, 이성 주체만 남겨진 죄책감을 "평생 동안 이
죄악감을 견딜 것이다(인덱스)"[48]로 '광인 주체의 장소'를 떠난다. 광기 주
체의 증발이 또 다른 광기 주체를 불러옴이 자명한데, 그의 시는 씩씩하며
차분하다. "그는 한국문학사를 부정하면서도, 결국 부정하는 대상의 일부
가 되어 가는 자기 자신을 '인덱스' 같은 데서 보았는지 모른다."[49]

 샴쌍둥이지구의 시인 ⑳;[50] 이제 시적 주체는 누구라도 될 수 있고, 대

---

46) 황인찬, 『회지의 세계』, 민음사, 2015, 53~55쪽.

47) 위의 책, 장이지 해설, 140~141쪽.

48) 위의 책, 128쪽.

49) 위의 책, 장이지 해설, 142쪽.

50) 조대한의 평론 「목소리의 변곡점—황인찬『구관조씻기기』와 이소호『캣콜링』」에
 서 부분 재인용. 『현대시학』 3—4, 현대시학사, 2019, 100~101쪽.

상들에게 스스로를 건네며 무한히 확장되어 갈 수도 있게 되었다. 그런 전위적인 발화들에 우리가 조금씩 익숙해질 무렵 황인찬은 등장했다.

> 조명도 없고, 울림도 없는
> 방이었다
> 이곳에 단 하나의 백자가 있다는 것을
> 비로소 나는 알았다
>
> ─「단 하나의 백자가 있는 방」 부분

바깥으로 끝없이 확장되어 가던 목소리들은 위 시편 속에서, 조명도 없고 울림도 없는 작은 방으로 응축되어 되돌아온 것 같다. 그곳은 1인칭의 밀실이라기보다는 시적 대상을 투명하게 보존하기 위한 공간에 가까운 듯하다. 또한 그곳에서는 시적 주체와 대상 간의 접촉이나 그에 따른 변화가 발생하지도 않는 것 같다. 나는 "질문을 쥐고/ 서 있"지만 "백자는 대답하지 않"고, 시간이 지나도 "모든 것이 여전"(「단 하나의 백자가 있는 방」)히 그대로다. 이 시집 속의 '나'는 대상 혹은 세계와 불화를 일으키지도 않고, 그렇다고 적극적으로 화해에 이르려 하지도 않는다. 세계와 일정한 거리감을 유지하는 나는 다음과 같이 말하곤 한다. "지하철을 타면 편하다/ 노인이 앞에 서면 불편하다"(「서클라인」). 나는 지하철이라는 익명의 공간과 무한히 반복될 내선 순환 열차의 안내방송에서 왠지 모를 편안함을 느낀다. 하지만 그 평온은 노인이 내 앞에 서는 순간 깨진다. 그것이 불편한 까닭은 눈 감기, 자리에서 일어나기 등 어떤 행동을 선택해야 한다는 번거로움 때문이기도 하겠지만, 조용히 조망하던 세계와의 거리감이 바투 좁혀졌기 때문이기도 하다.

샴쌍둥이지구의 한국우주문학 0; 단군신화(또는 이해조)부터 최은영까지 한국문학사(또는 현대문학사)의 흐름을 요령 있게 짚는 문학사라면 그런 류는 급하지 않았다고도 하겠다. 사실 이 말에 어폐가 있다. 자료창고 같은 방대한 문학사, 독자를 오히려 한국문학으로부터 도피시키는 그런 유형 말고 높은 문학적 안목으로 씌어진 간명한 한국문학사 또는 한국현대문학사가 한권이라도 있었다면, 그래서 그 책을 대학 1학년 때 필수교양처럼 읽힐 수 있는 행복한일이 발생했더라면, 아마 오늘날 우리가 직면한 탈 한국문학 바람을 일정하게 회피할 수 있었을지도 모른다.

'신문학' '근대문학' '현대문학'을 모두 폐기하고 '한국문학'이란 용어를 새롭게 선택한 김윤식·김현의 『한국문학사』(민음사 1973)는 임화를 이식문학론자로 비판하면서 근대문학 기점을 18세기로 끌어올렸다. 그러나 임화는 이미 밝혀졌듯이 이식론자도 아닐뿐더러, 우리 근대문학을 영정조(英正祖)시대로 앞당긴다고 해서 김현이 강조한 "한국문화의 주변성"이 극복되는 것도 아니다.

이미 임화가 누누이 지적했듯이 우리 문학은 첨단의 현대성 속에서도 어떤 후진성으로부터 자유롭지 못했으니, 미적 공정성을 온전히 발휘하는 문제는 지금도 여전히 살아 있는 문학적 과제다.[51]

한국 우주주문학의 기원이 『백수광부가』의 '강'임을 밝히려 여기까지 길게 흘러왔다. 광인 주체는 세 개로 분화되고, 『제망매가』에서 망자 주체를 만나 다시, 『청산별곡』의 청산의 장소 주체로 되돌아온다. 그 시가의 시원(始原)은 각각 개별적이며 하나의 강줄기이다. 이른바 한국 문학

---

51) 최원식의 글을 인용하며 글씨 포인트를 그대로 하고, 가독성을 위해 중간에 말줄임표를 사용하지 않았다. 최원식, 「왜 지금 문학사인가」, 『창작과비평』 여름호, 창비, 2019, 17~36쪽 참조.

사의 강줄기이다. 샴쌍둥이지구 위에도 수많은 강줄기가 있다. 그 강물은 흘러 바다에 이르는데, 각각의 강줄기를 각 나라의 '국민문학'이라 할 수 있다. 국민문학이 만나는 바다를 인류는 세계문학이라 일컫는다.

김지하도 우주문학을 직접적으로 언급하지 않았지만 많은 관련이 있을 것이다. 특히 한국우주문학은 그의 『우주생명학』에 나오는 얘기들로 풍성해질 것이다. 생명/비생명의 구분만 없다면 우주 주체의 문제와 우주 장소의 문제는 "목호시(目虎視)"가 아니더라도 조금은 보일지 모른다. 보이는 것이 실재가 아니고, 보이지 않는 것이 실재일 수도 있는 (즉 장소와 주체가 뒤바뀌는) 우주 주체는 언제든 뒤바뀔 수 있다. 우주 암흑물질·암흑에너지처럼 보이지 않는 주체들이 오히려 우주의 움직이는 장소(주체)로 떠오른다. 그의 말대로 "모심"의 해석은 다양한데, 정치가 백성을 모시고 가수가 노래를 모시듯, 오히려 생명이 비생명(오히려 우주의 생명)을 모셔야 할지 모른다. 즉 시인은 시를 모셔야 하고 비생명을 모셔야 한다. 우리 가락의 아리랑만이 아니라 상엿소리를 모셔야 한다. 보이는 삶이 보이지 않는 죽음을 모셔야 하고, 삶과 죽음의 중간지대에 언어의 '블랙홀'이 있는지 모른다. 오히려 마음의 블랙홀은 에너지의 충전소이고, 우주의 푸른 블랙홀은 우주의 충전소이다.

그의 말 대로 "참으로 <흰 그늘>의 시작이다. 카오스모스chaosmos는 불연기연不然期然의 '시작' (⋯) 우주진리의 핵(核)은 ≪내 안에 있다. 나를 모셔라!≫이다."[52] 그의 말과 말투를 빌려보면 이렇다. 세계우주문학의 "풍점(風占)"은 어디인가? 그것은 "한반도의 중심"의 자리이다. 그래서 우주문학은 그 "조선의 풍류(우주소리)"에서 시작된다. 첫째, 우주문학의

---

52) 김지하『우주생명학』, 250~252쪽.

기원은 한국우주문학이 될 것이다. 둘째, 우주문학의 실재는 기존 세계문학(가상문학+실재문학)의 실재범주보다 넓다. 즉 실재는 언제든 뒤바뀐다. 셋째, 각국의 우주문학은 각국의 신화와 무속, 종교 천체우주론이 만나 점화한 수억 개의 우주선이다. 즉 푸른 블랙홀(초중량 블랙홀), 숱한 푸른 해들을 향해 쏘아 올려진 우주선이다. 우주문학은 "싹이 아니라 꽃이다!"[53] 우주문학은 화엄(華嚴)의 꽃이다.

지구의 지각판이 바뀌듯 세계문학의 지각판도 바뀔 것이다. 앞서 살펴보았듯이 지구는 샴쌍둥이지구가 되어버렸기 때문이다. 두 개의 지구가 진즉 생겨났다. 등끼리 붙어버렸지만 서로의 얼굴을 보지 못한다. 어쩌면 들뢰즈가 "기관 없는 몸체"[54]에서 본 것도 지구의 불구성인지 모른다. 모든 불구성은 시의 불구성이다. **샴쌍둥이한반도** 불구성은 한국시의 불구성이다. 한국시 우주문학의 동력은 불구성에 있다. 뜻을 높이 세우지 않으면서도 뜻이 높은 시, 그러니 한국시의 고전(苦戰)에서 고전(古典)이 나오는 게 아닌가.

---

53) 위의 책, 159쪽.
54) 질 들뢰즈/펠릭스 가타리, 앞의 책, 287~317쪽 참조.

돌연변이 주체의 탄생

1. 기형적 시의 주체들의 발명

이상의 기형적 주체들과 소월의 망자 주체들 사이에서 돌연변이 주체의 탄생은 예고된 것이었다. 날이 갈수록, 현대문명의 빌딩의 비석이 높아갈수록 오롯이 새길 비명(碑銘)은 어려워진다. 이상의 「오감도」의 기형적 주체나 소월의 「초혼」의 망자 주체보다 더 진화한 주체들이 거리를 질주하며 이상한 절규를 내뱉는다. "제1의아해"도 "제2의아해"도 "13인의 아해도 무섭다고 그리오."[55] 그 비명은 알아들을 수 없는데 "무서운 아해"와 "무서워하는 아해"는 계속 증식한다. 기형적 주체 광인 주체는 계속 증식한다. 지금의 돌연변이 주체가 발명되려고 광인 주체⇒망자 주체⇒기형적 주체로 계속 증폭되었다. 여기서 끝날 것 같던 주체들의 싸움이 끝나지 않는 것은 무엇보다 이상의 '검은 색' 「오감도」의 발견이 컸다. 지금 생각해보면 그 '검은 색'은 '검은 해'들이었고, 또 다른 한 축인 소월의 시마 "불귀(不歸), 불귀 다시 불귀"(「산」) 무덤이면서 청산인 '푸른 해'들이었다. 조감도(푸른 청산=푸른 해)=오감도(검은 해)는 이성 주체와 광기 주체처럼 하나였던 것이다.

---

55) 이상, 앞의 책, 78~79쪽.

이상은 숫자로 구성된 또는 광속으로 구성된 또다른 관념 세계를 발견하여 그 앞에 절망하고 있다. 그는 이 굉장한 관념 세계의 지도를 검은 지도 곧 '오감도'라 불러 녹색으로 말해지는 현상계의 '조감도'와 구분하고자 하였을 뿐이다. 당연히도 그것은 결코 말장난 수준이 아니다.

'조감도'와 '오감도'의 차이점은 무엇인가. 다시 말해 녹색으로 말해지는 생명의 황금 나무인 현상계(현실)와 회색으로 말해지는 또는 검은색으로 표상되는 저 관념 세계와의 차이란 무엇인가. 오직 글자 획수 하나의 차이(鳥 → 烏)에 불과한 것. 그 획 하나의 차이야말로 두 세계의 차이라는 것. 획 하나가 두 세계를 가르는 벽이며 또 그것을 열어 보이는 열쇠라는 것.56)

이상의 기형적 주체들이 정상적 주체들로 돌아가려는 몸부림을 김윤식은 계속 분석하고 있다. "이상 문학이 유클리드의 세계에서 비유클리드로 나아가는 문턱에 있었고, 심지어 상대성 이론에의 문턱을 넘보는 한에서는, 그 안에서 일어나는 모든 일의 진위란 결정 불가능 상태에 빠지게 마련이다." "삶의 탕진으로서 비로소 성립되는 하나의 '묘비', 그것이 '산호편'의 산물 곧 작품이다."57) 이상 역시 목숨을 건 도박(산호편＝예술)과 현실타협 사이에서 갈등하는 시인이었다. 하지만 이상은 현해탄을 건너 제 죽음을 실험하면서까지 <종생기>를 남기고 죽은 **기형적 주체, 죽어서도 망자 주체가 되지 못한 광인 주체인 것이다.**

예술이 살아있으려면 광인 주체들이 살아 돌아와야 하는지 모른다. 언어의 비석은 광인이 새기는 것이다. 시인이 묘비명을 남기는 게 아니라 시가 묘비를 새긴다. 이상은 근대문학의 광인이었기에 스스로 해가 되었다.

---

56) 김윤식, 『이상 문학 텍스트 연구』, 서울대학교출판부, 1998, 294～295쪽.
57) 위의 책, 297～307쪽 참조.

그의 광기는 '하얀 해'의 광기(光氣)로도 모자라 '검은 해'의 광기로「烏瞰圖」라는 검은 광인의 주체를 발명해 내었다. 광인 주체는 작품의 광인 주체들끼리 계속 증식할 것이다.

그런데 광인 주체들의 증식은 자기 작품 안에서만 일어나는 게 아니다.「백수광부가」의 광인 주체와「제망매가」의 망자 주체가 결국 하나로 순환하듯이 그 나라의 민족문화는 하나로 결합한다. 고려가요와 조선의 가사가 살을 섞고 시설문학(詩說文學)의 광기 주체들을 낳는다. 상엿소리와 사설시조가 살을 섞을 때, 소월의「초혼」의 망자 주체와 이상의 새로운「오감도」기형의 주체가 살을 섞는다. 각 나라의 광기 주체들은 증식되고 증폭되어 **샴쌍둥이지구**처럼 되고 기형적 주체가 된다. 살을 섞을 수도 없고, 떼어낼 수 없는 기형적 주체들은 등이 달라붙어 점점 증폭되기 시작한다.

2. 김구용의 주체들의 출현 ─ 기형도의 주체들의 발화

기형적 주체들은 주체나 타자, 타자나 주체의 문제의 관점을 달리한다. 즉 주체를 해체하거나 뭉개버리면 타자 속에 숨고, 그 반대로 가면 주체 속에 숨는다. 지금껏 타자나 주체들의 노력이 헛것이 된 것이다. 타자와 주체가 내부, 외부에서 싸우는 동안 점점 기형적으로 변하여 기형적 주체가 만들어진다. 돌연변이 주체들의 출현을 예고하고 있다.

한국시에 기형적인 주체들이 출현하는데 일조한 이상이 타자화되자, 김구용이란 타자가 나타난다. 이성 주체의 권력화는 광기의 권력화를 불렀다. 이상의 식민지 시대가 그랬고, 1922년생인 김구용도 그 광기 주체와 타자들에게서 자유롭진 못했을 것이다. 6·25를 거치면서 전쟁이 초현실인지 현실인지 주체―타자 혼돈이 작동되었을 가능성이 크다. 그 증거로 남들이 보기에는 초현실적인 경향의 시가 자신은 '현실적 난해시'라고 반박하고, 이상의 광기 주체와는 다른 이성 주체를 선택하려 한다.

　하지만 애초에 이성 주체와 광기 주체는 분리할 수 없는 것이다. 식민지의 이상이 '전쟁'을 치르진 않았고, 광기 주체가 명료했다면 김구용은 전쟁 이후 본격적으로 쓴 시가 식민지 → 전쟁 ⇒ 불교의 '무아(無我)' '연기설(緣起說)'로 증폭되기 시작한다. 이수명의 말대로 "공(空)으로서의 주체와 타자"58)라는 수순을 밟게 되는 것이다. "서양 철학의 타자와 주체 문제와 완전히 다른 패러다임을 가지고 있다. 데카르트의 코키토식의 자기 동일적이고 자기 인식적인 주체는 말할 것도 없고, 타자와 주체의 외연적인 거리를 분명히 함으로써 주체의 경계를 설정하고 있는 사르트르와 레비나스, 그리고 주체의 소외와 분리를 핵심으로 하여 주체의 자리를 설명하고 있는 라캉과 어떠한 점도 공유하지 않는다.59) 사르트르의 『존재와 무』60)에 나오는 '실존과 본질의 순서 매김'이 아니라, 한국식 동양적 '자리매김' 즉 폐허의 자유가 아니라 폐허의 장소 주체를 만들려 하는 (미세한 차이였는지 모른다) 한국 시인의 고뇌였다. 그의 광기 주체는 겉으로는 이상보다 자유로워 보였지만 실상, 이성 주체의 지배를 받고 있다는 점에서 헤겔적이다. "투사는 철학 쪽에서 헤겔의 객관적 관념론과 관련지을 수 있다." "김구용은 주체가 강조되는 시에서 동화보다는 투사를 더 많이 구사하고 있다."61)

---

58) 이숙예, 앞의 논문, 139쪽 참조. 이하 본문에서는 이수명 시인의 이름을 씀.

59) 위의 논문, 139~141쪽 참조.

60) "인간은 갑자기 세상에 태어난다. 내던져진다. 그때, 본질은 정해져 있지 않다. 세상에 먼저 실존하고 나서 자기 자신의 본질을 만들어간다." 장 폴 사르트르, 정소성 옮김, 『존재와 무 II』, 동서문화사, 2016, 표사.

김구용 시인을 한국 문학사의 맥락 안에서 이해한 연구로 1970년 한국적 쉬르리얼리즘의 역사를 검토하는 가운데 그의 시세계를 살펴본 장백일의 논문이 있다. 그는 김구용이 특유의 편집광적 비판 분석법과 몽타주 수법에 의해 "하나의 시행에서 다음 시행으로 옮아가는 그 시적 이미지는 극히 비약적이면서도 상호간 이미지의 결합"을 이루고 있다면서 한국적 초현실주의의 한 페이지를 그에게 할애하고 있다.

하지만 김구용 본인은 생전에 쉬르, 초현실주의에 대해 비판적이었다. "잠재의식과 몽환으로 인상적 효과를 노린 초현실주의자들의 현란한 손재주가 얼마나 위대한 낭비였던가를 알 수 있다."[62]

이수명은 김구용의 시의 주체를 진단하지는 않는다. 과학자의 발명도, 의사의 진단하는 방법도 없다. 분석은 하지만 섣불리 치료하려 들지 않는다. 주체와 타자 문제는 인류의 영원한 숙제이다. 계속 발명되고, 사라지고, 진단하고 있지만 모두 '자기모순'에 빠진다. 그래도 해야 한다. 영원히 **우주주체**가 있는지 없는지도 우리는 모를 것이다. 그것은 우리가 죽음을 모르는 것과 같다. 김구용의 '한국적 초현실주의 시'는 주체들의 잔치 같다. 이수명에 의하면 "세계를 동일화하는 주체" "유일한 폐쇄된 주체" "낯선 타자와 수동적 주체" "무한 타자와 수용하는 주체" "분열된 주체" "욕망하는 주체" 등이 있다. 세계를 동일화하는 주체 중에서, 김구용 시에서 가장 많이 구사하고 있는 '투사'와 관련된 「제비」 시를 인용해 보자

열 마리, 백 마리, 천 마리 제비들이 막막한 해면 위로 뭍의 향훈을 꿈꾸며, 이 공포를 횡단하고 있다. 나의 어지러움이 어느 바다에 부침

---

61) 이숙예, 앞의 논문, 46~47쪽 참조.
62) 위의 논문, 3쪽~4쪽 참조.

하는 제비의 유해와 같을 숙명이라 하여도 좋다. 그러나 제비들이 단한 송이의 장미와 녹음과 첨하(檐下)를 삽입할 여백도 없이 말아 오르는 성난 파도 위를 날으며 있다. 그것은 노력이 반요(反要)하는 무형의 바탕에서 나의 제비가 나는 힘이라고 하자.63)

당대 대부분의 시인들은 단호한 격정적인 시를 썼다. 논리가 가시처럼 깔리는 시를 썼다. 그러나 구용은 당시의 그 엄청난 동족 상쟁同族相爭의 비극을 논리나 격정으로 담아낼 수가 없었다. 눈물까지도 사치하다고 느낀 그는 논리나 격정을 깨야 했는지도 모른다. 엄청난 모순, 부조리의 현실이 논리와 격정의 틀 위에 진행되고 있지 않았는가. 온갖 불순과 무지가 오히려 키워지고 있는 듯한 피상 논리의 시, 헤픈 눈물의 시, 타성의 시를 깨야 한다고 생각했는지도 모른다. 전혀 젖어 있지 않은 건조한 그의 문체며 논리 부재의 어법이며 당혹스런 비유, 은유 등은 다 그런 의도에서 생겨났을 것이다.64)

이수명의 분석에 의하면 많은 주체의 출현을 기대해 볼 수도 있었다. 그러나 감지만 될 뿐, "괴델의 불확정성 이론"65)처럼 나타났다 곧 사라지고 만다. 사라졌는가 하면 곧 나타난다. 그 '불확정성의 주체'들은 주체인가, 아닌가? '무(無)주체의 주체'라 명명한다면 '이름 없는 주체'들을 좀 더 불러올 수 있을 것이다. 전쟁의 참화에서 '죽음의 주체'로 전락한 원혼의 주체, 초현실도 현실도 아닌 '불확정성의 주체'들이 존재할지도 모른다.

김구용에 비해 기형도의 기형의 주체들은 거리를 활보한다. 「빈집」의 한곳에는 머물지 못하며 응시하지만, 「어느 푸른 저녁」을 "아무리 빠른

63) 재인용 함. 위의 논문, 48쪽.
64) 김동호의 「난해시의 풍미風味, 일체一切의 시학」, 시집해설. 김구용, 『풍미風味』, 솔, 2001, 211~212쪽.
65) 김윤식, 앞의 책, 291쪽.

예감이라도/ 이미 늦은 것이다"라는 각성 된 주체로 거리에 선다. "서로를 통과해가는" '투명한 주체들'의 주체의 장소를 그는 걷는 것이다.[66] 물론 주체의 장소도 확실한 주체는 아니고, 마찬가지로 '불확정성의 주체'이다. 모든 현대적인 주체들은 '모호한 주체'들인지 모른다. 김구용의 장엄하기까지 한 '무(無)주체의 주체'가 ⇒ 기형도의 시 주체들로 증폭된 것은 아니지만, 그들은 어떤 광기의 주체로서 서로 다른 기형이다. 기형은 선명하지 않다. 현대에서 기형 아닌 것이 없기에 모두 **샴쌍둥이우주의주체**인지 모른다. 주체도 비주체도 타자도 비타자도 머무는 중간지대의 중간지대가 있을 것이다. 우리는 서로, 서로가 서로에게 '내' 안의 타자의 **대타자**(라캉의 대타자가 아니라)인 '내' 속의 그 암흑물질(검은 해)인지 모른다. 모두 제 자신을 볼 수 없는 **푸른 블랙홀주체들**이다.

기형도의 기형적 주체는 금은돌의 『거울 밖으로 나온 기형도』에서 여러 주체로 분화된다. 이수명의 김구용 시의 주체 분화들의 영향으로 보인다. "흐르는 주체" "회상하는 주체" 등이 발명된다. 흐르는 주체 → 통과하는 주체 → 회상하는 주체 등으로 계속 순환한다. 주체들은 "놀라운 공중(空中)"[67]을 만나고, 주체들은 타자화 된다. 광기 주체도 이성 주체도 아닌 기형의 주체가 탄생한 것이다. 기형도의 기형의 주체의 발화는 공중(空中)의 꽃을 가리킨다. ("**나는 장소다**"라고 선언하면서, **신**은 **자신**이 모든 장소의 **말**이며 모든 말의 **장소**이고자 했던)[68] 그 장소의 주체, "경악하는" 놀라운 공중에서, 아직 발명은 끝나지 않았다.

---

66) 기형도, 「어느 푸른 저녁」,『입 속의 검은 잎』, 문학과지성사, 1989, 26~28쪽 참조.
67) 금은 돌, 앞의 책, 148~151쪽 참조.
68) 에드몽 자베스, 최성웅 옮김,『예상 밖의 전복의 서』, 인다, 2017, 119~120쪽.

3. 14인의 아해의 출현─돌연변이 주체의 발명

14인의아해의 출현◉◉; 이상의 기형적 주체들과 소월의 망자 주체들 사이에서 **돌연변이 주체**가 발명된다. 우리는 그 중간의 중간지대를 보지 못하지만, 광인 주체들은 끊임없이 그곳을 들락거린다. 우리는 무(無)가 있다고 생각하지만 무는 없는지 모른다. **절대무**는 없는 것이다. 우리는 **절대주체**가 없듯이 **절대타자**가 없다는 걸 알아야 한다. **절대죽음**은 없는 것이다. 우리는 거의 무에 도달할 뻔했으나 기형적 주체의 계속된 증식으로 인해 (증발로 인해) 돌연변이 주체가 출현한 것이다. 극단적인 예로 샴쌍둥이지구가 그것인데, 우리는 죽어서도 불구로 살 수밖에 없는 것이다. 돌연변이 주체는 14인의아해 16인의아해로 계속 증폭할 것이다. 이상처럼 '죽음의 실험'을 통해서라도 도달하려 하고, 기형도와 같이 예고 없는 죽음 속에 시를 남기기도 한다. 상엿소리를 수천 번 들으면 (글을 쓰는 순간에도) 중간지대의 유혹은 멈추지 않는다. 중간지대는 기하학적인 도형이 아니라, 들뢰즈가 말한 것처럼 "기관 없는 몸체"의 춤. 이상이 「오감도」 시 제14호에 그린 "심장이 두개골속으로 옮겨가는지도"[69]다.

누스바움의 <춤추는 죽음>의 그림들은 멈추지 않는 춤 같다. 그는 "자기가 몰락하더라도 이 그림들은 죽지 않게 해달라고 부탁했다고 한다."[70]

---

69) 이상, 앞의 책, 95쪽.

70) 누스바움(Felix Nussbaum, 1904~1944)은 유태인 화가. 아우슈비츠에서 가족 4명과 함께 학살당함. 그는 죽기 전 <춤에 반주를 하는 해골들> <생 시프리앵>(생 시프리앵의 포로들) 등의 그림을 남겼다. "죽음 앞에서 인간의 평등을 노래하지 않는다. 바로크 시대의 '바니타스'처럼 세상만사의 무상함을 설교하지도 않는다. 그의 '멜랑콜리'는 창조하기를 체념했고, '뮤즈'는 영감을 불어넣기를 멈추었다. 성(性)을 통해서 에로스와 타나토스의 영원한 순환 속에 들어간다는 낭만적 환상도

세계 어디나 돌연변이 주체들은 있다. 그 중간지대에는 아무나 갈 수 없다. 개인마다 중력이 다르듯이 죽음의 중력도 저마다 다르다. 아무도 체험하지 않는 죽음을 우리는 죽는다. 세계가 체험한 죽음은 있을 수 없다. '내'가 체험하는 죽음은 항시 **첫**, 죽음이다. 우리는 한 번도 죽어본 적이 없는 것이다. 기형적 주체와 망자 주체와 광인 주체들이 그곳에 다녀온다. 중간지대 소식을 가끔 알려준다. 아무도 체험하지 않은 삶을 살기 위해, 기형적 장소가 돼버린 언어의 수용소에서 14인의 아해들이 출현하는 것이다.

생명력을 주관하는 열 세번째 천사는
고요하고 거룩하다.

밤이 되면
잉크를 쏟는다.

영혼에 동공을 만드는 것이다

저기 저 먼 구멍을 보렴
너에게로 향하는 눈동자

가슴의 운명은
빛으로 쓰인다.

◉ 인간은 온다. 내일의 비는 떨어지므로 인간적이다. 비 맞는 인간은 인간다워지기 위해 젖은 몸에서 따뜻한 김이 솟고 그때에 인간의 다리란 참으로 인간의 것이다. 가령, 광장에서 물대포가 쏟아질 때 패

그는 거부한다." 진중권, 『춤추는 죽음 2』, 세종서적, 2005, 297~308쪽 참조.

배의 무기는 무기력하고 인간은 젖은 채로 서서 방패가 된다. 무기를 막지 않는다. 무기를 넘보지 않는다. 이 또한 인간이 가진 눈동자다. 그러나 오늘날까지도 생명은 비인간적이다.

생명은 태어나고
죽음으로 끝이 난다.

열 네번째 천사는
주관한다.◉◉

◉◉ 비가 그치고 빛이 떨어질 때 인간은 마땅히 고개를 드는 것이다. 고해하는 인간에게 목은 얼마나 유용한 도구인가. 가령, 인간은 물대포 앞에서 천사를 상상할 수 있고 평화를 그릴 수 있으며 종말이 멀지 않았음을 기록할 수 있다. 언청이의 입술이 예쁘다고 생각한다. 이로써 인간의 눈동자는 인간적이고 방패는 무기를 찌른다. 어제만 해도 생명은 인간을 따돌렸으리라.[71]

김현의 『입술을 열면』을 해설한 양경언의 말에 따라 "색연필"로 "밑줄"을 그어보면 이렇다. 우리는 이 깃발이 나부끼는 거리의 행진을 상상하는 것만으로도, 또는 등뼈를 세운 자세로 험한 세계를 상대함으로써 미래의 자랑이 되는 날을 떠올리는 것만으로도 뿌듯한 하루를 살 수 있다. 시인 김현의 특징을 꼽을 때 캠프적 작법과 다양한 각주가 차지하는 페이지를 떠올리지 않을 수 없을 것이다. 퀴어들의 속어였던 '캠프(camp)'는 "부자연스러운 것, 인위적이고 과장된 것을 애호"하는 양식이란 의미로

---

71) 김현의 시 「◉인간」 전문. 글씨 크기를 다르게 함. 김현, 『입술을 열면』, 창비, 2018, 11~12쪽.

정식화된 비평개념이다.[72]

　언청이의 입술이 예쁜 것은 그 입술이 꽃피기 때문이다. 기형적이고, 부자연스러운 입술(말)이 꽃 핀다. 물대포에 맞아 부르튼 '언청이 입술'은 천사를 상상할 수 있다. 입술은 저항을 한다. 거기서 천사들이 태어난다. 천사는 평화를 뜻한다. "생명력을 주관하는 열 세번째 천사는" 이상의 "13인의 아해"와 같다. 이상의 아해는 「동해」에서 동해(童孩) → 동해(童骸)로 바뀌지만, 김현에게 와서 "열 세번째 천사"로 다시 동해(童孩)로 돌아온다. 숱한 검은 블랙홀인 줄 알았던 검은 해가 숱한 푸른 블랙홀 푸른 해인 것이다. "밤이 되면/ 잉크를 쏟"고 "영혼에 동공을 만드는" 일을 한다. 그 일을 하는(시를 쓰는) 자는 시인이다. 너에게 ◉를 주면 내◉는 구멍이 뚫려, 빛이 빠져나간다. 빈 가슴이 된다. ◉가 태어나고 ◉는 죽음으로 끝이 난다. 열 네번째 천사는, 13인의아해가 제 ◉를 빼준 ◉14인의 아해이다. 이상의 기형적 주체의 아이가 결국 ◉를 빼주어 14인의 아이를 탄생시켰다. 아니다 김현의 열네번째 천사는 ◉◉를 주관하는 14인의 아해이기에 13인의 아해에게서 돌연변이 주체를 발명해내었다.

---

72) 위의 책, 200~201쪽.

〈돌연변이 주체도(표)〉

◉◉13인의아해 14인의아해◉
13인의아해는무서운아해와무서워하는아해와그렇게뿐이모였소.
◉◉열네번째 천사
13인의아해가도로로질주아니하여도좋소
14인의아해가도로로질주하지아니하여도좋소
◉◉14인의 돌연변이 시

주체의 종류	망자 주체	기형의 주체
시인의 시	김소월의 「초혼」	이상의 「오감도」
주요구절의 증폭	산산이 부서진 이름이여→주체의 분화⇒청산의 푸른색(푸른 블랙홀)⇒조감도	13인의아해→주체의 분열⇒검은 색의 무덤(기호의 무덤)⇒검은 블랙홀⇒오감도
출전	『진달래꽃』(민음사)	『이상 전집 2』(가람기획)
전승 혹은 계승	김현의 「◉인간」 열네번째 천사→14인의아해 ⇒ 돌연변이 주체의 발명	

5부

하얀 해와 숱한 푸른 해들이

발화한 우주문학

우주는 인자하지 않다는 말이 있다. 이 말을 '시는 인자하지 않다'는 말로 바꿀 수도 있을 것이다. 우주는 인간의 통찰 범위를 훨씬 벗어나고, 시는 시인의 생각보다 훨씬 넓은 우주였다는 게 드러나고 있다. 즉 시인이 시를 쓰는 게 아니라 시가 시인을 쓴나는 사유는 롤랑 바르트의 혼자의 것만이 아니다. 지구의 각 나라의 광기 주체들은 광기로 이성의 권력과 싸우며 시를 써왔다. 우리 한국우주문학의 광기는 고대 원시의 「백수광부가」 이전부터 있었고, 「제망매가」의 망자 주체는 현대의 「부용산」[1] 등의 시나 노래로 현현하고 있다. 그 절망의 끝자락 '절망도 낭비하지 마라'는 '한' 조차도 아끼는 '흥'의 문화가 우리 삶의 문학의 땅이었다. 죽음의 첫 자락 '죽음도 낭비하지 마라'는 상엿소리의 '죽음의 흥', 죽음의 기백이 우리 우주문학의 에너지였다.

어떤 시의 말들이 욕망하는 기계로서의 몸을 환기할 때도, 혹은 어떤 이야기들의 말들이 권력을 각인시키는 장소로서 몸을 형상화할 때도, 외연적 몸과 내포적 몸 사이의 아이러니에서, 현상적 몸과 초월적 몸 사이의 아이러니에 이르기까지 다양한 아이러니의 엔트로피를 통해 문학은 여전히 문자 예술로서의 오래된 가능 지평을 새롭게 열어나갈 수 있을 것이라는 생각을 견지한다.[2]

'인간 중심의 환상', 그러니까 '총체적인 인간'은 곧 '문학'이라는 환상이었고, 그것은 해체될 수밖에 없는 것이었다.(프리드리히 키틀러, <측음기, 영화, 타자기>, 문학과지성사)

키틀러에 따르면 측음기가 소리나 소음을 있는 그대로 재생했을

---

1) 박기동 시, 안성현 작곡.
2) 우찬제, 『애도의 심연』, 문학과지성사, 2018, 17~18쪽.

때, 의미화라는 인간의 필터가 그 실재의 세계에 가해왔던 상징적 폭력이 고스란히 드러난다. 소리에 대한 문자적 기표라 할 수 있는 악보는 인간이 얼마나 선별적으로 세상의 소리를 기록해 왔는지 보여준다. 시의 운율은 망각을 이기기 위해 문학이 발명해낸 기억술의 하나이지만, 측음기는 기억을 기술화한다. 문학의 상상력은 인간의 '머릿속'에서 그 실현 공간을 찾아왔지만, 영화는 그것을 스크린 위에 가시적으로 제시한다. 인간 내면의 영상은 스크린 위에서 실현된다. 영화가 상상계의 완성이라는 것은 스크린을 활보하는 인간이 '나'의 도플갱어들이라는 점에서도 확인된다.[3]

우리는 죽음마저도 언어로 사유할 수밖에 없다. 앞서 살펴보았듯이 "무의식은 언어처럼 구조화되어 있다"는 라캉의 말을 상기해보면 알 수 있다. 들뢰즈는 이런 프로이트와 그 계보인 '구조화된 무의식'의 세계를 해체해 버렸다. "우리는 가족—사회의 관계도 이와 같다고 믿는다. 오이디푸스 삼각형이란 없다. 오이디푸스는 열린 사회장 안에서 늘 열려 있다.(3+1도 아니고 4+n). 잘못 닫힌 삼각형, 구멍 숭숭 물새는 삼각형, 다른 곳으로 욕망의 흐름들이 빠져나가는 폭파된 삼각형, 사이비 삼각형의 꼭짓점들에서, 엄마가 선교사와 춤을 추고, 아빠가 세리에게 남색을 당하고, 내가 백인에게 매 맞는 것을 알아차리기 위해 식민지인들의 꿈을 기다려야만 했다는 것은 이상한 일이다."[4] "프로이트는 『토템과 터부』에서 자식들이 아버지를 죽이고 죄책감으로 인해 하나로 뭉치게 되었다고 설명한다. 하지만 이슬람교에서는 프로이트의 설명이 통하지 않는다. 이슬람교

---

3) 한겨레 「정홍수 칼럼」 문학이라는 매체, 부분 인용. 입력 2019.06.11.17:36 수정 2019.06.12.12:16.
4) 질 들뢰즈·펠릭스 과타리, 『안티 오이디푸스:자본주의와 분열증』, 175쪽.

의 공동체는 프로이트의 설명대로 세워질 수 없다. 이것은 이슬람교의 놀라운 모습이다. 이슬람교의 '신자 공동체'인 움마Umma의 중심에도 가부장적 계보가 없다는 것이 드러난다."5)

우찬제 ↔ 정홍수, 들뢰즈 ⇒ 지젝의 생각을 정리해본 것이다. 우찬제나 정홍수의 시에 대한 낙관과 비관은 결국, 시에 대한 협소한 관점에서 비롯된다. 시의 우주성을 보지 못하기 때문이다. 언어의 우주도 다중우주론일 수밖에 없고, 신화와 심리학 과학, 기호로서의 시와 광기로서의 시는 모두 언어의 문제이면서 '언어 밖'의 우주이기도 하다. 우주문학 역시 다중우주와 다중언어의 광기일지 모른다. 단순 서양식 카오스나, 카오스모스가 아니라, 우리나라를 예로 들면, 한국의 아리랑 상엿소리가 울려 퍼지는 삶과 죽음의 흥으로서 무애가(無碍歌)일 것이다.『삼국유사』에 따르면 '무애'란 『화엄경』의 "일체무애인 일도출생사(一切無㝵人一道出生死)"에서 유래한 말이다. 원효의 화쟁 사상과 화엄이 그 삼국의 난세만이 아니라 지금에 맞는 해(중도)가 될 수 있는 것이다. 원효는 그의『금강삼매경론』에서 해를 중도에 비유했으며 우리가 날마다 보는 '하얀 해(하얀 별)'이다. 그런데 우주에는 하얀 해만 있는 게 아니라, 은하의 중심마다 별들의 중심을 잡아주는 **(중심의 중심 그 중간지대)** 천억 개가 넘는 검은 해(태양의 삼백만 배가 넘는 초중량 블랙홀)들이 존재함이 밝혀지고 있다. 인간의 눈이나 전파 망원경의 눈으로는 볼 수 없는, **우주눈**을 광학망원경의 눈으로 들여다보면 푸른 블랙홀 즉 푸른 눈 푸른 해들이다. 우주에는 하얀 해와 숱한 푸른 해들이 우주를 방랑하고 있는 것이다. 서로 점점 멀어지며, 급속하게 커지

---

5) 슬라보예 지젝, 배성민 옮김,『신을 불쾌하게 만드는 생각들』, 글항아리, 2015, 52
～53쪽.

는 우주를 인간은 감각 할 수 없다. 지구는 태양을 돌고 태양은 은하의 중심을 돌고 은하는 은하단의 중심을 돌고 은하단은 대우주를 방랑하는 것이다.

기호학에서는 언어의 우주를 다룬다. 인류는 언어의 우주 속에서 살 수밖에 없고, 시인이 쓰는 시도 언어이다. 시인이 언어 밖의 우주를 찾더라도, 언어 밖의 언어의 우주일 수밖에 없는 것이 시의 숙명이다. 시인이 시를 쓰는 게 아니라 시가 시인을 쓰더라도 언어의 우주에서 일어난 일일 것이다. 그렇다면 광기 주체나 망자 주체가 만나 순환하는 '우주주체'의 일도 시의 우주에서 일어난 일이다. 들뢰즈조차 언어로 구조화된 무의식을 해체하려 했지만 **언어에 의해 살해 되었다.** 자신이 쓰는 언어에 의해서 결국 살해된 것이다. 들뢰즈 ⇒ 지젝의 기독교 해체나 분석적 사유는 현실에 별 도움을 주지 않을 수도 있다. 호모 사피엔스가 **형제 살해범**이라 해도, 그 '형제 살해범'이라는 기호가 없다면 인지할 수 없었을 것이다. 즉 언어, 말씀, 예수, 십자가, 부활, 성경, 코란, 살해라는 언어에 갇힐 수밖에 없는 **위대한 언어**에서 역으로 자유로울 수 있는 길을 찾아야 한다. 인류의 위대한 언어가 잘못 사용된 경우가 비단 종교만은 아닐 것이다. 그것은 언어의 문제만이 아니라 언어로 사유하는 사피엔스의 습관 때문인데, 위대한 발견이 형제를 살해하는 발견이 아니라 '형제 살리기'가 되려면 지구적 사유에서 우주적 사유로 전환할 때가 된 것이다. 더 이상 지구의 불구성이 우주의 불구성으로, 우주의 불구성(사유가)이 지구의 불구성으로 순환하지 않으려면 현재 지구는 **샴쌍둥이지구**라는 언어의 전환이 필요하다. 샴쌍둥이지구의 시만이 아니라, 시 역시 — 특정 종교나 불가능한 국경주의 — 지구문학을 벗어나자는 말이 아니라 역으로 그것을 우주적으로 사유하는 우주문학으로 전환할 때가 된 것이다. 이성의 권력은 계속 광기 주체들을 살해할 것이다. 광기 주체들과 이성 권력이 결탁하면 더 무서운 일이 벌어지는데, 지구의 생사여탈권을 쥐면 쥘수록 아이러니하게도 사피엔스는 **지구의 살해**에서 자유로울 수 없는 것이다. 그 자본주의 살해의 정신분열증이 이성 주체들의 제 자신이 낳은 샴쌍둥이고, **광인 샴쌍둥이**이고 서로 등이 달라붙은 **지구샴쌍둥이**로 증식하는 하나의 우리의 본모습이라는 것을 똑똑히 보아야 한다. 모두 우리 본모습인 것이다. 이성 주체인 '내'가 광인 주체인 '나'를 살해하며 살아남은 지구의 **샴쌍둥이시**이다. 광인 주체인 '내'가 이성 주체인 '나'를 살해해도 마찬가지다. 서로 등을 떼어낼 수 없는 언어인 것이다. 즉 인류의 위기는 가장 위대한 발명인, **샴쌍둥이언어**의 위기인 것이다.

사피엔스의 성공비결은 무엇이었을까? 우리는 어떻게 생태적으로 전혀 다른 오지의 서식지에 그처럼 빠르게 정착할 수 있었을까? 우리는 어떤 방법으로 다른 인간 종들을 망각 속으로 밀어넣었을까? 튼튼하고 머리가 좋으며 추위에 잘 견뎠던 네안데르탈인은 어째서 우리의 맹공격을 버텨내지 못했을까? 논쟁은 뜨겁게 계속되고 있다. 그리고 가장 그럴싸한 해답은 바로 이런 논쟁을 가능하게 하는 것, 즉 언어다. 호모 사피엔스가 세상을 정복한 것은 다른 무엇보다도 우리에게만 있는 교유한 언어 덕분이었다.6)

지구에 배가 부딪혔다, 인어가 물에 빠졌다. 가장 아름다운 풍경을 본 게 죽음이었는지 모른다! 이런 문장이 있을 때, 이런 시를 쓰는 광기 주체들이 있을 때 이성 주체들은 시를 모른다고 한다. 하지만 시를 어찌 알 수

---

6) 유발 하라리, 앞의 책, 41쪽.

있는가? 우주를 어찌 알 수 있는가? 언어의 우주를 어찌 알 수 있는가? 우리가 발명해놓고도, 우주의 한 모퉁이 한 조각 첫 말씀(言語)을 발견한 것처럼 광기(光氣)로 설레 일 수밖에 없다. 인류의 이성 주체는 그 광기 주체의 삶의 흥과 죽음의 흥을 잃어버리고 우주의 흥을 망각해 버렸다. 인류는 자기들이 발견 혹은 발명해놓고도, 공동묘지 구획일 뿐인(詩魔—백비, 34쪽) 국경에 갇혀, 정치화된 종교에 갇혀 언어의 감옥을 만든다. 시인은 시의 감옥을 만든다.

> 제주도 말에 <몸>이란 낱말이 있다. 이 낱말은 몸과 맘(마음)의 결합어로 이해할 수 있다. 즉 몸은 해체되지 않은 인간을 기술하는 고유 기호로 쓸 수 있다. 그것은 아직 분화되지 않은 심신 연합 상태를 일컫는 말로 이해해도 좋고, 하이데거가 말하는 실존 형식으로서 <세계 안에 있는 존재>의 양상으로 받아들여도 좋다.[7]

> 바르트는 이미 하나의 반성적 계기였던 혁명에 대해서 또 한 번의 철저한 자기 반성적 자세를 견지했다고 볼 수 있다. 즉 그는 과거 체제에 대한 비판에서 시작되었던 '68년 5월' 마저도 그것이 진행되어가는 속에서, 그 자신이 그토록 타기해야 할 대상으로 삼았던 정치적 테러리즘의 신화로 변질되어가는 현상을 목도하게 된다. 사실 혁명이란 본디 혁명으로서의 임무를 완수한 뒤에는 그 스스로 파기되는 책임 있는 용기를 보여줄 때 그 진정한 값어치가 있는 것이 아니겠는가? 바르트의 기호학이 지니고 있는 의미심장함은, 다시 말하건대 이처럼 항상 깨어 있는 사회역사적 의식을 가지고 우리가 살고 있는 이 세계의 의미에 대해서 다시 한 번 성찰하도록 유도하는 반성적 자세에 있다고 하겠다.[8]

---

7) 김경용, 『기호학의 즐거움』, 민음사, 2001, 15쪽.
8) 한국기호학회 엮음, 『현대 사회와 기호』, 문학과지성사, 1996, 124쪽.

제주도 말에 있는 <몸>이란 낱말은 몸과 정신이 해체되기 이전이다. 광기 주체와 이성 주체가 해체되기 이전의 말이다. 이미 해체되어 사용되는 말을 되돌릴 수는 없지만, 잘 못 사용되는 '기능적' 말의 살해 본능을 알아야 한다. 사회의 병폐뿐만 아니라 세계전쟁을 일으킨다. 지구를 해체할 만큼 위력이 크다. 롤랑 바르트는 "말 중심으로 구성된 소쉬르 언어학"의 그것을 본 것이다. "말 중심의 기독교 전통을 근간으로 하고 있는 서구 사상과 무관하지 않기 때문이다." 유일무이한 의미가 있을 수 없다면 다중의 의미가 가능할 것이다. 다중의 언어의 우주가 가능하고 다중의 시의 언어가 가능하고, 다중의 신화가 가능하고, 다중의 과학(우주론)이 생겨난다. "데리다는 '차연'이라는 개념을 통해, 기호학에 있어서의 과학성이라는 신화의 마법에 취해 있던 바르트로 하여금 환각에서 깨어나게 해주었으며, 기독교 전통에 침윤되어 있는 서구의 형이상학으로부터 벗어날 수 있는 가능성을 열어주었으며, 하나의 고정된 시니피에가 아닌 의미의 복수성 혹은 다의성을 추구할 수 있는 길을 활짝 열어주었다고 할 수 있다."9)

우주문학이 (구)세계문학과 다른 것은 다중의 태양을 가졌기 때문이다. 기존의 '태양은 하나'라는 사유는, 소쉬르, 바르트, 데리다 뿐만이 아니라 들뢰즈까지도 이에 해당된다. (삼국유사에 보면) 해를 하나 혹은 둘로 보던 견해는 획기적이었다. 원효('해')나 월명사(도솔가)는 여러 해를 본 것인가? 이 세상의 상대적인 것과 절대적인 기준을 누가 만들었는가? 아인슈타인의 일반상대성이론이 원래 '일반절대성이론'이었다는 것은 과학계에 널리 알려져 있다. 언어(이름)에 우리는 갇혀 사는 것이다. **우리가 언어**

---

9) 위의 책, 126~128쪽 참조.

를 발명하고 언어가 우리를 발명해내었다. 말과 말 사이에 서양의 시(정
신)가 있다면 말과 침묵 사이에 동양의 시가 있는 것인가?

크게는 천지(天地)의 기(氣)가 있으므로 역법(歷法)이 점차 밝아지
게 되면 운하의 원형이 실마리를 드러내게 될 것이며, 작게는 사람과
만물의 기가 있으므로 이것을 여러 방면으로 시험함으로써 어떻게 하
면 일상생활에서 쓸 수 있는지 자각하게 될 것이다. 진실로 평생의 정
력을 바쳐 이 기를 강론하고 궁구하며, 잠깐 사이의 동정(動靜)에도 이
기를 몸소 시행하여 오랫동안 누적하여서 함양함에 이를 수 있다면,
보고 듣는 데서 그 모습이 드러나고 언설(言說)에서 그것이 뚜렷하여
질 것이니, 이 어찌 본디 없던 것이 밖으로부터 들어와서 된 것이겠는
가? 바로 우주 안에 본디 있는 것을 가지고 배우는 것이다. 어찌 헛된
것을 얽어놓은 것이겠는가? 한 몸에 다 갖추어진 것을 가지고 배우는
것이다. 그러나 기 가운데 크고 먼 것은 정력으로 미칠 수 있는 바가
아니므로 배우고자 하나 어찌 다 배울 수 있겠는가? 기 가운데 작고 가
까운 것이야말로 일상생활에서 항상 시행하는 것이므로 능하지 않고
는 그만두지 못하는 것이다. 비록 작으나 볼만한 것은 수화(水火)의 기
계(器械)요, 비록 은미하나 크다고 할 수 있는 것은 지구의 중력(重力)
이 온갖 물건을 다 들 수 있는 것이다.10)

혜강 최한기는 모든 것은 때가 있다고 하였다. 방금운화(方今運化)를
정립하고 우주문학은 발화할 수 있는가? 현재지기(現在之氣)를 근기로 삼
아야 한다. "만사의 경영은 처음에 천인운화(天人運化)를 얻으면 성공하
고, 천인운화(天人運化)를 잃으면 실패한다. 천기운화(天氣運化)를 얻되 인

---

10) 혜강 최한기, 손병욱 역주, 『氣學:19세기 한 조선인의 우주론』, 통나무, 2004,
    29~30쪽.

기운화(人氣運化)를 잃으면 거의 성공했다가 실패할 것이요, 인기운화를 얻되 천기운화를 얻지 못하면 비록 성공하더라도 오래 가지 못할 것이다."[11] "그리하여 작은 일이라면 지금 현재 사람의 도움을 빌리고, 큰일이라면 백년·천년 뒤의 사람에게서 힘을 얻는다."[12]

한국 우주문학의 기원은 「백수광부가」에서 비롯되었다. 이천여 년 전 고조선 원시림에서부터 우리 문학사의 긴 강이 발현하여 예까지 흘러온 것이다. 최한기의 말을 빌리면, 우리 우주문학은 천년 이천 년 뒤의 사람에게서 힘을 얻는다. 아직 근대문학의 논의에서도 자유롭지 못한 한국문학이 어떻게 우주문학을 할 것인가? 이인직의 <일본발 사회진화론 수용>이나, 이해조의 <전통에 바탕한 사회진화론의 주체적 수용>[13]과는 전혀 다른, 오히려 우주주체를 다룬 최한기의 사상이 서학(西學)보다 올곧다. "수운의 『동경대전』의 사유의 모든 바탕"[14]인 동학(東學)의 우주론이다. 많은 비교 연구가 되어야 하리라 본다.

또한, 이상 「烏瞰圖」 시 제1호의 "13인의 아해"[15]도 우주론의 입장에서 보면 어떤가? 오감도는 **검은 지도;우주 지도=블랙홀 암흑물질**인 것이다. 13인의 아해는 점층적 차원이 아니라, **11차원 우주×12 사도×이상(제 자신) 죽음의 구멍**인 것이다. 그래서 이상의 우주는 13차원 13인의 아해로 다중의 우주, 다중의 아해이다. 생(生)의 11차원 우주⇒12차원의 중간지대 우주 ⇒13차원의 죽음의 우주로 증폭되는 것이다. 물론 "'조감도'가 정상적

---

11) 위의 책, 137쪽.
12) 위의 책, 140쪽.
13) 유봉희, 「사회진화론과 신소설 연구:이해조와 이인직을 중심으로」, 인하대학교 박사학위 논문, 2013, 41-88쪽 참조.
14) 혜강 최한기, 앞의 책, 8쪽.
15) 이상, 『이상 전집 2』, 78쪽.

이며 일상적 삶의 세계 지도라면, 이와 구별되는 관념의 세계 지도란 '오감도'인 것. 여기서 '鳥'란 검다는 뜻이며 따라서 검은 지도라는 뜻에 해당된다"[16]는, 김윤식의 지도가 있어 가능한 일이다. 서구의 우주론보다 2차원이 더 많은 13차원의 다중의 우주 지도가 이상에 의해 생겨났다.

이상이 제 자신의 죽음의 모든 걸 수렴하는 순간, 순간에 13인의아해가 발화된 것이다. 제 자신도 모르게 13차원의 우주가 발명된 것이다. 거기에 비해 김현의 시 「◉인간」은 어떤가? "열네번째 천사는" '14차원의 우주'인가? 아직 14차원의 우주는 발명되지 않았는지 모르지만 돌연변이 주체인 것은 분명하다. 우리에게 낯선 것은 계속 발명될 것이고, 알고 보면 가장 낯익은 주체들일 수 있다. 그것은 새로운 인간, 돌연변이 인간 무엇이나 낯익어질 때까지 주체 발명은 계속된다. 우주의 (무)주체는 발명된다. 애초에 주체가 없었다면 또 무엇이 발명되는가? 지구를 반으로 쪼개는 양화(量化)가 되지 않으려면 어떻게 해야 하는가? 우주의 반이 죽어야 반이 산다는 양화의 악마 '타노스'가 나오는 히어로 영화 ≪어벤져스:엔드게임≫에는 '인류만을 얘기하는 악마→개체가 없으면 인류도 없다는 어벤져스 팀'의 대립 공식이 깔려있다.[17] 하지만 그것 또한 숱한 **음의 태양**이 존재하는 우주적 시각으로 다시 보면, 이분법적 미국식 양화의 복수극 영화인지 모른다.

지금까지 우주문학론은 **'하얀 해와 숱한 푸른 해들'의 대우주의 중간지대 (숱한 중간지대의 중간지대)** 숱한 중심의 중심, 급팽창하는 우주의 중간지대의 중간을 살펴보았다. 우리 태양계의 '하얀 해'와 우주의 숱한 '푸른 해들(청산)'을 연관하여 '우주 청산도'를 그려보았다. <2부 우주문학

---

16) 김윤식, 앞의 책, 293쪽.
17) 2019 미국에서 제작한 안소니 루소 · 조 루소 감독의 히어로 액션 영화.

의 두 겹의 꽃잎> 중에서 [우주문학의 선언―우주의 장소성이란 꽃잎이 피어난다]는 「백수광부가」의 '광'의 세 가지 분화를 분석하였다. 백수광부의 '광(狂)'에 주목하여, 국문학계의 여러 견해 중에서 세 가지 견해를 집중 분석하였다. <「백수광부가」 광기의 분석표>를 그려 기존의 입장의 세 가지를, 세 가지의 '광기 주체'로 받아들였다. 즉 예술적 광인, 무당의 광인, 실제 미친 광인으로, 광기의 종류를 세분화했다. 이 모든 주체를 받아들여 '전승 혹은 계승'한 것이 우리 상엿소리임을, 광기 분석표에서 '심청가 상여소리'를 통해 밝혔다. 죽음의 '흥'이 삶의 '흥'임을, '절망조차 낭비하지 마라!'는 한국의 고유한 정신을 찾아내어 받아들여 보았다. 그 '죽음의 힘'이 순환하여 <「백수광부가」 광인 주체의 분화 분석표>를 그리고, 상엿소리를 불렀다. 그리고 그 노래에서 「제망매가」의 망자 주체를 탄생시켰다.

<「백수광부가」 우주의 광기도 혹은 우주의 무의식도(표)>에서는 우주의 광기를 암흑에너지 · 암흑물질로 보고 분석하였다. 우주의 무의식, 우주의 중력, 우주의 척력이 어머니 은유의 광기와 의붓어머니 환유의 광기로 나타남을 밝혔다. **'대우주=우주의 광기=우주의 무의식=우주의 중력=우주의 척력'**이 만들어지는 과정을 '우주의 무의식도(표)'에서 밝히고 그렸다. <망자 주체 구조도>에서는 망자 주체 ⇒ 흐르는 주체 ⇒ 돌아온 (올) 주체 ⇒ 숨겨진 주체 ⇒ 사라진 주체 ⇒ 순환의 주체 ⇒ 망자 주체로 계속 증폭되고 순환함을 그려내었다.

[우주문학의 선언―우주의 주술성 혹은 음악성이란 꽃잎이 피어난다]는 「정읍사」 「가시리」 「청산별곡」의 후렴구를 분석하였다. <고대 가요 · 고려 가요의 후렴구 분석표>에서는 이번에도 반복 변주를 통해, 상엿소리 후렴구와 아리랑 후렴구가 전승 혹은 계승되고 있음을 밝혔다. 「백수

광부가」와 「제망매가」의 주술성의 음악화는 동양음악의 정수라 힐 수 있는 '율려'와 연관하여 진행하였다. 김지하의 '율려'와 들뢰즈의 철학을 연구하는 과정에서 **하얀 해와 숱한 검은 해들**을 발견하게 되었다. 여기서 **'하얀 해와 숱한 검은 해들①;'**이 발화하게 된다. 계속 ②, ③으로 증폭되고, 꽃피다가 「청산별곡」의 청산이 우주의 푸른 블랙홀(=검은 해=푸른 해)과 연관되어 있음을 발견한다. <「청산별곡」의 우주도(표)>에서는 **대우주=우주의 청산=초중량 블랙홀=검은 해=푸른 해(푸른 블랙홀)**를 발견하게 되었다. 하얀 해와 숱한 검은 해들 ④부터는, 가사 속으로 스민 후렴구로서 '시설(詩說)의 탄생'을 예고한다. <후렴구의 광기 주체에서 탄생한 **시설문학(詩說文學)**>에서는, 뿌쉬낀의 「에브게니 오네긴」 「가시리」 정철의 「사미인곡」을 비교 분석하였다. 김소월의 「초혼」의 광기, 이상의 광인, 김수영의 「풀」의 광기에서는, 그 광기 광인들이 「백수광부가」의 광기 주체와 「제망매가」의 망자 주체가 없이는 불가능함을 밝혔다.

<3부 샴쌍둥이지구의 탄생> 중에서 [우주문학의 선언─샴쌍둥이지구의 극장(1)]에서는 시의 극장/미시세계의 극장을 다뤘다. '샴쌍둥이지구의 광기 ①;'이 발화되고 '기형적 주체'들이 탄생하여 거리를 활보한다. 우리의 광기 주체 망자 주체는 기형적 주체가 되었다. '샴쌍둥이지구의 극장 ②;'부터는 김행숙 등의 젊은 시인들을 다뤘다. (필자가 볼 때 어쩔 수 없이 분석하였지만, 시를 분석한다는 것은 불가능하다) 우주는 분석되는 것이 아니라 감지되는 것인지도 모른다. 비트겐슈타인의 말대로 '모르는 것은 침묵'하는 게 옳다. 하지만 작은 감지도, 분석적 광기와 감지의 광기를 동시에 수행하지 않으면 안 된다. 우리는 그런 광기의 시대를 살고 있고, 김행숙 등의 시인은 '미시세계'의 우주에서 시로 잘 형상화하고 있다.

이른바 '주체 해체'는 우주적이지만 들뢰즈의 '기관 없는 몸체'를 생각해 보면 '거시세계'의 우주와 만나는 '중간의 중간지대'에서― 영원히 우리가 도달할 수 없는 ― 우리가 모르는 광기 주체들이 살고 있을지도 모른다. 즉 인간이 암흑물질이고 주체를 해체히면 할수록 광기 주체의 딜레마에 빠질 수 있다는 '모순의 시'를 우리는 쓰고 있는지 모른다. 그래도 '광기의 시'는 멈추지 않을 것이고 써질 것이지만, 우주 자체가 시라는 것보다는, '우주 붕괴'를 촉발하는 것이 시일수도 있다는 사유에도 이른 것이 사실이다. 우주론에서 주체가 공간을 빠져나가면 그 주체와 있던 책상도 함께 사라진 다는 말이 있듯이 주체 문제는 위험한 문제이고, 시인은 사라지지도 못하고 그 책상 위의 종이에 시를 써야 하는 '지구의 외계'의 장소인지 모른다. 시(주체)가 시인(장소)을 쓴다면 그 장소성은 내부(미시세계)와 외부(거시세계)를 연결하는 통로가 되어야 할 것이다.

시의 고향/시의 감옥에서는 시의 장례 → 고향의 장례 → 지구의 장례 → 우주의 장례 → 시의 장례로 순환함을 다뤘다. '샴쌍둥이지구의 감옥 ②―1;'부터는 '국립나주정신병원'의 정신병원을 다뤘다. 그 속의 폐쇄 병동과 광기, 그 옆의 나환자촌을 통해 광기 주체들을 불러내었다. '호혜원'이란 나환자촌과 나환자들이 스스로 (혹은 타의로) 만든 마을 감옥을 들여다봤다. 호혜원이란 특수성으로 비추어 보았을 때, 그 감옥에 갇힌 나환자는 감옥의 감옥에 갇힌 것이다. 그 **수인**만이 아니라, 그를 가둔 나환자들도 감옥의 감옥 이중 삼중의 감옥에 갇힌 것이다. 이를 통해 볼 때 이성 권력과 광기 권력은 이중 삼중의 권력 구조를 갖는다. 우리 무의식까지도 지배하는 이성 권력의 그림은, 푸코에 의해 최초로 그려졌지만 아직도 완성되지 않은 그림이다. 들뢰즈가 그 그림을 찢었고, 왜 다시 그려질 수밖에 없는가를, 강대국의 광기 주체들과 약소국의 광기 주체들의 문제로 확장하였다. 즉 김현아 의원의 '나환자 발언'을 통해 잘못된 광기 주체의 '말의 살해'가 강대국(미국 트럼프 등)의 광기 주체와 다르지 않음을 밝히고, 더 나아가 '강자 광기 논리'와 의식 무의적으로 결탁한 광기 주체라는 걸 분석하였다. 샴쌍둥이지구의 폐쇄 병동 ③ → 샴쌍둥이지구의 광인 ④ → 샴쌍둥이지구의 마을 감옥 ⑤를 통해 더 많은 사례를 보여주었다.

[우주문학의 선언—샴쌍둥이지구의 극장(2)]에서는 시의 극장/은하의 극장을 상영하며 관람하였다. 백수광부의 광인은 계속 분화하고, 발화하여 지금도 그 '죽음의 강'을 건너고 있다. 모든 광기는 하나의 광기가 아니라 겹겹의 광기, 이중의 광기, 삼중의 광기인 것이다. 즉 중력의 광기, 중력의 중력의 광기, 중력의 척력의 광기, 척력의 중력의 광기, 중력의 암흑물질의 광기, 중력의 암흑에너지의 광기, 중력의 원소들의 광기, 중력의 겹겹의 겹겹의 광기, 다중우주의 겹겹의 광기이다.

한국시의 극장/우주시의 극장에서는 고려 가요 「청산별곡」의 청산이 정지용의 「백록담」의 청산에서 활짝 꽃 피었음을 밝힌다. 광기 주체와 망자 주체는 청산의 장소 주체로 이어진다. 우리 시의 묘사시의 최고봉은 전통과 현대의 광기 주체＋망자 주체＋청산 주체의 행복한 접합으로, 다시 한번 광기 주체가 무심히 작동되어 (산봉우리＋꽃봉오리) 시의 꽃이 발화한 것이다. 존 홀 휠록이 『시란 무엇인가』에서 밝힌 "우리 모두가 우리 모두에게 말하는 것과 같"은 "제4의 음성"[18]의 점화는 인류의 광기 주체들의 불꽃이 있어야 가능하다. 물론, 서로를 존중하고 침해하지 않는 각국의 민족문화의 유산이 가장 좋은 촉매제가 될 것이다. 예를 들면 우

---

18) 존 홀 휠록, 박병희 옮김, 『시란 무엇인가』, UUP, 2000, 39쪽.

리 나라는 일연의 『삼국유사』를 들 수 있는데 「수로부인」 편을 보면 '집단적 광기 주체'들이 발화한다.

> 수로부인은 절세미인이어서 깊은 산이나 큰 못 가를 지날 때마다 신물(神物)에게 빼앗겼으므로 여러 사람이 해가(海歌)를 불렀다.
> 그 가사는 이렇다.

> 거북아, 거북아! 수로부인을 내놓아라.
> 남의 아내를 약탈해 간 죄 얼마나 큰가?
> 네가 만약 거역하고 내다 바치지 않으면
> 그물을 쳐 잡아서 구워 먹으리라.

> 노인이 바친 헌화가(獻花歌)는 이렇다.

> 자줏빛 바위 가에
> 암소 잡은 손 놓게 하시고,
> 나를 아니 부끄러워하시면
> 꽃을 꺾어 바치겠나이다.[19]

노인을 용왕이나 젊은 청년으로 해석할 수도 있을 것이다. 미(美)가 아직 광기 주체들에 의해 분화되기 이전의 시대에는 가능한 일이다. 미 앞에서 젊음과 늙음은 하나였고, 미 앞에서 노인의 지혜와 젊음의 용기가 필요했을 것이다. 노인(용왕)은 길길이 날뛰는 젊음(암소=용)을 다독여 미를 구출하게 한지도 모른다. "여러 사람의 말은 무쇠도 녹인다"는 말은, 미를 살리려면 '한' 주체가 아니라, '여러 주체들' 즉 백성들의 광기 주체

---

19) 일연, 앞의 책, 155-156쪽.

들의 힘이 있어야 가능하다는 말인지 모른다. 수로부인의 미에서 발화한 집단적 광기는 역사적인 데서 그치지 않고 우주적이다. **우주미인**은 우주 바다의 노래(「海歌」)에서 탄생한 것이다. 시에 있어서 가장 무서운 것은 무슨 금기일 터, 한국우주문학의 건강한 광기 주체들의 발화를 통해 우주 미(宇宙美)를 회복하려 긴 강을 흘러왔고, 바다의 절벽에 이르렀다. 노인 으로 변장한 용왕이라는 이런 낭만적 생각을 하기에는 한국시에 아직도 금기가 많은 것이 사실이다.

　<한국시의 광기 주체의 우주 청산도(표)>에서는 고조선 고전시가에서 부터, 현대시에 이르까지를 전통시와 실험시, 그 중간지대 세 가지 갈래로 나누어보았다. 필자의 주관보다는 여러 자료에 근거해서 분류해보았지만, 다른 필자들에 의해 좀 더 보완이 필요하리라 본다. 한국시는 우주문학의 도정에서 성급한 전위보다는, 다시 한번 전복되고, 시인 자신 스스로 제 시 를 전복할 광기 주체를 살려내야 하리라 본다. 그 시의 절벽에서 뛰어내려 '꽃'을 따지 않으면 한국 현대시는 먼 훗날의 고전이 되지 못 할 것이다.

　<4부 시의 비석 우주의 비석> 중에서 [1우주문학의 선언─샴쌍둥이지구의 비석)]에서는 샴쌍둥이지구의 초현실주의/광기의 시의 텍스트를 불러내었다. 우주시의 비석/우주문학 비석의 텍스트의 비문(碑文)을 해독하려 했다.

　[우주문학의 선언─세 겹의 꽃잎, 네 겹의 텍스트)]에서는 정과리의 우 주문학 텍스트를 자료로 올렸다. 김영산의 우주문학 텍스트를 자료로 올 렸다. 이현정의 우주문학 텍스트를 자료로 올렸다. 김지하/조대한/최원식 등의 우주문학 텍스트를 자료로 올렸다.

　[돌연변이 주체의 탄생]에서는 기형적 시의 주체들의 발명에 대해서 분석해 보았다. 첫 번째 텍스트는 이상의 「오감도」이다. 두 번째 텍스트

는 김구용의 시들과 기형도의 시이다. 세 번째 텍스트는 김현의 시집『입술을 열면』에 나오는 「◉인간」이다. "생명력을 주관하는 열 세번째 천사"와 동시에 생명과 죽음을 주관하는 "열 네번째 천사"에 대해 분석했다. 기형과 불구성은 현대시의 표상이 되었다. 생명과 비생명의 노트는 우주문학의 숙제가 되었다.

참고문헌

1. 기본자료

1) 국내저서

징병욱, 『한국고전시가론』, 신구문화사, 2008.
김지하, 『우주생명학』, 작가, 2018.
김영산, 『우주문학의 카오스모스』, 국학자료원, 2018.

2) 국외저서

질 들뢰즈/펠릭스 가타리, 김재인 옮김, 『천 개의 고원』, 새물결, 2001.

2. 단행본

1) 국내저서

오정근, 『중력파』, 동아시아, 2016.
김학성·권두환 편, 『신편 고전시가론』, 새문사, 2002.
김규열 외, 『고전문학을 찾아서』, 문학과지성사, 1976.
조동일, 『한국문학통사 1』, 지식산업사, 1994.
일연, 김원중 옮김, 『삼국유사』, 민음사, 2008.
금은돌, 『거울 밖으로 나온 기형도』, 국학자료원, 2013.
권혁웅, 『시론』, 문학동네, 2010.
김준오, 『시론』, 삼지원, 2019.
신형철, 『몰락의 에티카』, 문학동네, 2008.

진은영,『문학의 아토포스』, 그린비, 2014.

김지하,『율려란 무엇인가』, 한문화, 1999.

엄경흠 편저,『한국 고전시가 읽기』, 역락, 2018.

기노을 편저,『한국만가집』, 청림출판, 1990.

공병혜,『칸트·판단력 비판』, UUP, 2002.

진중권,『현대미학 강의』, 아트북스, 2016.

_____,『춤추는 죽음 2』, 세종서적, 2005.

임우기,『그늘에 대하여』, 강, 1996.

허문섭 외 옮김,『金時習作品選集:한국고전문학전서 4』, 학문사, 1994.

은정희 역주,『원효의 대승기신론 소·별기』, 일지사, 1991.

은정희·송진현 역주,『원효의 금강삼매경론』, 일지사, 2000.

홍용희,『고요한 중심을 찾아서』, 천년의 시작, 2018.

박상륭,『죽음의 한 연구』, 문학과지성사, 1986.

이승훈 엮음,『한국현대대표시론』, 태학사, 2000.

이승훈,『라캉으로 시 읽기』, 문학동네, 2011.

이광호 외,『네 정신에 새로운 창을 열어라』, 민음사, 2002.

기형도,『기형도산문집:짧은 여행의 기록』, 살림, 1990.

이일하, 『이일하 교수의 생물학 산책』, 궁리, 2014.

정과리,『문신공방 셋』, 역락, 2018.

이청준,『당신들의 천국』, 문학과지성사, 1992.

김기림,『김기림 전집2』, 심설당, 1988.

김수영,『김수영전집 2』, 민음사, 1981.

김학동,『한국개화기시가연구』, 시문학사, 1981.

김형중 우찬제 이광호 엮음,『한국 문학의 가능성』, 2015.

오규원,『날이미지와 시』, 문학과지성사, 2005.

이승우,『식물들의 사생활』, 문학동네, 2014.

김윤식,『이상 문학 텍스트 연구』, 서울대학교출판부, 1998.

유희석,『한국문학의 최전선과 세계문학』, 창비, 2013.

우찬제,『애도의 심연』, 문학과지성사, 2018.

김경용,『기호학의 즐거움』, 민음사, 2001.

한국기호학회 엮음,『현대 사회와 기호』, 문학과지성사, 1996.

혜강 최한기, 손병욱 역주,『氣學:19세기 한 조선인의 우주론』, 통나무, 2004.

2) 국외저서

앙드레 브르통, 황현산 옮김,『초현실주의 선언』, 미메시스, 2015.

유발 하라리, 조현욱 옮김,『사피엔스』, 김영사, 2018.

볼프강 보르헤르트, 김길웅 옮김,『5월에, 5월에 뻐꾸기가 울었다』, 강, 1996.

데이비드 실베스터, 주은정 옮김,『나는 왜 정육점의 고기가 아닌가? FRANCIS BACON』, 디자인하우스, 2018.

질 들뢰즈·펠릭스 과타리, 김재인 옮김,『안티 오이디푸스:자본주의와 분열증』, 민음사, 2014.

프로이트, 김명희 옮김,『늑대인간』, 열린책들, 1996.

_____, 김양순 옮김,『꿈의 해석』, 동서문화사, 2016.

_____, 정장진 옮김,『예술과 정신분석』, 열린책들, 1997.

미셸 푸코, 김부용 옮김,『광기의 역사』, 인간사랑, 1991.

_____, 오생근 옮김,『감시와 처벌:감옥의 역사』, 나남출판, 1994.

조지프 캠벨, 이진구 옮김,『원시 신화:신의 가면 1』, 까치글방, 2003.

보르헤스, 황병하 옮김,『보르헤스 전집 3』, 민음사, 1996.

앤두르 포터, 김이선 옮김,『빛과 물질에 관한 이론』, 21세기북스, 2011.

슈테판 츠바이크, 원당희·이기식·장영은 옮김,『천재와 광기』, 예하, 1993.

스티븐 호킹, 전대호 옮김,『위대한 설계』, 까치, 2010.

한병철, 이재영 옮김,『아름다움의 구원』, 문학과지성사, 2016.

피에르 부르디외,『예술의 규칙』, 하태환 옮김, 동문선, 1999.

삐에르 부르디외, 최종철 옮김,『구별짓기:문화와 취향의 사회학(상)』, 새
　　　물결, 2006.

_____, 최종철 옮김,『구별짓기: 문화와 취향의 사회학(하)』, 새물결, 2006.

칸트, 전원배 옮김,『순수이성비판』, 삼성출판사, 1982.

니콜라이 하르트만, 김성윤 옮김,『미학이란 무엇인가』, 동서문화사, 2017.

옥타비오 파스, 김홍근·김은중 옮김,『활과 리라』, 1998.

_____, 김은중 옮김,『흙의 자식들』, 솔, 1999.

장 보드리야르, 하태환 옮김, 민음사, 2018.

브라이언 그린, 박병철 옮김,『우주의 구조:시간과 공간, 그 근원을 찾아서』,
　　　승산, 2005.

무묘앙에오, 손성애 옮김,『반역의 우주:비존재로의 여행』, 모색, 2000.

단테 알리기에리, 박상진 옮김,『신곡:천국편』, 민음사, 2007.

롤랑 마누엘, 안동림 옮김,『음악의 정신사』, 홍성사, 1986.

스티븐 호킹, 김동광 옮김,『시간의 역사』, 까치, 1998.

뿌쉬낀, 석영중 옮김,『뿌쉬낀:알렉산드르뿌쉬낀문학작품집』, 열린책들, 1999.

『니체전집 12:즐거운 학문·메시나에서의 전원시·유고(1881년 봄~
　　　1882년 여름)』, 안성찬·홍사현 옮김, 책세상, 2015.

로이스 타이슨, 윤동구 옮김,『비평이론의 모든 것』, 앨피, 2017.

리언 M. 레이먼·크리스토퍼 T. 힐, 전대호 옮김,『시인을 위한 양자물리학』, 승
　　　산, 2013.

칼 세이건, 홍승수 옮김,『코스모스』, 사이언스북스, 2006.

프리초프 카프라, 이성범·김용정 옮김,『현대물리학과 동양사상』, 범양사, 1979.

가와고에 시오 외, 강금희 옮김,『우주의 형상과 역사』, 뉴턴코리아, 2008.

와다 스미오, 허만중 옮김,『양자론』, 뉴턴코리아, 2008.

브라이언 그린, 박병철 옮김, 『우주의 구조』, 승산, 2005.

『발터 벤야민:모더니티와 도시』, 홍준기 엮음, 라움, 2010.

발터 벤야민, 조형준 옮김, 『아케이드 프로젝트』, 새물결, 2005.

스테파노 만쿠소·알레산드라 비올라, 양병찬 옮김, 『매혹하는 식물의 뇌』,
　　　행성B이오스, 2016.

자크 브로스, 주향은 옮김, 『나무의 신화』, 이학사, 1998.

한스 마이어호프, 이종철 옮김, 『문학속의 시간』, 문예출판사, 2003.

조지 스무트·키 데이비슨, 과학세대 옮김, 『우주의 역사』, 까치, 1994.

원저 엄우, 교석 곽소우, 김해명·이우정 옮김, 『창랑시화』, 소명출판, 2001.

장 폴 사르트르, 정소성 옮김, 『존재와 무Ⅱ』, 동서문화사, 2016.

에드몽 자베스, 최성웅 옮김, 『예상 밖의 전복의 서』, 인다, 2017.

슬라보예 지젝, 배성민 옮김, 『신을 불쾌하게 만드는 생각들』, 글항아리, 2015.

존 홀 휠록, 박병희 옮김, 『시란 무엇인가』, UUP, 2000.

3. 시집

윤동주, 『하늘과 바람과 별과 시』, 정음사, 1955.

정지용, 『정지용전집』, 민음사, 1990.

이상, 김종년 엮음, 『이상전집 2』, 가람기획, 2004.

황지우, 『새들도 세상을 뜨는구나』, 문학과지성사, 1983.

기형도, 『입 속의 검은 잎』, 문학과지성사, 1989.

이시영, 『무늬』, 문학과지성사, 1994.

김행숙, 『이별의 능력』, 문학과지성사, 2007.

김영산, 『詩魔』, 천년의 시작, 2009.

_____, 『하얀 별』, 문학과지성사, 2013.

이제니, 『왜냐하면 우리는 우리를 모르고』, 문학과지성사, 2014.

황인찬,『희지의 세계』, 민음사, 2015.

민영·최원식·이동순·최두석 편,『한국현대대표시선Ⅰ,Ⅱ,Ⅲ』, 창작과
　　비평사, 1990∼1993.

박덕규·배우식·송희복·이숭원. 이승하편저,『한국대표시집 50권』, 문
　　학세계사, 2013.

권영민·김종철·김주연·최동호 선정위원,『한국대표시인선 50 [1]』, 중
　　앙일보사, 1995.

오생근·조연정 엮음,『내가 그대를 불렀기 때문에』, 문학과지성사,
　　2017.

한용운 외,『어느 가슴엔들 시가 꽃피지 않으랴 2:한국 대표 시인 100명
　　이 추천한 애송시 100편』, 민음사, 2008.

김경주 외,『50인의 평론가가 추천한 우리시대 51인의 젊은 시인들』, 서
　　정시학, 2009.

김경주,『나는 이 세상에 없는 계절이다』, 랜덤하우스, 2006.

김언,『모두가 움직인다』, 문학과지성사, 2013.

아르투르 랭보, 최완길 옮김,『지옥에서 보낸 한철』, 북피아, 2006.

기욤 아폴리네르, 이규현 옮김,『알코올』, 문학과지성사, 2001.

김구용,『풍미風味』, 솔, 2001.

김현,『입술을 열면』, 창비, 2018.

4. 학위논문

남도현,「'荀子'의 分의 담론 연구:사고형식(Denkformen)과 권력관계 분
　　석을 중심으로」, 성균관대학교 대학원 석사논문, 1997.

김은석, 「김지하 문학 연구 : 생명사상을 중심으로」, 중앙대학교 대학원 석사논문, 1996.

김종태, 「정지용 시 연구 : 공간 의식을 중심으로」, 고려대학교 대학원 박사 논문, 2002.

이숙예, 「김구용 시 연구 : 타자와 주체의 관계 양상을 중심으로」, 중앙대학교 대학원 박사논문, 2007.

유봉희, 「사회진화론과 신소설 연구:이해조와 이인직을 중심으로」, 인하 대학교 박사학위 논문, 2013.

5. 신문 및 잡지

김기림, 「과학과 비평과 시」, 조선일보, 1937.2.22.~2.23.

『중앙일보』, 2016년 3월 29일, 20면.

_____, 2018년 10월 18일, 22면.

한겨레「정홍수칼럼」문학이라는 매체, 부분 인용. 입력 2019.06.11.17:36 수정 2019.06.12.12:16.

이성복 최승자 외, 『새로운 만남을 위하여: 우리 세대의 문학 1』, 문학과 지성사, 1982.

『창작과 비평』 봄, 창비, 2016.

정과리, 「도심 속의 수풀로 놀러가다―풀뿌리 전위는 가능한가?」, 『현대 시』 1월호, 한국문연, 2019.

보르헤스, ≪현대시사상≫ 여름호, 고려원, 1995.

『포에트리 ABBA』 창간호, 시담포엠, 2019.

조대한, 『현대시학』 3―4, 현대시학사, 2019.

최원식, 『창작과비평』 여름, 창비, 2019.

김영산, 「게임시에서 우주문학 선언으로」, 『시인동네』, 5월호, 시인동네, 2020.

6. 만화

최규석, 『송곳 1』, 창비, 2015.

7. 사전

엮은이 가토 히사타케+구보 요이치+고즈 구니오+다카야마 마모루+다키구치 기요에이+야마구치 세이이치, 옮긴이 이신철, 『헤겔사전』, 도서출판 b, 2009.

8. 영화

레오나르도 파비오 감독, ≪나자리노≫, 1975.
봉준호 감독, ≪설국열차≫, 2013.
안소니 루소·조 루소 감독, ≪어벤져스:엔드게임≫, 2019.

9. 노래

≪국창 송만갑 판소리≫ 9번 수록곡—심청가 중 <심청모 행상가>(1913년 녹음).
박기동 시, 안성현 작곡, ≪부용산≫.

10. 기타 자료

≪YTN≫ 2019.04.10. 22:54 수정 2019.04.11. 00:45
≪연합뉴스≫, 2019.04.12. 00:03

데이비드 호크니·헬렌 리틀, 김정혜 옮김,『DAVID HOCKNEY 데이비드 호크니』,
　　서울시립미술관, 2019.
노재명,『동편제 심청가의 복원 및 재현 자료집—박록주 심청가(1976년)
　　의 복원 및 재현』, 한국문화의 집 KOUS 공연 책자, 2013년.

우주문학 선언

| 초판 1쇄 인쇄일 | | 2021년 01월 08일 |
| 초판 1쇄 발행일 | | 2021년 01월 15일 |

지은이		김영산
펴낸이		한선희
편집/디자인		우정민 우민지
마케팅		정찬용 정구형
영업관리		정진이 한선희
책임편집		김보선
인쇄처		국학자료원 새미(주)
펴낸곳		국학자료원 새미(주)

등록일 2005 03 15 제25100-2005-000008호
경기도 고양시 일산동구 중앙로 1261번길 79 하이베라스 405호
Tel 442-4623 Fax 6499-3082
www.kookhak.co.kr
kookhak2001@hanmail.net

| ISBN | | 979-11-91255-43-0 *93800 |
| 가격 | | 18,000원 |